民國文化與文學_{文叢}研究

十四編

李　怡　主編

第 **18** 冊

郭沫若翻譯文學研究（中）

咸　立　強　著

國家圖書館出版品預行編目資料

郭沫若翻譯文學研究（中）／咸立強 著 -- 初版 -- 新北市：
花木蘭文化事業有限公司，2021〔民 110〕
目 4+148 面；19×26 公分
（民國文化與文學研究文叢 十四編；第 18 冊）
ISBN 978-986-518-529-9（精裝）
1. 郭沫若 2. 學術思想 3. 文學評論 4. 翻譯
820.9 110011218

ISBN-978-986-518-529-9

9 789865 185299

民國文化與文學研究文叢
十四編　第十八冊　　　　　　　ISBN：978-986-518-529-9

郭沫若翻譯文學研究（中）

作　　者　咸立強
主　　編　李 怡
企　　劃　四川大學中國詩歌研究院
總 編 輯　杜潔祥
副總編輯　楊嘉樂
編　　輯　許郁翎、張雅淋、潘玟靜　美術編輯　陳逸婷
出　　版　花木蘭文化事業有限公司
發 行 人　高小娟
聯絡地址　235 新北市中和區中安街七二號十三樓
　　　　　電話：02-2923-1455／傳真：02-2923-1452
網　　址　http://www.huamulan.tw 信箱 service@huamulans.com
印　　刷　普羅文化出版廣告事業
初　　版　2021 年 9 月
全書字數　518332 字
定　　價　十四編 26 冊（精裝）台幣 70,000 元　　　版權所有 · 請勿翻印

郭沫若翻譯文學研究（中）

咸立強　著

目

次

第四章 世有名花共欣賞：《少年維特之煩惱》翻譯研究

　　《少年維持之煩惱》由一個熱情而敏感的青年維特（Werther）寫給朋友威廉（Wilhelm）的近百封信構成，是一部傑出的書信體小說。盧卡契說：「《維特》出版的那一年，即 1774 年，不僅對於德國文學史，而且對於世界文學都是個重要的時期。德國那短短的、但意義非常重大的哲學霸權和文學霸權，即德國在哲學和文學的領域裏暫時接替法國的思想意識領導，隨著《維特》的世界性成就，第一次公諸於世了。」〔註1〕巴登斯伯格談到《少年維特之煩惱》的法國接受時說：「1776 年，歌德的作品俘獲了一代人，他們敢愛敢恨，厭惡所處的社會現狀，痛苦地反省自己。經歷了絢麗的風景，無論是試圖深思，還是想遠離的困惑的人們都得到了精神食糧。」〔註2〕從遙遠的德國到中國，《少年維特之煩惱》為中國人所熟知，是「五四」新文化運動興起之後。

　　《少年維持之煩惱》中，來到維爾海姆（Wahlheim）暫住的青年維特，遇見了年青美麗的姑娘夏綠蒂。維特對夏綠蒂一見傾心，遂墜入愛河。綠蒂已有未婚夫，名叫阿爾伯特。等到阿爾伯特歸來後，痛苦的維特最終決定離開兩位好人，接受了公使秘書的職務。新的工作不能使維特安心，同僚們的

〔註1〕〔匈〕盧卡契著，中文林譯：《論〈少年維特之煩惱〉》，《文藝理論研究》1983 年第 4 期，第 81 頁。

〔註2〕〔法〕費爾南德·巴登斯伯格：《歌德在法國——〈少年維特之煩惱〉在法國的傳播與接受研究》，郭玉梅等譯，北京：中央編譯出版社，2019 年，第 14 頁。

傾壓、上司的迂腐、上流社會的傲慢無禮等等，促使維特再次離去。一年後，維持又回到了已經結婚的綠蒂身邊，愈加感覺到痛苦不堪，最終在給綠蒂留下一封信後開槍自殺。

國人在文字中最早提及《少年維特之煩惱》的，是李鳳苞。李鳳苞在《使德日記》中記載自己於 1878 年 11 月 29 日在德國參加美國公使的葬禮，聽到有人在悼詞中提及該公使「箋注果次詩集」，「果次」就是歌德。李鳳苞在日記中談到果次「著《完舍》書」。〔註3〕《完舍》即《少年維特之煩惱》。1903 年，上海作新社出版了趙必振翻譯的《德意志文豪六大家列傳》，其中有《可特傳》，文中將《少年維特之煩惱》譯為《烏陸特陸之不幸》，介紹了小說的情節、成書過程及「維特熱」等。「此書既出，大博世人之愛賞，批評家爭為懇切之批評，翻譯家無不熱心從事於翻譯，而卑怯之文學者，爭勉而模仿之。當時之文學界，竟釀成一種烏陸特陸之流行病。且青年血氣之輩，因此書而動其感情以自殺者不少。可特氏之勢力，不亦偉哉！」〔註4〕

1920 年 3 月 30 日，郭沫若在寫給宗白華的信中談到歌德的《少年維特之煩惱》，這是《少年維特之煩惱》最早見之於郭沫若的文字。當時，郭沫若將「維特」譯為「韋爾特」。「我書案上正擺著一本《少年韋爾特之煩惱》Das Laiden des jungen Werthers。壽昌他便做了一篇小引，想來你已經看到了。壽昌把我們的信稿與哥德底文字相提並論」，「《韋爾特之煩惱》一書，我很有心譯成中文，你以為如何？我對壽昌兄所說的哥德底研究會只不過是個提議，並未從事組織。我的意思是想把哥德底傑作一一翻成中文，作個徹底的介紹。」〔註5〕由郭沫若此信可知：第一，田漢在郭沫若書案上看到《少年維特之煩惱》，說明郭沫若那時正在讀這本小說，此時距郭沫若正式翻譯《少年維特之煩惱》有兩年之久。第二，田漢為《三葉集》所作序言的直接觸發因素是《少年維特之煩惱》，田漢在序言中直接將《三葉集》比為《少年維特之煩惱》。「此中所收諸信，前後聯合，譬如一卷 Werther's Leiden，Goethe 發表此書後，德國青年中，Werther fieber 大興！Kleeblatt 出後，吾國青年中，必有 Kleeblatt fieber 大興哩！」兩書皆為書信體，又都涉及婚姻、

〔註3〕李鳳苞：《使德日記》，《使德日記及其他二種》，上海：商務印書館，1936 年，第 38 頁。

〔註4〕趙必振譯：《德意志文豪六大家列傳》，上海：作新社，1903 年，第 62 頁。

〔註5〕郭沫若：《致宗白華》，《郭沫若全集》文學編第 15 卷，北京：人民文學出版社，1990 年，第 120 頁。

戀愛等問題，文字皆「披肝瀝膽」，〔註6〕相近之處實多。田漢的序雖有依傍名人名作的嫌疑，從另一方面看，卻也為人們閱讀《三葉集》和《少年維特之煩惱》提供了一種參照。

　　1921 年 7 月，在泰東圖書局馬霍路編輯所的樓上，郭沫若冒著 38 攝氏度的高溫開始翻譯《少年維特之煩惱》。鄭伯奇回憶說：「除了看報和吃飯以外從來不大休息。他翻譯得很迅速卻又非常仔細，往往為一個單字或一個術語，會花費更多的時間。每日譯好了一段之後，他還要反覆地朗誦幾遍，三番五次地加以推敲，然後才罷手。」〔註7〕從《三葉集》通信中說想要翻譯到開始著手翻譯，其間經過了一年的時間。從動手開始翻譯到翻譯完成（1922 年 1 月），又經過了半年多的時間。「這部《少年維特之煩惱》，我存心迻譯已經四五年了。去年七月寄寓上海時，更經友人勸囑，始決計迻譯。起初原擬在暑假期中三閱月內譯成，後以避暑惠山，大遭蚊厄而成瘧疾，高熱相繼，時返時復，金雞納霜倒服用了不少，而譯事終未能進展。九月中旬，折返日本，晝為校課所迫，僅以夜間偷暇趕譯。」〔註8〕《三葉集》通信之前兩三年，郭沫若就已經有翻譯《少年維特之煩惱》的想法，正與郭沫若動手翻譯《浮士德》的時間相吻合。《少年維特之煩惱》的翻譯並非為了趕時髦，而是長期醞釀和辛勤勞作的結晶。從翻譯時間的短促判斷郭沫若翻譯必定倉促不足為憑。一個譯者用兩三年的時間翻譯一部著作，與一位譯者用一個月的時間翻譯一部著作，並不就意味著前者花費的工夫更多，譯得更好，因為作為研究者沒有辦法精細地計算譯者真正花費在譯事上的時間。研究者能夠判斷的，是譯者留給人們的譯文，而不是在沒有確切依據的情況下揣測翻譯所花費的時間與精力。

　　1922 年 4 月 1 日，《少年維特之煩惱》由泰東圖書局初版發行，列為「世界名家小說選」第 2 種。1922 年恰逢歌德逝世 90 週年，3 月 22 日的《時事新報‧學燈》刊發了西諦的《歌德的死辰紀念》、愈之的《從〈浮士德〉中所見的歌德人生觀》、謝六逸的《歌德紀念雜感》等紀念文章，無形

〔註6〕田漢：《田漢序》，《郭沫若全集》文學編第 15 卷，北京：人民文學出版社，1990 年，第 4 頁。

〔註7〕鄭伯奇：《二十年代的一面：郭沫若先生與前期創造社》，《沙上足跡》，哈爾濱：黑龍江人民出版社，1999 年，第 181 頁。

〔註8〕郭沫若：《〈少年維特之煩惱〉序引》，《郭沫若全集》文學編第 15 卷，北京：人民文學出版社，1990 年，第 310 頁。

中為泰東圖書局《少年維特之煩惱》的出版發行做了廣告，而郭沫若翻譯的《少年維特之煩惱》也成了歌德 90 誕辰的一種紀念。艾雲評價說：「郭沫若先生初期翻譯的東西，在中國起了最大作用的，是《少年維特之煩惱》。因為當時社會是黑暗的，熱情的青年，受不了那股冷氣，無論在思想上，戀愛上，事業上，處處與青年人的理想背道而馳，維特的煩惱，成了大眾青年的煩惱。」〔註9〕「郭先生譯書，想國內學者是要承認比目前一般譯者較為妥當，就如《少年維特之煩惱》這冊有名的作品，像郭先生這樣的譯法，也是令人滿意的，可以說是活的文字，活的文學了。」〔註10〕

楊武能談到郭譯《少年維特之煩惱》書名中所用「少年」一詞，德語原文為「jung」，相當於英文裏的「young」，譯成「青年」更為恰當。鄭振鐸、張傳普和李金髮都曾在介紹德國文學的文字中將其譯為「青年維特」，人們卻依然樂意選擇郭沫若的「少年」之譯，有譯者想要將自己的譯本以《青年維特之煩惱》出版，結果在編輯的干預下還是使用了「少年」一詞，「這個小小的例子也證明郭譯《維特》相當成功」。楊武能教授指出，在郭沫若所有的譯著中，「以《少年維特之煩惱》這部『小書』傳播最廣、名聲最大，不，豈止是他個人的譯著，就是在建國前譯成中文的德國文學乃至所有外國文學作品裏，郭譯《維特》的影響也是無與倫比」。〔註11〕漢學家高利克談到《少年維特之煩惱》時說：「歌德的《少年維特之煩惱》（The Sorrows of Young Werther）和《浮士德》曾引起中國讀者前所未有的強烈反響，而《維特》對中國文學結構的影響尤為深遠。」〔註12〕

在現今的中國社會裏，「少年」與「青年」的區別，已是越來越明晰了。在郭沫若的筆下，兩者其實並沒有明顯的區別。在《少年維特之煩惱‧序引》中，郭沫若敘及創作《少年維特之煩惱》時期的歌德時，一方面說「少年歌德自身的性格」、「少年歌德之思想」，另一方面也將歌德稱為「青年文士」、「青年」。「少年」「青年」同時被用來指稱同一時期的歌德，由此可見郭沫

〔註9〕 艾雲：《郭沫若先生的革命性》，《新華日報》1941 年 11 月 15 日。

〔註10〕 熊裕芳：《讀了〈少年維特之煩惱以後〉》，李霖編《郭沫若評傳》，上海：現代書局，1932 年，第 280 頁。

〔註11〕 楊武能：《篳路藍縷　功不可沒──郭沫若與德國文學在中國的譯介》，《三葉集：德語文學‧文學翻譯‧比較文學》，成都：巴蜀書社，2005 年，第 337、342 頁。

〔註12〕 〔斯洛伐克〕馬利安‧高利克：《歌德〈浮士德〉在郭沫若寫作與翻譯中的接受與復興（1919～1922）》，《漢語言文學研究》2012 年第 3 期，第 4 頁。

若並沒有將「少年」與「青年」視為前後相繼的兩個人生階段。郭沫若將書名 Das Leiden des jungen Werther（The Sorrow of Young Wether）譯為《少年維特之煩惱》，在《序引》中譯歌德弁詩：「青年男子誰個不善鍾情？妙齡女人誰個不善懷春？」〔註13〕兩相對照，可知郭沫若還是將維特視為青年。在譯文的正文中，郭沫若也使用了「青年」這一譯詞，且在 1771 年 5 月 17 日的書簡中同時使用了「青年」和「少年」兩個譯詞，分別用來稱呼兩個人物。「啊，我青年時代底女友說是死了！……幾日前我遇著一位少年 V 君，一位胸無城府的少年，帶個極慈祥的面孔。他是從專門學校畢業的。他自己覺得不大聰明，但自以為頗有學問。」〔註14〕與「青年」對應的英文版本單詞為「youth」，與「少年」對應的英文版本單詞為「young」，而德文本中與之相對應的詞都是 jungen。也就是說，德語原文中兩處形容詞相同，而在英文譯本和漢語譯本中，則被處理成了不同的譯詞。書簡中的維特明確稱呼自己為「青年」，稱呼胸無城府的 V 君為「少年」。

　　郭沫若譯文中的「少年」是不是就是「青年」的意思？如果是「青年」的意思，為什麼郭沫若在《少年維特之煩惱・序引》中同時使用「少年」與「青年」兩個詞，在《重印感言》中則將《少年維特之煩惱》稱為「青春頌」，〔註15〕卻偏偏執拗地在書名翻譯中用了「少年」？也就是說，將郭沫若的「少年」之譯視為錯譯固然不妥當，將「少年」完全等同於「青年」也不能完全解決譯文中的問題。「青年」與「少年」兩個密切關聯又有差異的詞彙在郭沫若的譯文中同時共存，就表明了譯者不想放棄任何一個，這本身就是譯者翻譯思考及選擇的具體表現。在《序引》中，郭沫若談到《少年維特之煩惱》對小兒的尊崇時，引用了孟子的一句話：「大人者不失其赤子之心。」大人、小兒與赤子之心，竊以為郭沫若譯文中「青年」與「少年」的糾纏便根源於此，在意氣風發又睿智的青年與淳樸天真少年之間游移不定。在某種程度上，郭沫若將 jungen Werther 譯為「少年」，其他地方又用「青年」一詞，與曹雪芹《紅樓夢》敘述大觀園裏的故事有異曲同工之妙。成人的愛情、少年的純真、對僵化守舊社會的批判，小說多種審美向度集於維特一

〔註13〕郭沫若：《序引》，《少年維特之煩惱》，上海：群益出版社，1944 年，第 194 頁。

〔註14〕郭沫若：《少年維特之煩惱》，上海：群益出版社，1944 年，第 10～11 頁。

〔註15〕郭沫若：《重印感言》，《少年維特之煩惱》，上海：群益出版社，1944 年，第 1 頁。

身，一方面需要維特表現出大人的成熟與睿智，一方面則要展示其少年的純真。「少年」維特的煩惱也就是人性本真的煩惱，一種本能的衝動，衝破社會藩籬的真愛的表現。「少年」與「青年」之譯，體現了「五四」新文化運動對「人」之問題的重新思考。

第一節　《少年維特之煩惱》的漢譯與現代文壇上的「維特熱」

泰東圖書局版《少年維特之煩惱》引發了強烈的社會反響，獲得了巨大的成功，一年之內多次再版，至 1924 年 8 月已出至第 8 版，在社會上引發「維特熱」。現代出版家張靜廬評價說：「在各譯本書中，這本書可算是銷行頂多的，大概總在卅萬部以上吧？」〔註 16〕郭沫若譯《少年維特之煩惱》之所以能風行一時，首先是因為維特反叛的個性、對於愛情的狂熱，以及書信體傾訴出來的夾雜著叛逆者、失戀者和零餘者複雜的情感體驗，一下子擊中了那一時代中國青年的心靈，其次則是郭沫若以輕靈的譯筆貫注了自身的熱情，真正體會並譯出了原作內在的味道。

樓適夷回憶說：「緊接著一九二一年《女神》的出現之後，我們讀到了《少年維特之煩惱》的郭譯本。正如歌德的這部作品曾經風靡了西方各國一樣，在中國，也正如《女神》的出現一樣，這個譯本曾經震動了當時的一代青年。『青年男子誰個不善鍾情？妙齡女人誰個不善懷春？這是我們人性中的至聖至神；啊，怎麼從此中會有慘痛飛迸？……』歌德這首《維特與綠蒂》的小詩，一時在許多青年人叩頭流行不息，這無疑是與沫若同志的傳神譯筆分不開的。」〔註 17〕葉靈鳳說得更為切實：「西洋古典作家，令我發生特別濃厚感情的，乃是歌德。我想產生這種感情的原因有二：一是時代的影響。一是個人的影響。前者是由於讀了他的《少年維特之煩惱》，使我深受感動，後者乃是由於將歌德作品介紹給我們的，是郭沫若先生。」〔註 18〕邱韻鐸談到自己的文藝生活時說：「我最愛讀的作家是郭沫若，尤其是他所翻譯的《維

〔註 16〕張靜廬：《郭沫若屈罵趙南公：文壇舊話之一》，《立報》1935 年 10 月 7 日。
〔註 17〕樓適夷：《漫談郭沫若同志與外國文學》，《悼念郭老》，北京：生活·讀書·新知三聯書店，1979 年，第 337～338 頁。
〔註 18〕葉靈鳳：《歌德和〈少年維特之煩惱〉》，《讀書隨筆》（二集），北京：三聯書店，1988 年，第 422 頁。

特》和《茵夢湖》。」〔註19〕《少年維特之煩惱》漢譯本的風行，既與小說本身有關，也與譯者郭沫若自身所具有的巨大影響力有密切的關聯。

　　郭沫若翻譯的《少年維特之煩惱》風行一時，「對當時反封建禮教的中國青年也發生過強烈的影響」。〔註20〕費爾巴哈說：「我們的理想不應當是被閹割的、失去肉體的、抽象的東西，而應當是完整的、實在的、全面的、完善的、有教養的人。」〔註21〕追求全面、完整的人性的發展，與庸俗鄙陋的社會狀態有不可調諧的矛盾，這就帶來了人的悲劇。這樣的悲劇較為普遍地存在於20世紀上半葉的中國青年身上。

　　盧劍波回憶自己最初讀到的創造社的著譯時說：「有一本便是《少年維特之煩惱》」，「我正因為那時的情熱，並且腦中存著浪漫的傳奇思想，所以竟至灑了不少的眼淚」。又談到自己在煩悶時讀《少年維特之煩惱》，「在性愛的俎上做犧牲者絕不僅只是維特，崇拜維特自殺者，還有我自身和編著《維特劇本》這位著者。」〔註22〕葉靈鳳談到《少年維特之煩惱》時說：「此書雖然故事情節很簡單，但由於是書信體，許多情節要靠讀者自己用想像力去加以貫穿，然而它的敘述卻充滿了情感，文字具有一種魅力，使人讀了對書中人物發生同情，甚至幻想自己就是維特，並且希望能有一個綠蒂，而且在私衷暗暗的決定，若是自己也遇到了這樣的事情，毫無疑問也要採取維特所採取的方法。這大約就是當時所說的那種『維特熱』，也正是這部小說能迷人的原因。」葉靈鳳說自己第一次讀了郭沫若譯本後，非常憧憬維特所遇到的那種愛情，自己也以「青衣黃褲少年」自命，「如果這時恰巧有一位綠蒂姑娘，我又有方法弄到一柄手槍，我想我很有可能嘗試一下中國維特的滋味的」。〔註23〕小說《賀東》中，「我」的朋友將一本書遞過來，「低頭一看，書名是《少年維特之煩惱》，我不覺陡然一驚。我的夢似乎真實現了。我看見我親手裝成的青衣黃褲的維特，將他自己的手槍掏出了輕輕地遞給我」，最後寫道：「我但願我的酬報能是少年維特飲過的那一顆槍

〔註19〕邱韻鐸：《我的文藝生活》，《大眾文藝》1930年第2卷第5、6期合刊號，第13頁。

〔註20〕鄭伯奇：《憶創造社》，《沙上足跡》，哈爾濱：黑龍江人民出版社，1999年，第15頁。

〔註21〕列寧：《哲學筆記》，北京：人民出版社，1956年，第52頁。

〔註22〕盧劍波：《關於維特劇本》，《文學週報》1929年第328期。

〔註23〕葉靈鳳：《歌德和〈少年維特之煩惱〉》，《讀書隨筆》（二集），北京：三聯書店，1988年，第422～423頁。

彈」。〔註24〕被稱為「中國第一位女兵作家」〔註25〕的謝冰瑩，談到自己喜歡的出版物時說：「歌德的《少年維特之煩惱》，小仲馬的《茶花女》，蘇曼殊的《斷鴻零雁記》，朱淑貞的斷腸詞是我最愛的讀物。」〔註26〕馮至在《H 先生》中敘述 H 先生詢問學生願意用哪部書學習德語時，「我順口答道：——『Werther's Leiden』。」〔註27〕作為學生的「我」希望用《少年維特之煩惱》作為教材，這裡的「我」可能就是受到了郭譯本的影響。茅盾小說《子夜》第四章，要去前線的雷鳴請林佩瑤保存一本《少年維特之煩惱》，這本書是林佩瑤以前送給雷鳴的，范勁認為《少年維特之煩惱》在小說中的情感的象徵，「與之對應的是吳老太爺所虔奉的《太上感應篇》」〔註28〕，由此展示了現代與傳統、情感與理性、浪漫與誨淫之間的種種矛盾與衝突。

　　將《少年維特之煩惱》改編成劇本的曹雪松說：「我自該歡喜，數年來欲把《少年維特之煩惱》改編劇本的計劃，如今居然實現了！但維特脫稿後，不知怎樣，有萬千的感傷萬千的悲哀來襲激著我稚弱的心靈！本劇的付印我能看到：出版後，我能不能看到它穿著青色燕尾服黃色的肩褂，直挺橫陳地躺在十字街頭的書攤上？卻是一個絕大的疑問！」這「疑問」便是作者「幾次想抱著《維特之煩惱》自殺」〔註29〕，只是終於沒有付諸實行罷了。時代不同，國情有別，著裝上模仿維特的中國青年畢竟不多，精神上以維特為同道者的卻決不在少數。以至於胡佛亦如德國牧師那樣，將小說引發的青年自殺等「惡果」歸罪於歌德。「哥德在《少年維特之煩惱》裏，不僅使我們對命運恍惚，對人生懷疑，而且充分地表現了他的自私……當《少年維特之煩惱》出版後，歐洲有過很多青年自殺，他們與維特相似的遭遇，早使他們有自殺的可能，但是他們沒有榜樣，沒有死，而維特卻給了他們榜樣，哥德給了他們勇氣，使他們死得那麼輕快而『光榮』！」〔註30〕

〔註24〕葉靈鳳：《賀東》，《幻洲》半月刊 1927 年 2 月 1 日第 1 卷第 8 期。

〔註25〕李夫澤：《男權意識下的女性追求》，《西南民族大學學報》2004 年第 5 期。

〔註26〕閻純德：《作家的足跡》，北京：北京知識出版社，1987 年，第 431 頁。

〔註27〕馮至：《H 先生》，《馮至全集》第 3 卷，石家莊：河北教育出版社，1999 年，第 286 頁。

〔註28〕范勁：《德語文學符碼和現代中國作家的自我問題》，上海：華東師範大學出版社，2008 年，第 44 頁。

〔註29〕曹雪松：《第一頁》，《少年維特之煩惱劇本》，上海：泰東圖書局，1928 年，第 1～4 頁。

〔註30〕胡佛：《讀〈少年維特之煩惱〉以後》，《農本副刊》1943 年 2 月 15 日第 9 期，

　　上述羅列的中國讀者們，學習和嚮往的都是少年維特，而少年維特迷戀的對象夏綠蒂卻很少被同時提及。《新女性》雜誌第 3 卷第 3 期開闢了一個專欄，名為「小說中我所愛好的女主人公」。有四位作者撰文談了四位女性：《新時代》裏的瑪利亞娜、《大心》裏的佛雪里、《工人馬得蘭》裏的馬得蘭、《少年維特之煩惱》裏的夏綠蒂。陶哲盦談到夏綠蒂時，開門見山地指出她對於家政和丈夫兩個方面的優點，然後說「綠蒂不是個善良的母親賢惠的妻子嗎？我所愛的原因就是——『良母賢妻』。我很悲觀，無論在現實的社會或虛構（？）的小說中，無論這女人是新的或是舊的，他們很少像綠蒂那般的善良高美；我崇敬她……我完全是個與新潮流異趣的舊人。」〔註 31〕在那時候的一些作家們眼裏，新時代的女性就應該追求自由平等，應該「完全失去了她的本來的女性的卑下，羞怯和馴良，她頑強得像一匹不服管束的獅子。」〔註 32〕然而解放的新時代的女性卻又帶來了新的問題，當時就有人著文說：「封建的鎖鏈固然掙脫，可是不幸地，中國的知識女性得到自由解放的權利以後，反不如封建社會下之村姑鄉婦每天種一畝田織一匹布之有助於家庭，有助於社會。反平添了不少高等消費者去寄生於社會，剝蝕於社會！」〔註 33〕於是一些知識分子提出了新賢妻良母主義。賢妻良母被歸入傳統的舊式的女性特徵，被視為現代的新女性應該摒棄的藩籬，至於新賢妻良母主義也不過是傳統思想的改良版。現代與傳統的二元對立思維，使得夏綠蒂這個美好的女性文學形象難以成為國人學習的對象，沒有像維特那樣成為備受膜拜的對象。

　　《少年維特之煩惱》在文學創作上有著更為深遠的影響。郭沫若撰寫的長篇序《〈少年維特之煩惱〉序引》被「看成是創造社和中國浪漫主義文學運動的綱領」。〔註 34〕將郭沫若此文看成浪漫主義文學運動綱領的，不是郭沫若自己，也不是創造社同人，而是並不怎麼欣賞郭沫若此類翻譯活動的同時代人，或將此文視為史料的後來的研究者們。

　　　　　第 29～30 頁。

〔註 31〕陶哲盦：《〈少年維特之煩惱〉——夏綠蒂》，《新女性》1928 年 3 月第 3 卷第 3 期。

〔註 32〕依凡：《文學上的新女性》，《女青年月刊》1934 年 3 月第 13 卷第 3 期，第 23 頁。

〔註 33〕克真：《新女性討論專輯附識》，《新女性》1935 年 5 月第 1 卷第 1 期，第 2 頁。

〔註 34〕姜濤：《論〈少年維特之煩惱〉序引》，《郭沫若研究》第 11 輯，北京：文化藝術出版社，1996 年，第 35 頁。

　　魯迅在《〈北歐文學的原理〉譯者附記二》中說：「今年是似乎大忌『矛盾』，不罵幾句托爾斯泰『矛盾』就不時髦，要一面幾里古魯的講『普羅列塔裏亞特意德沃羅基』，一面源源的賣《少年維特的煩惱》和《魯拜集》。」〔註35〕《少年維特之煩惱》和《魯拜集》被視為高蹈的作品，在左翼文壇上被視為過去了的作品，是消極與頹廢的代表。郭沫若著譯作品帶有消極頹廢的色彩，但他不認可「浪漫感傷」這樣的評價。郭沫若在給周定一的覆函中說：「所謂『靈肉衝突』在歐洲是近代文明的一個特徵。西方以『靈』表徵希伯來文明，以『肉』表徵希臘文明，而近代文明是以希臘文明為基調的。便是唯物主義把唯心主義克服了。創造社的初期，有意無意地是歌頌著近代的西方文化的，說為『強調靈肉衝突』也未嘗不可以，只嫌太抽象了一點，而且沒有說出一個結果來。創造社初期有一個顯著而熱烈的傾向，便是反對封建思想，反對舊禮教，而主張個性解放。這些都是實在的。只是以這些作為『浪漫感傷』的內容，我向來不大同意。其實屬於文學研究會的許地山、謝冰心、周作人等唯心派的作家才是浪漫派的標本呢。」〔註36〕為了區別「浪漫感傷」，於是就有了相對應的「浪漫積極」，也就是消極浪漫主義與積極浪漫主義。雖然郭沫若對「浪漫」的區別帶有鮮明的時代色彩，卻並非扭曲事實，只是強調了隱藏在文學翻譯與創作中的鬥爭精神，這種精神無論是強調純文學還是走向革命文學的創造社皆一以貫之。

　　歐陽山回憶說：「二十年代初期，我從郭老的《女神》和他譯哥德的《少年維特之煩惱》學文藝，學創作，他是我的老師。」〔註37〕歐陽山的《玫瑰殘了》，所表現的便是類似維特的那種反叛的性格，以及追求愛情的狂熱。郭沫若譯《少年維特之煩惱》出版後，中國現代文壇上出現過為數不少的書信體小說，如盧隱《一封信》（1921年）、《愁情一縷詩征鴻》（1924年）和《或人的悲哀》（1924年），許地山《無法投遞之郵件》（1923年），王以仁《流浪》（1924年）、《孤雁》（1926年），衣萍《情書一束》（1925年），周全平《愛與淚的交流》（1925年），向培良《六封書》（1926年），章克標《給

〔註35〕魯迅：《〈北歐文學的原理〉譯者附記二》，《魯迅全集》第10卷，北京：人民文學出版社，2005年，第317頁。
〔註36〕轉引自林甘泉、蔡震主編：《郭沫若年譜長編（1892～1978年）》第3卷，北京：中國社會科學出版社，2017年，第1283頁。
〔註37〕歐陽山：《懷念郭老》，《悼念郭老》，生活·讀書·新知三聯書店，1979年，第78～79頁。

A 的信》（1926 年），郭沫若《落葉》和《喀爾美蘿姑娘》（1926 年），蔣光慈《少年飄泊者》（1926 年），潘垂統《十一封信》（1927 年），彭學海《失蹤者的情書》（1928 年），彭家煌《皮克的情書》（1928 年）等等，或多或少都受到《少年維特之煩惱》一書的影響。據統計，在 1923 年至 1948 年間，中國現代文壇上出版的情書就有《香豔情書》（陳果癡編著，上海益明書局 1923 年版）、《紀念碑》（宋若瑜著，上海亞東圖書館 1927 年版）等四十多種。〔註38〕

第二節　《少年維特之煩惱》的「雙包案」

「雙包案」一語來自張靜廬。1935 年，是新文學的總結年，隨著《中國新文學大系》的編輯出版，人們開始有意識地整理總結新文學發展的歷史軌跡。就在這個時候，張靜廬以知情者的身份談到了《少年維特之煩惱》的「雙包案」。「上海新書市場裏有一種雙包案的書，那是郭沫若翻譯的歌德名著《少年維特之煩惱》。」〔註39〕《雙包案》是中國傳統劇目，敘述包拯放糧回京，路遇黑鼠精。黑鼠精變成了包拯的模樣，跟真包拯一起站在法堂之上，一時真假難辨，是為「雙包」。後來，人們用「鬧雙包」形容不該重複出現的事情重複出現了，有人也將面目相似的書畫作品稱為「雙包案」。

張靜廬說《少年維特之煩惱》是一部「雙包案的書」，指的是泰東圖書局和創造社出版部先後出版發行郭沫若翻譯的《少年維特之煩惱》。一部譯著，在不同的出版社出版發行，這也是常有的事，「創造社叢書」大都存在著由泰東圖書局和創造社同時印刷發行的情況。《雪萊詩選》也是一部「雙包案的書」，泰東圖書局 1926 年 3 月初版後，1927 年 4 月還曾重新排印，故而泰東圖書局出版的《雪萊詩選》版權頁既有 1926 年 3 月初版，亦有 1927 年 4 月初版。後者至 1930 年 6 月也出了五版，印數為 9001～11000 冊，印數不菲。為何張靜廬不談《雪萊詩選》，不提其他著譯，只講《少年維特之煩惱》？原因便是這部譯著的銷路最好。張靜廬回憶說：與郭沫若等創造社同人合作出版《創造》季刊、《創造週報》時期的泰東圖書局，書和

〔註38〕韓蕊：《從文學的書信到書信的文學——中國現代書信體小說研究》，吉林大學 2007 年中國現當代文學專業博士論文，第 30～31 頁。

〔註39〕張靜廬：《郭沫若屈罵趙南公：文壇舊話之一》，《立報》1935 年 10 月 7 日。

雜誌的銷路都「不十分好」,「不能賺錢」,出版者和譯者也就沒有「再論稿費計版稅」,「不料自十四年起,新書的銷路大好特好,創造社小夥計周全平,卻又在那時候,豎起創造社出版部的牌子,一時無書可印,於是乎就將找老闆綁出轅門,宣布罪狀開了頭刀。訂正本的《少年維特之煩惱》,就做了創造社出版部的第一部書了。因為不是這麼來一下,這本書就要發生了版權問題哩。」〔註40〕在張靜廬看來,「雙包案」的出現,都是利益鬧的。郭譯《少年維特之煩惱》雖然問世後便熱銷,但是新書業整體形勢不好,那時候創造社沒有另立山頭的打算,也就沒有版稅版權等問題。等到「新書的銷路大好特好」,創造社同人有意自辦出版,又有能幹的小夥計周全平加入,於是就有了爭奪《少年維特之煩惱》版權之事。

　　郭沫若與泰東圖書局合作時,張靜廬就是泰東圖書局內重要的職員,為郭沫若的《女神》等書籍的出版印刷跑腿的,就是張靜廬。他說創造社出版部成立後「一時無書可印」,所以要想辦法收回《少年維特之煩惱》,應與事實相去不遠。創造社出版部營業部正式開門營業之前,已將《洪水》第1卷第10～11期合刊號收回自印,出版日期為1926年2月5日。該期《洪水》扉頁上有《創造社出版部啟事》,宣告同時排印四種叢書:創造社叢書、創造社作品分類彙刊、落葉叢書、白鷗叢書。聲明「已開始排印」的書目有:《少年維特之煩惱》《小說選(第一集)》《詩選(第一集)》《落葉》《白鷗》。「以上已印各書在三月內可陸續出版」。在1926年3月1日出版的《洪水》底封上,又有一份「創造社出版部三月內出版之新書」的廣告,其中只有三種書目,分別是「落葉叢書第一種」的《落葉》、「創造社叢書」的《少年維特之煩惱》、「創造社小說選第一種」的《木犀》。對照前後兩期《洪水》,可知第1卷第10～11期合刊號上的廣告只是出版計劃,並沒有真正「已開始排印」。

　　《洪水》第2卷第13期刊登的廣告上,早就宣告「已開始排印」的《少年維特之煩惱》才終於給了讀者們一個較為具體的出版時間:「四月上旬可出」。實際上該書並沒有在四月上旬出版問世。1926年6月4日,郭沫若在廣州寫完《少年維特之煩惱增訂本後序》,這表明增訂本不可能在此之前問世。在長達四個月的時間裏,創造社出版部在廣告中一直宣揚要出版的且真

〔註40〕張靜廬:《郭沫若屈罵趙南公:文壇舊話之一》,《立報》1935年10月7日。

正有價值的，就是《少年維特之煩惱》。周全平說：「這次《少年維特》的改排，對於我們的出版部實在有一個很重要的意義；說得更明白一些時，出版部成立的動機便根於《少年維特》的改排。」〔註41〕周全平的話無形中也為張靜廬的說法提供了佐證。

周全平屢屢談到《少年維特之煩惱》的「改排」，也就是以新的紙型重新出版發行，主要就是為了規避版權問題。在創造社出版部推出《少年維特之煩惱》修訂版的同時，泰東圖書局一直不斷地重印舊版。有意思的是，兩家書局所出的兩種《少年維特之煩惱》都是大賣特賣。於是也就出現了張靜廬所說的「雙包案」。1931年，魯迅也曾隱約談到過這個問題。「創造社員在凱歌聲中，終於覺到了自己就在做自己們的出版者的商品，種種努力，在老闆看來，就等於眼鏡鋪大玻璃窗裏紙人的眨眼，不過是『以廣招徠』。待到希圖獨立出版的時候，老闆就給吃了一場官司，雖然也終於獨立，說是一切書籍，大加改訂，另行印刷，從新開張了，然而舊老闆卻還是永遠用了舊版子，只是印，賣，而且年年是什麼紀念的大廉價。」〔註42〕郭沫若看到的是日譯本的《上海文藝之一瞥》，其中的一些表述與《魯迅全集》所收文字不同，如郭沫若自己從日文翻譯的一句：「於是乎才希圖獨立出版，書店老闆便把他們向裁判所告發了。」郭沫若憤激地寫道：「這一句話卻要算是天外的奇文！這兒所說的『書店老闆』自然是指泰東書局的趙南公。幸好趙南公還沒有死，創造社的幾個人也都還活著，創造社設出版部時，原來趙南公是提起過訴訟的嗎？」〔註43〕創造社與泰東圖書局之間的權益問題就是一筆糊塗賬。創造社出版部獨立時，趙南公的確沒有提起過訴訟。同時期趙南公編印《雪萊詩選》，郭沫若等創造社同人也沒有提起過訴訟，只是各自印各自的，「雙包」並行，互不干涉，就此而言，郭沫若的「屈罵」趙南公更像是廣告，而不是為了版權版稅問題與老東家進行對峙。

《二十世紀中國實錄》敘及《少年維特之煩惱》時說：「郭譯本一年餘連出4版，1924年8月出第8版，到1930年8月，泰東等書局先後印行達23版。」泰東圖書局之外，郭沫若譯的《少年維特之煩惱》先後又由創造

〔註41〕周全平：《全平附記》，《洪水》半月刊1926年7月1日第2卷第20期。
〔註42〕魯迅：《上海文藝之一瞥》，《魯迅全集》第4卷，北京：人民文學出版社，2005年，第303頁。
〔註43〕郭沫若《創造十年·發端》，《郭沫若全集》文學編第12卷，北京：人民文學出版社，1992年：第30～31頁。

社出版部、群益書社、復興書局、激流書店、上海聯合書店、現代書局、天下書店、新文藝出版社、人民文學出版社等相繼出版發行，「據不完全統計，至少印過不下於 50 版。」〔註44〕其實，這裡的版本統計並不準確，因為在泰東圖書局印行的《少年維特之煩惱》用了兩種裝幀：甲種實價六角，乙種實價四角。在泰東圖書局出版的郭沫若著作裏，這也是唯一擁有兩種裝幀的作品。可見趙南公為了更好地迎合市場需要，著實花費了不少心思。一年之內，郭譯《少年維特之煩惱》連出 4 版。《少年維特之煩惱》（甲種）1924年 8 月出了第 8 版；《少年維特之煩惱》（乙種）1926 年 1 月 15 日出了第 8版。《少年維特之煩惱》（乙種）版權頁注明 1927 年 11 月 9 版重排訂正，1928 年 9 月 25 日出了第 11 版，改版印數為 8001～12000，1930 年 4 月出了第 14 版，印數為 19001～22000 冊。1926 年 6 月 4 日，郭沫若在廣東大學的宿舍裏為即將出版的《少年維特之煩惱》增訂本寫了後序，其中說「四年間購讀維特的一萬以上的讀者」。〔註45〕「四年間」指的就是 1922 年至1926 年，郭沫若所說「一萬」的銷量有些保守。

《茵夢湖》1931 年 11 月出至 14 版，印數 26000 至 28000 冊，每版印數2000 冊。《少年維特之煩惱》的銷量不會低於《茵夢湖》，甲乙兩種合起來每版的印數應該超出《茵夢湖》才合理。即便是按照郭沫若的說法計算，平均開來，《少年維特之煩惱》每年至少也有 2500 多冊的銷量。身為德語文學翻譯和研究大師的楊武能教授感慨地說：「郭沫若的所有譯著，以《少年維特之煩惱》這部『小書』傳播最廣，名聲最大，不，豈只是他個人的譯著，就在建國前譯成的中文的德國文學乃至所有的外國文學作品裏，郭譯《維特》的影響也無與倫比。」〔註46〕

郭沫若 1922 年 1 月底在日本譯完《少年維特之煩惱》，然後將譯稿寄回上海泰東圖書局，而後在 4 月出版。期間郁達夫、成仿吾、郭沫若等皆不在上海。《少年維特之煩惱》的清樣實際上並沒有經過可靠的人進行校閱。1922 年 6 月底，郭沫若從日本回到上海泰東圖書局，「最先在馬霍路的樓上把《創造》季刊第一期和《少年維特之煩惱》來校勘了一遍。」讓郭沫若「痛

〔註44〕《二十世紀中國實錄》第 1 卷，北京：光明日報出版社，1997 年，第 1062頁。

〔註45〕郭沫若：《〈少年維特之煩惱〉增訂本後序》，《洪水》半月刊第 2 卷第 20 期。

〔註46〕楊武能：《篳路藍縷　功不可沒——郭沫若與德國文學在中國的譯介和接受》，《郭沫若學刊》2001 年第 2 期。

心」的是，「《少年維特之煩惱》，錯誤在五百以上」。〔註47〕「一部名著，印
刷錯得一塌糊塗，裝璜格式等等均俗得不堪忍耐。」在初版發行後，郭沫若
曾經「訂正過兩回」譯文中的「誤植」，「無如專以營利為目的的無賴的書賈
卻兩次都不履行，竟兩次都把我的訂正本遺失了」。初版本遲遲不能得到修
訂，責任在泰東圖書局。但初版本出現的錯誤及其他問題，郭沫若並沒有一
股腦兒全推卸到泰東圖書局身上。郭沫若承認：「初譯本由於自己的草率而
發生的錯誤，尤不能不即早負責改正。所以維特自出版以後，我始終都存在
一個改印和改譯的心事。」〔註48〕

　　經郭沫若「大加改訂」後，創造社出版部出版推出了橫排版的《少年維
特之煩惱》，「另行印刷」後的裝幀也更加精美漂亮。封面上，修訂版《少年
維特之煩惱》用了一幅倒立三角形的版畫插圖，畫的中間是兩個青年男女
親吻的圖像，應該就是夏綠蒂和阿爾伯特，在倒立三角形的下面的角的地
方，是一個受到擠壓的臉部圖像，愁眉苦臉，帶有淚痕，這個圖像畫的應該
是少年維特。扉頁是歌德的銅像，《序引》部分第 4 頁是一個美麗的姑娘的
畫像，頁底標注「夏綠蒂姑娘」。1927 年 12 月，曹雪松編的《少年維特之
煩惱劇本》由泰東圖書局初版發行。該劇本所配的歌德像與夏綠蒂姑娘畫
像，皆與創造社出版部《少年維特之煩惱》修訂版中的一致。那個時期的中
國出版界，對於國外照片和畫像的使用肆無忌憚，既不需要理會版權問題，
也不顧及其他出版機關的使用重複與雷同問題，這在文化與文學的輸入方
面也有好處，即重複與雷同強化了讀者們對某些外來文化與文學因素的印
象，更容易形成經典化的接受效果。1934 年現代書局出版郭沫若譯《少年
維特之煩惱》時，重新配了三幅插圖。葉靈鳳回憶說：「創造社的《少年維
特之煩惱》，是由我重新改排裝幀的。當時對於這部小說的排印工作，曾花
費了不少時間和心血，從內容的格式，以至紙張和封面，還有插圖，我都精
心去選擇，刻意要發揮這部小說的特色。封面的墨色特地選用青黃二色，並
且畫了一幅小小的飾畫，象徵維特的青衣黃褲。書裏面所用的幾幅插圖，還
是特地向當時上海的一家德國書店去借來的。」由現代書局出版時，「版樣

〔註47〕郭沫若：《創造十年》，《郭沫若全集》文學編第 12 卷，北京：人民文學出版
　　　　社，1992 年，第 136 頁。
〔註48〕郭沫若：《後序》，《少年維特之煩惱》，上海：創造社出版部，1928 年，第 2
　　　　～3 頁。

和封面」也都是由葉靈鳳設計。「這一個新版本的封面,我採用了德國出版物的風格,在封面上印上了作者和書名的德文原文。並且採用了德文慣用的花體字母,以期產生裝飾效果,墨色是紅藍兩色,封面紙是米色的。因此若是拿開那兩行中文,簡直就像是一本德國書。」現代書局版本的《少年維特之煩惱》所用的三幅新插圖,其中扉頁上的是一幅歌德遺像,在第 24 頁後刊載的則是「維特第一次與綠蒂相見的情形。他來到綠蒂家中,邀請她一起去參加一個舞會,卻發現綠蒂正在家中,分麵包和乳酪給弟妹們吃。」〔註 49〕葉靈鳳在回憶中誤將這幅插圖記為創造社出版部版本,實則為現代書局版本。

對照創造社出版部修訂版和泰東版,修訂程度並沒有像郭沫若所說的那般誇張,有些地方如:「他們還要親一回她的手,長的一個有十五歲,與年齡相應地很文雅地親了她,其他一個很率直而鹵莽。」將泰東版中的「文弱」改為「文雅」,並非屬於錯誤的修訂,而是用詞更加恰當優美。「綠蒂姐姐,你可不是素菲呀,我們可愛你。」這句譯文在泰東圖書局初版本中原為:「綠蒂姐姐,你可不是,素菲呀,我們可愛你。」句中多了一個逗號。多了這個逗號之後,句子的意思完全變了。郭沫若說過這是手民(排字工人)的誤植,泰東圖書局和創造社出版部後來都修正了這一錯誤。但是,譯文中有些錯誤並沒有得到修改。比如譯文中的這一句:「你看,女人們上了車了;車旁立著青年費賽爾斯多德和奧德蘭和我。她們從窗外伸出頭來和拆白們傾談,真是輕佻……」〔註 50〕兩個版本均是「從窗外」。按照行文邏輯,此處應該是坐在馬車裏的女人從車窗內伸出頭來。此句的德語原文為:Da ward aus dem Schlage geplaudert mit den Kerichen, die frilich leicht und lüftig genug waren。Boylan 的英文翻譯為:They are a merry set of fellows, and they were all laughing and joking together。德語中窗子是 Fenster,用於營業服務等的窗形開口是 Schalter,德文中有車窗,英文譯本沒有。

創造社出版部版本雖然在裝幀質量等各方面都優於泰東版,在圖書銷售市場上卻並不能對泰東圖書局版形成壓倒性優勢,而在出版史上,泰東圖書局初版本更是有著不可替代的歷史地位與價值。郭沫若研究專家蔡震

〔註 49〕葉靈鳳:《歌德和〈少年維特之煩惱〉》,《讀書隨筆》(二集),北京:三聯書店,1988 年,第 424 頁。

〔註 50〕〔德〕歌德《少年維特之煩惱》,郭沫若譯,上海:創造社出版部,1928 年,第 25 頁、第 46 頁。

認為：「無論從閱讀的角度還是從研究的角度，《女神》初版本與經作者修訂後的《女神》的文本，都具有同樣的歷史價值，而且是不可互相替代的。如果特別從研究的角度說，所有對於《女神》的研究，均應開始於初版本。」〔註51〕蔡震所說的初版本，即泰東圖書局1921年8月5日的初版本。泰東圖書局初版本《少年維特之煩惱》的價值，用書中的一段原話來說就是：「一個作家在他的小說第二次改正出版的時候，不怕改得有詩意，比初版更好，總是要傷及他的書的，我們是喜歡第一印象，人是早來被最冒險的言論所說付的；並且最冒險的言詞印人之深極其堅牢，凡想抹殺或刪改的作者，不幸呵！」〔註52〕

創造社出版部所出《少年維特之煩惱》增訂本，裝幀與價格皆與泰東圖書局針鋒相對。《創造月刊》第1卷第3期扉頁上刊載了《少年維特之煩惱》增訂本的廣告：「《少年維特之煩惱》，郭沫若譯。定價：瑞典紙四角，道林紙六角。本書曾經泰東書局出版，現經譯者重行校閱，改正不少處所，由出版部用瑞典紙及毛道林紙精校重印，道林紙本並加入原著作及書內女主人公夏綠蒂姑娘等寫真銅圖三幅，較原譯本更見精彩矣。」與泰東圖書局一樣，都採用了兩種裝幀形式，兩種形式的價值也都一樣。然而，實際上圖書的標價比廣告上的價格要高。1928年5月20日第6版的版權頁標明的價格是：精裝每冊實價大洋六角、布裝每冊實價大洋一元。這個價格要比泰東圖書局高出許多。或許是為了能更好地說明價格高的原因，後來的廣告注明：布裝一元（插圖十幅）、精裝六角（插圖二幅）。

創造社出版部的籌建，本是為了避免像趙南公似的資本家的剝削，要提高著作者的報酬，降低讀者的購書費用，然而《少年維特之煩惱》的售價不降反升，這自然令讀者們難以滿意。周全平談到《少年維特之煩惱》增訂本時，強調葉靈鳳「自告奮勇，化了許多時間，定了一個精美的格式」，同時談及了價格問題：「有人要疑惑，裝訂既精美，定價一定不廉，那依然是無益於讀者。可是，在此我要鄭重的向讀者說：我自從出入了幾次印刷所以後，才知道市上賣的很貴的書的成本原是很輕的。貴的原因不是版稅重而

〔註51〕蔡震：《一個歷史的文本》，《〈女神〉及佚詩》，北京：人民文學出版社，2008年，第295頁。

〔註52〕〔德〕歌德《少年維特之煩惱》，郭沫若譯，上海：創造社出版部，1928年，第69頁。

是出版家的欲望大。現在我們不想開書店發財，我們只想定一個不虧本的價目。」〔註53〕然而，到底《少年維特之煩惱》應該定一個怎樣的價目，周全平終究沒有明白地說出來，而是含混過去了。鄭鶴翔質疑說：「我想貴社開口總大談受書賈的壓逼，如此不成其第二的書賈嗎？」〔註54〕書的售價貴了將近一半，價格高昂的主要原因，便是增加的幾幅精美的插圖，尤其是「寫真銅圖」。對於一般的讀者來說，精美的插圖並不是必需的內容，校勘本就是出版者應負的責任，創造社出版部被質疑為「第二的書賈」，並非無因。「創造社出版部的增訂本在裝訂精美上努力，高昂起來的定價更多地落在了圖書裝幀帶來的附加值上，因此並不能對泰東圖書局的舊版《少年維特之煩惱》帶來真正的衝擊。各自推出的兩種裝訂形式，反而使得《少年維特之煩惱》能夠滿足更多層次的讀者們的需求，相互爭奪讀者市場的同時，在某種程度上卻也構成了某種互補。」〔註55〕

很長一段時間內，郭沫若譯《少年維特之煩惱》泰東版和創造社出版部版並行出版，各自發售，而銷售業績都很不錯。漢學家馬利安·高利克談到《少年維特之煩惱》時說：「此書是中國20～30年代最為暢銷的外國作品。」〔註56〕對於泰東圖書局來說，《少年維特之煩惱》這樣的暢銷書帶來的是不菲的純利潤，自然樂意「用了舊版子」，印了又印。其實，在創造社出版部版本的衝擊下，趙南公也並非對泰東版全無改進，1927年乙種第9版就注明了是「重排訂正版」，郭沫若一直要求的工作，此時才終於在泰東圖書局內得到實現。新書業不斷前進的一個主要動力，便是行業間的自由競爭。純粹的出版商，如果沒有外在的刺激，很難有「重排訂正」的動力，而不同的出版機關之間的適當的競爭，有利於繁榮出版市場，督促出版商提升出版質量。

創造社出版部被國民黨政府查封後，1934年5月《現代出版界》刊出現代書局廣告，其中《少年維特之煩惱》增訂本已經出至第11版。此後，又有

〔註53〕周全平：《卷末》，《洪水》半月刊1926年2月5日第1卷第10、11合刊號。

〔註54〕鄭鶴翔：《致周全平》，《洪水》半月刊1926年5月1日第2卷第16期。

〔註55〕咸立強：《中國出版家趙南公》，北京：人民出版社，2020年，第188～189頁。

〔註56〕〔捷克〕馬利安·高利克：《初步研究指南：德國對現代中國知識分子歷史的影響》，《二十世紀中國實錄》第1卷，北京：光明日報出版社，1997年，第1062頁。

群益出版社、大新書局等十多家出版機構參與了郭沫若譯《少年維特之煩惱》的出版活動。其中，大新書局購買了泰東圖書局的紙型，所以在版權頁上既有泰東圖書局也有大新書局，而版次則是重新計算。

　　泰東圖書局出版物多有錯謬之處，早就飽受人們的指謫。郭沫若等創造社同人到來後，泰東圖書局出版物的質量整體上有了提升，但有時仍令人難以忍受。讀了穆木天翻譯的《王爾德童話》之後，周作人對譯者序及譯文的選擇都表示「完全同意」，同時指出：「使我最不滿意的卻是紙張和印工的太壞，在看慣了粗紙錯字的中國本來也不足為奇，但看到王爾德的名字，聯想起他的主張與文筆，比較攤在眼前的冊子，禁不住發生奇異之感。我們並不敢奢望有什麼插畫或圖案，只求在光潔的白紙上印著清楚的黑字便滿足了，因為粗紙錯字是對於著者和譯者——即使不是對於讀者——的一種損害與侮辱。」〔註57〕作為著者和譯者的郭沫若，便從《少年維特之煩惱》的印刷中感受到了「損害與侮辱」。

　　對於郭沫若譯《少年維特之煩惱》的錯訛之處，當時就有許多人撰文批評過。1924 年 5 月 21 日，梁俊青在文學研究會刊物《文學》第 121 期發表《評郭沫若譯的〈少年維特之煩惱〉》。「現在有人把這本《少年維特之煩惱》書譯成中文了，我想中國的青年們總會受這本譯文的影響而激起熱烈的情感。但是這本譯文已經出版了兩年多，而中國的文壇卻杳無聲息，好像是對於這本書沒有什麼感想的樣子。」認定這種情況與譯文有關，隨後指出郭沫若譯文中的 11 處錯誤。梁俊青的批評引來了郭沫若的反批評，然後又有成仿吾、茅盾等人加入，直到 1924 年 8 月 4 日梁俊青在《文學》上發表《我對於郭沫若致〈文學〉編輯一封信的意見》才告一段落。圍繞《少年維特之煩惱》展開的這次論爭，除了開始的時候討論譯文對錯之外，剩下的基本都是創造社與文學研究會之間的態度和意氣之爭。

　　若是不從批評的對錯看待這次的論爭，就不能不注意到梁俊青的批評恰恰出現在創造社三大刊物都停刊的時候。梁俊青的批評文字略過了《少年維特之煩惱》的出版次數及銷量，直言郭譯出了兩年多，國內文壇卻「杳無聲息」。站在梁俊青的角度，可能是據此批評郭沫若譯文不足以引起文壇上的注意。若是換一個角度，就會發現梁俊青提出的問題，正是新文學家們努力想

〔註57〕周作人：《王爾德童話》，《周作人自編集・自己的園地》，北京：十月文藝出版社，2011 年，第 79～80 頁。

要避免的，即著譯出版後落入「杳無聲息」的境地。魯迅在《〈呐喊〉自序》中說：「凡有一人的主張，得了贊和，是促其前進的，得了反對，是促其奮鬥的，獨有叫喊於生人中，而生人並無反應，既非贊同，也無反對，如置身毫無邊際的荒原，無可措手的了，這是怎樣的悲哀呵。」〔註 58〕梁俊青的批評，打破了郭沫若譯文在文壇上「無聲息」的狀態。從批評與反批評的角度來看，創造社刊物的停刊使得郭沫若等創造社同人在這次論爭中盡顯劣勢，從《少年維特之煩惱》的文壇反響來看，卻是一大勝利，而這也是出版者趙南公所樂意看到的。

第三節　《少年維特之煩惱》翻譯的浪漫主義特質

郭沫若為《少年維特之煩惱》撰寫的《序引》被視為「創造社浪漫主義文學綱領」：「浪漫派主要作家的創作，如郭沫若的詩歌、戲劇、小說、散文，郁達夫的小說、散文、詩歌以及創造社其他成員的作品，都體現了《〈少年維特之煩惱〉序引》所張揚的傾向。」〔註 59〕郭沫若因翻譯《少年維特之煩惱》而寫成《〈少年維特之煩惱〉序引》，若將《序引》視為「創造社浪漫主義文學的綱領」，創造社的浪漫主義有積極浪漫主義與消極浪漫主義之別，有沖淡浪漫主義與粗暴浪漫主義的不同，那麼，《少年維特之煩惱》觸動郭沫若的是哪種風格的浪漫主義？郭沫若新詩創作中的浪漫主義特色與《少年維特之煩惱》又有怎樣的關係？

一、兩種自然與兩種浪漫主義的風格

各種文學史論著，敘及郭沫若及創造社的文學創作時，均將其視為浪漫主義的代表。這已經成為學界共識，需要補充的不過是認可並挖掘浪漫主義之外的其他文學創作傾向，比如現實主義的文學創作，以及張資平帶有濃鬱的自然主義氣息的小說創作。然而，對於學術研究來說，這屬於外延式的補充，是擴展，這方面的努力能夠讓學者們在研究郭沫若和創造社時的視野更加開闊，對相關問題的探討更加全面。僅是如此還遠遠不夠，就像郭沫若新

〔註58〕魯迅：《自序》，《魯迅全集》第 1 卷，北京：人民文學出版社，2005 年，第 439 頁。

〔註59〕姜錚：《論〈少年維特之煩惱序引〉》，《郭沫若研究》1996 年 6 月第 11 輯，第 36 頁。

詩《天狗》中不斷飛跑的天狗，向外吞噬之後必然還要有一個向內吞噬的過程，研究在向外的擴展外還需要內部研究的進一步細化，只有細化才能使問題的研究更加深入。就郭沫若新詩創作的浪漫主義而言，進一步細化就會發現實際上存在兩種不同氣息的浪漫主義新詩創作傾向：一類是狂飆式的浪漫主義，還有一類則是寧靜平和的浪漫主義。細化之後再來探討《〈少年維特之煩惱〉序引》作為浪漫主義文學「綱領」的問題，就會發現需要繼續追問：一個作家怎麼會同時具有兩種浪漫主義文學創作傾向？《序引》究竟是哪一種浪漫主義的文學綱領？又或者兩種浪漫主義都以此作為綱領？

　　在《〈少年維特之煩惱〉序引》一文中，郭沫若談的主要是自己翻譯《少年維特之煩惱》時的精神共鳴，卻沒有具體敘及自身文學創作的浪漫主義問題，也沒有詳細敘述西方浪漫主義文學問題。郭沫若在《創造十年》中談到自己與張資平不同時說：「資平是傾向於自然主義的，所以他說要創作先要觀察。我是傾向於浪漫主義的，所以要全憑直覺來自行創作。」敘及蔣光慈時又說：「『有理想，有熱情，不滿足現狀而企圖創造出些更好的什麼的，這種精神便是浪漫主義。具有這種精神的便是浪漫派。』（大意如此，就作為我自己的話也是無妨事的。）」〔註60〕談到自己對浪漫主義的態度時，大多比較籠統，並沒有將其細化。換言之，在郭沫若自己的思想裏，並沒有將浪漫主義再度細化。沒有細化的時候，自然只能籠統地談《〈少年維特之煩惱〉序引》是浪漫主義文學「綱領」，只有在浪漫主義能夠進一步細化的前提下，才能準確地討論《少年維特之煩惱》與郭沫若浪漫主義的具體對應關係。

　　最能代表郭沫若浪漫主義文學創作特色的，自然是他的新詩創作，而郭沫若的新詩創作所表現出來的浪漫主義，的確又存在兩種迥然不同的審美風範。在《寫在〈三個叛逆的女性〉後面》一文中，郭沫若說：「我最初從事於戲劇的創作是在民國九年的九月。我那時候剛好把《浮士德》悲劇第一部譯完，不消說我是很受了歌德的影響的。歌德的影響對於我始終不是甚麼好的影響。我在未譯《浮士德》之前，在民國八九年之間最是我的詩興噴湧的時代，《女神》中的詩除掉《歸國吟》（民國十年作）以外，大多是作於這個時期。第三輯中的短詩一多半是前期的作品，那是受了海涅與太戈兒的影響寫出的。第二輯的比較粗暴的長詩是後期的作品，那是受了惠迭曼（Whitman）

〔註60〕郭沫若：《創造十年》，《郭沫若全集》文學編第 12 卷，北京：人民文學出版社，1992 年，第 49 頁、第 268 頁。

的影響寫出的。」〔註61〕從郭沫若的這段話裏，我們可以知道，在接受歌德的影響之前，所寫的大多都是「比較粗暴的」新詩，也是最能代表《女神》藝術成就的詩篇。在「粗暴的」詩篇之外，郭沫若還創作了許多沖淡的詩篇。在《我的作詩的經過》一文中，郭沫若說：「我自己本來是喜歡沖淡的人」，「在『五四』之後我卻一時性地爆發了起來，真是像火山一樣爆發了起來。這在別人看來雖嫌其暴，但在我是深有意義的，我在希望著那樣的爆發再來。」〔註62〕本是喜歡沖淡的人，在惠特曼等人的影響下才走向了雄渾奔放的詩歌創作道路，火山爆發般的詩歌創作熱情冷卻之後，本來喜歡沖淡的性情便再次突顯出來。粗暴與沖淡，便是郭沫若新詩創作兩種不同的浪漫主義審美風格。

　　粗暴與沖淡兩種風格，在郭沫若的新詩創作中究竟是同時並存還是先後相繼？從郭沫若各種自敘文字看，詩人自己認為存在一個從沖淡到粗暴再到沖淡的變化過程，直接影響作用於這個變化過程的便是外國作家惠特曼、歌德等。惠特曼對應的是粗暴的詩歌創作，歌德對應的則是沖淡的詩篇創作。《女神》第二輯新詩的創作整體風格「比較粗暴」，向來被視為郭沫若新詩創作的代表，是郭沫若浪漫主義創作的代表。這些詩篇主要接受的是惠特曼的影響，而非歌德的影響。如此一來，《〈少年維特之煩惱〉序引》作為浪漫主義文學的「綱領」就存在了問題。一個主要在郭沫若詩歌創作沖淡審美方面產生影響的著作，郭沫若如何從中挖掘出自己整個浪漫主義文學創作的「綱領」？當郭沫若的新詩創作從平淡到粗暴再回歸沖淡的時候，已經完成了一個拋物線式的發展，回歸沖淡後的郭沫若為何撰寫這樣的一份綱領？竊以為，將《〈少年維特之煩惱〉序引》視為整個浪漫主義文學創作的「綱領」有些誇張，即便是視為郭沫若浪漫主義文學創作的「綱領」也稍顯誇張且不合適。《〈少年維特之煩惱〉序引》展示給人們的，更多的是郭沫若浪漫主義詩歌創作的變化，從粗暴向著沖淡的轉向。如果非要說《〈少年維特之煩惱〉序引》是中國浪漫主義的文學「綱領」，那麼也應該是沖淡這一類型的浪漫主義的文學「綱領」，而非粗暴和沖淡兩種浪漫主義文學共同的「綱領」。

〔註61〕郭沫若：《寫在〈三個叛逆的女性〉後面》，《郭沫若全集》文學編第6卷，北京：人民文學出版社，1986年，第143頁。

〔註62〕郭沫若：《我的作詩的經過》，《郭沫若全集》文學編第16卷，北京：人民文學出版社，1989年，第220頁。

在郭沫若的新詩創作中，最能代表粗暴風格的是《女神》，最能代表沖淡風格的則是《星空》。聞一多談到《女神》時曾說：「北社編的新詩年選偏取了《死的誘惑》作女神底代表之一。他們非但不懂讀詩，並且不會觀人。女神底作者豈是那樣軟弱的消極者嗎？」〔註63〕聞一多認為郭沫若不是一個消極的詩人，但《死的誘惑》卻是「軟弱的消極」的詩篇。學者楊武能認為，《死的誘惑》可能受到了《少年維特之煩惱》的影響，依據有二：第一，「郭沫若當時已經讀過《維特》」；第二，《死的誘惑》中把死看成是「除卻許多煩惱」的辦法，「與維特和青年歌德本身的想法，頗為相似」。〔註64〕將死作為「除卻許多煩惱」的辦法，雖然並非為維特和青年歌德所獨有，卻也不能否認《少年維特之煩惱》影響了《死的誘惑》等詩篇創作。

與「軟弱的消極」相對的，便是粗暴的積極，在郭沫若的詩篇中，兩種風格皆有，只是表現「軟弱的消極」的詩篇向來不被看重。與《女神》相比，郭沫若的詩集《星空》審美風格更趨沖淡，情緒低沉。當然，《女神》中的詩篇並不僅僅只有粗暴一種風格，而《星空》也不僅僅只是沖淡一種路數。《中國現代文學三十年》敘及《星空》時說：「《星空》失去了《女神》的單純性與統一性，多種音調、畫面交替出現，反映了歷史彷徨期的複雜多變：忽而是平和的幽音，寧靜的畫圖，詩行間透露出逃遁於大自然和遠古時代的企想；忽而是憤激的哀調，血腥的畫圖，面對黑暗的現實，『嘗著誕生的苦悶』；忽而跳蕩著歡快的樂音，繪著生機盎然的新芽，充滿了對未來的希望，從冬看到春、從死看到生的辯證思考。」〔註65〕走入彷徨期的郭沫若，新詩創作的審美風格似乎一下子變得「複雜多變」起來。所謂「複雜多變」，與其說是出現了新的審美風格，毋寧說是以前曾經甚少表現或被壓抑的審美風格湧現出來，打破了《女神》帶給讀者們的那種「單純性與統一性」。

與《女神》相比，《星空》中呈現出來的郭沫若新詩創作的新的審美風格，主要便是「寧靜的畫圖，詩行間透露出逃遁於大自然和遠古時代的企想」。其實，「大自然和遠古時代」也出現在《女神》的詩篇中。不過，在自然書寫中側重於表現寧靜平和沖淡的審美情趣，代表詩集當屬《星空》。郭

〔註63〕聞一多：《〈女神〉之時代色彩》，1923年6月3日《創造週報》第4號。
〔註64〕楊武能、莫光華：《歌德與中國》，成都：四川人民出版社，2017年，第280頁。
〔註65〕錢理群、溫儒敏、吳福輝：《中國現代文學三十年》，北京：北京大學出版社，1998年，第96頁。

沫若自言「歌德的影響對於我始終不是甚麼好的影響」，先是翻譯《浮士德》，緊接著便是翻譯《少年維特之煩惱》，郭沫若對歌德作品的閱讀和翻譯雖然早已開始，但是根據譯作的問世時間及郭沫若自敘中對著譯先後順序的排列，可知有寧靜平和沖淡審美情趣的詩篇其實大多數都創作於《少年維特之煩惱》前後。也就是說，《少年維特之煩惱》的翻譯及共鳴帶來的浪漫主義影響，對於郭沫若浪漫主義的新詩創作來說，其實是一個轉折或豐富，而不能簡單地視為浪漫主義的文學「綱領」，更不能將其與惠特曼帶來的那種浪漫主義審美風格相混淆。

　　《少年維特之煩惱》推崇自然、主張主情主義，惠特曼的詩作也尊崇自然、宣揚主情主義。自然的面相並非只有一種，主情主義的具體表現也有種種的不同。大自然有狂暴的一面，颱風、颶風、地震、海嘯、沙塵暴、冰川等自然現象無不破壞力強大，讓人恐懼令人戰慄；大自然也有寧靜祥和美麗的一面，雨後的彩虹、寧靜的晨曦、祥和的夜晚、綻放的鮮花等等，這個藍色的星球，便是人所能夠找到的屬於自己的樂園。《少年維特之煩惱》1771 年 8 月 18 日書簡開篇寫道：「人說凡與人以幸福的，亦可為不幸之源，究竟真個如是麼？」〔註 66〕這封書簡很長，寫到後來所證明的便是「真個如是」。在郭沫若的新詩創作中，自然的模樣就呈現出狂暴與沖淡兩種面目。

　　表現自然狂暴的詩篇主要收在詩集《女神》中，如《立在地球邊上放號》。詩集《女神》中，郭沫若喜歡歌唱的，是狂暴的具有開拓創造精神的自然。在《日出》一詩中，對於自然的想像也現代化了。在郭沫若的想像中，太陽神乘坐的工具，不是傳統神話中的馬車或龍，而是摩托車。日出時候的自然景象，在郭沫若的筆下成為「生命與死亡的鬥爭」的景象，「雞聲」也不再是田園牧歌的必備因素，而是成了「凱旋的鼓吹」。〔註 67〕就此而言，《女神》中的自然所表現出來的便是「二十世紀的動的反抗的精神」〔註 68〕。

　　表現自然平和沖淡的詩篇主要收在詩集《星空》中。《女神》中的新月被想像成「鍍金的鐮刀」。「把這海上的松樹斫倒了，／哦，我也被你斫倒

〔註 66〕〔德〕歌德：《少年維特之煩惱》，郭沫若譯，上海：創造社出版部，1928 年，第 69 頁。

〔註 67〕郭沫若：《日出》，《郭沫若全集》文學編第 1 卷，北京：人民文學出版社，1982 年，第 62 頁。

〔註 68〕朱自清：《導言》，《中國新文學大系詩集》，上海：良友圖書印刷公司，1935 年，第 5 頁。

了！」〔註69〕詩集《星空》中的月亮帶來的則是祥和與寧靜。「月在我頭上舒波，／海在我腳下喧豗，／我站在海上的危崖，／兒在我懷中睡了。」〔註70〕唐朝詩人李白《蜀道難》詩中有云：「飛湍瀑流爭喧豗，砯崖轉石萬壑雷。」喧豗指的就是瀑布的轟鳴。「我」站在高高的危崖上，腳下是喧囂的海水，這樣的自然景象，與《女神》中所呈現的自然並無大的差異，整首詩給人的審美感受寧靜而祥和。

　　1922 年 7 月 29 日，聞一多乘船赴美留學時，途徑日本，在給梁實秋的信中說：「歸國後，我定要在日本學一兩年美術。日本畫 made me intoxicated！《女神》多半是在日本作的。作者所描寫的日本並不真確。他描寫了雄闊的東島，但東島並不雄闊。東島是秀麗的，應該用實秋底筆來描寫。」〔註71〕其實，郭沫若對於「秀麗」而「並不雄闊」的景色並不陌生。在給郁達夫的信中，郭沫若寫道：「平如明鏡的海水，也有翻波湧瀾的時候。不看見今天的博多灣，不會相信元軍十萬餘人是在此地淹沒了的。」〔註72〕這段話明顯告訴讀者，博多灣「平如明鏡」的時候為多，「翻波湧瀾」卻不常見。郭沫若的詩篇給聞一多留下了博多灣海水「雄闊」的印象，這印象的形成並非錯覺，而是詩人郭沫若詩歌創作有選擇地進行表現及有意識地編纂詩集《女神》造成的閱讀效果。

　　朱壽桐教授也說：「博多海灣並不像一般的海區那樣常見驚濤駭浪，在這裡郭沫若領略到的主要是寧靜與明媚。……郭沫若在《女神》和《星空》中的詩多與博多灣的寧靜明媚有關。」同時指出：「郭沫若所寫的那些為數並不多卻影響巨大的豪放粗暴的詩歌，與博多灣的關係也很密切。」認為博多灣內的海景催生了郭沫若寧靜與明媚的詩篇，豪放粗暴的詩篇則來自於博多灣之外的大海體驗。〔註73〕武繼平也撰文詳細考證了博多灣的自然景象：「經過創作時間上的詳細考證，博多灣所顯露出來的狂暴與溫柔這兩種截

〔註69〕郭沫若：《新月與白雲》，《郭沫若全集》文學編第 1 卷，北京：人民文學出版社，1982 年，下第 136 頁。

〔註70〕郭沫若：《偶成》，《郭沫若全集》文學編第 1 卷，北京：人民文學出版社，1982年，第 189 頁。

〔註71〕聞一多：《致吳景超、顧毓琇、翟毅夫、梁實秋》，《聞一多全集》第 12 卷，武漢：湖北人民出版社，1993 年，第 46 頁。

〔註72〕郭沫若：《海外歸鴻·第三信》，《創造》季刊 1922 年 5 月第 1 卷第 1 期，第18 頁。

〔註73〕朱壽桐：《日本博多灣風物與郭沫若研究的幾個問題》，《新文學史料》2000 年第 3 期，第 178～179 頁。

然相對的性格都如實地反映在《女神》之中。《抱和兒浴博多灣中》所代表的一批被稱之為『泰戈爾式』的清純無邪、柔情似水的詩歌創作於博多灣的春、夏，而《鳳凰涅槃》《天狗》《晨安》《浴海》《立在地球邊上放號》《太陽禮讚》等氣勢磅礡的『男性的粗暴的』作品群，則多源於對博多灣秋、冬兩季自然風物的寫生。」〔註74〕郭沫若筆下的日本風景，包括東島在內，雄闊與秀麗兩種景色都曾描述過，如詩作《白雲》：

> 魚鱗斑斑的白雲，
> 波蕩在海青色的天裏；
> 是首韻和音雅的，
> 燦爛的新詩。〔註75〕

郭沫若在給宗白華的信中說：「詩不是『做』出來的，只是『寫』出來的」，又說詩人的心境就像清澄的海水，有風的時候就要翻波湧浪，「大波大浪的洪濤便成為『雄渾』的詩」，「小波小浪的漣漪便成為『沖淡』的詩」。〔註76〕郭沫若明確地談到海有兩種面目，人的情感也有兩種，分別對應著「雄渾」與「沖淡」，「雄渾」的詩篇也就是粗暴的詩篇。「雄渾」與「沖淡」兩種風格，粗暴與平和兩種自然景物，同時並存。在郭沫若的新詩創作道路及自敘中，卻被有意識地分出了先後的次序。

武繼平談到《女神》所顯示的博多灣溫柔的性格書寫時，舉的例子是《抱和兒浴博多灣中》。這個舉例不是很恰當。只能說《抱和兒浴博多灣中》創作於《女神》時期，而不能夠將《抱和兒浴博多灣中》視為《女神》中的詩篇。郭沫若編纂《女神》時，特意沒有收入《抱和兒浴博多灣中》。對於博多灣的風物，《女神》詩篇的書寫都是有選擇性的。郭沫若也寫過「松原的青森」〔註77〕、「十里松原永恆不易的青翠」，郭沫若並非沒有注意過松林，也寫過松林的顏色，但是與靜的不變的色彩相比，郭沫若更願意書寫的是那些變動不居給人雄闊印象的審美對象。「柔和的太陽好像月輪——／好

〔註74〕 武繼平：《狂暴與柔情——博多灣賦予〈女神〉的兩種性格》，《現代中國文化與文學》2009 年第 1 期，第 27～28 頁。

〔註75〕 郭沫若：《白雲》，《郭沫若全集》文學編第 1 卷，北京：人民文學出版社，1982年，第 191 頁。

〔註76〕 郭沫若致宗白華，《郭沫若全集》文學編第 15 卷，北京：人民文學出版社，1990 年，第 14～15 頁。

〔註77〕 郭沫若：《雨後》，《創造》季刊第 1 卷第 1 期，第 141 頁。

像是童話中的一個天地！」〔註 78〕「月光一樣的朝曦／照透了這蓊郁著的森林，／銀白色的沙中交橫著迷離的疏影。」〔註 79〕像這樣一類的詩句，《女神》中雖然也有，卻很少，向來也不被讀者們所注意。從郭沫若的創作實踐而言，兩種自然和兩種浪漫主義風格雖然同時並存，但詩人郭沫若自身的審美追求卻在不同的時期有不同的側重。簡單地說，便是《女神》時期的郭沫若側重在狂暴自然及粗暴浪漫主義的審美風格，《星空》時代的郭沫若側重在溫柔自然及沖淡的浪漫主義風格。在翻譯上，前者對應的是惠特曼，後者對應的則是歌德，更具體地說便是《少年維特之煩惱》。

二、溫柔的大自然與沖淡的浪漫主義：譯者主體的再建構

《少年維特之煩惱》所呈現的主要是溫柔的大自然，這一觀點應該沒有多少人反對；將《少年維特之煩惱》中的浪漫主義稱之為沖淡的浪漫主義，恐怕很多人都會不以為然。作為狂飆運動產物的《少年維特之煩惱》，浪漫主義的風格怎麼會是沖淡的呢？無數《少年中國維特之煩惱》的譯介者和讀者，都為該書激動不已，甚或走上了自殺的道路，這些難道不是濃鬱的浪漫主義的表現嗎？就情感的狂暴來說，少年維特的情感的確有狂暴的一面，熾熱難以自抑，是以走上了自殺的道路。但那是在面對夏綠蒂，面對阿爾伯特，面對所愛女子已經訂婚而世俗社會道德不允許維特自由表達內心情感的情況下出現的。面對自然的時候，維特的心境是平和沖淡的，面對城市與社會現存道德秩序的時候，維特的情感有時便痛苦到難以自抑。就自然及與之相關聯的浪漫主義表現而言，《少年維特之煩惱》側重呈現的，就是溫柔的大自然與沖淡的浪漫主義。

客觀世界裏的自然有多種面相，藝術世界裏的自然有多重審美意蘊。在中國文學從傳統向現代轉型的過程中，「自然」是出現頻率最高的詞彙之一。要白話不要文言，因為白話「自然」；要話劇不要戲曲，因為話劇「自然」；要自由體新詩不要五七言體舊詩，因為自由體新詩「自然」。胡適強調新詩創作要追求「白話的自然的音節」〔註80〕，聞一多卻主張「自然」只是「文

〔註78〕郭沫若：《海外歸鴻・第一信》，《創造》季刊第 1 卷第 1 期，第 6～13 頁。
〔註79〕郭沫若：《晨興》，《郭沫若全集》文學編第 12 卷，北京：人民文學出版社，1992 年，第 153 頁。
〔註80〕胡適：《〈嘗試集〉自序》，《胡適文存（一）》，北京：外文出版社，2013 年，第 277 頁。

藝的原料」而非文藝本身:「自然界當然不是絕對沒有美的。自然界裏面也可以發現出美來,不過那是偶然的事。」〔註81〕「自然」與「人為」,其實存在著一個複雜的辯證關係。「自然」可以分為自然而然、人為揀選的自然、人造自然。自從自然界有了人之後,就沒有無人的自然,也沒有超脫自然的人。所有關於「自然」的言說,皆是言說者自身思想情感的表現。這些言說只有在其產生的具體語境中才能準確地把握其意義,即「自然」的言說說到底只能是人文自然。

　　1921 年 10 月 6 日,郭沫若給郁達夫寫信,告訴他自己正在讀司空圖的《詩品》:「剛才讀他『沉著』一品,起首兩句『綠衫野屋,落日氣清』,這是何等平和淨潔的世界喲!我連想起在兒克翰 Gickelhahn 的歌德 Goethe 來。」〔註82〕讀司空圖《詩品》時的郭沫若,正在利用課後餘暇翻譯《少年維特之煩惱》。在給郁達夫的信中單單說起「沉著」,將司空圖與歌德相聯繫,說明郭沫若此時心靈世界所追尋和嚮往的正是「平和淨潔的世界」。然而,上海給郭沫若的卻是另一番感受:

> 污濁的上海市頭,
>
> 乾淨的存在
>
> 只有那青青的天海!〔註83〕

《吳淞堤上》中寫道:

> 一道長堤
>
> 隔就了兩個世界。
>
> 堤內是中世紀的風光,
>
> 堤外是未來派的血海。〔註84〕

　　郭沫若從日本來到上海後,放眼望去,「滿目都是骷髏,/滿街都是靈柩」,感受到的則是「Disillusion 的悲哀」。〔註85〕上海的生活從一開始就讓

〔註81〕聞一多:《詩的格律》,《聞一多全集》第 2 卷,武漢:湖北人民出版社,1993年,第 81～84 頁。

〔註82〕郭沫若:《致郁達夫》,《郭沫若書信集(上)》,北京:中國社會科學出版社,1992 年,第 199 頁。

〔註83〕郭沫若:《仰望》,《郭沫若全集》文學編第 1 卷,北京:人民文學出版社,1982年,第 197 頁。

〔註84〕郭沫若:《吳淞堤上》,《郭沫若全集》文學編第 1 卷,北京:人民文學出版社,1982 年,第 199 頁。

〔註85〕郭沫若:《上海印象》,《郭沫若全集》文學編第 1 卷,北京:人民文學出版社,

郭沫若感到不舒服。如果說上海還有令郭沫若感興趣的地方，便是進行中的創造社的文學事業。1921 年 9 月，在郭沫若想要譯完《少年維特之煩惱》而實際上卻沒有完成的這個月份裏，他已打定主意返回日本，於是將創造社的事情轉交給了郁達夫。張資平回憶說：「十一月，我的《沖積期化石》脫稿了，寄至福岡給郭閱看，再由郭寄回上海交郁付印。郭在那時的來信，對於社事忽然表示有些灰心的樣子，我並不知道那時他有什麼的苦衷。」〔註86〕對創造社的事業也表示了「灰心」，上海之於郭沫若，也就徹底失去了吸引力。回到日本的郭沫若，又回到了海邊，回到了大自然的懷抱。從魔都上海來到日本海邊的寓所，郭沫若的旅程和心情正如來到鄉下的少年維特，維特第一封書簡中寫的一些文字：「我在此地甚好。在這樂園般的地方寂寥之於我心正是高貴的良藥」，「城市自身本無可取，但是四郊卻有不可言喻的自然之美。」〔註87〕

都市與鄉村的差異，某種程度上被當成了人文與自然的對立。張鴻聲談到郭沫若等創造社同人與上海時說：「創造社的大部分人，大都在青少年時代負笈東渡，平均年齡是 17 歲。他們比先輩們更深切地感受到彼邦現代文明的強烈刺激。在他們筆下，對日本城市文明的羨慕代替了晚清文人對上海的熱情。比如郭沫若《筆立山頭展望》《日出》中輪船、煙筒、摩托車的城市文明，顯然不是故國能夠給予他的。鄭伯奇曾指出早期創造社具有『移民文學傾向』，大意便在於，在文明與愚昧對立的大框架中，創造社所採用的是日本與中國之間的比較角度，而非通常意義上的上海與內地之間的對比。對於上海，他們也普遍採用了一種否定性的認知。」〔註 88〕論者對於郭沫若等創造社同人漂泊流浪生活的敘述是正確的，解讀卻有問題。郭沫若《筆立山頭展望》《日出》等詩篇中描繪的輪船、煙筒、摩托車等城市文明因素，在日本東京等城市裏可以見到，更為摩登的上海自然也能見到。在日本，郭沫若與田漢、鄭伯奇等其他創造社同人的生活大不相同，田漢流連於銀座咖啡館等都市高檔消費場所。郭沫若說：「我在一九一四年初到東京時，預備入學試驗的最初半年住在小石川的偏僻地方，我不曾到過銀座一

1982 年，第 162 頁。
〔註86〕張資平：《張資平自傳》，南京：江蘇文藝出版社，1998 年，第 247 頁。
〔註87〕〔德〕歌德：《少年維特之煩惱》，郭沫若譯，上海：創造社出版部，1928 年，第 5 頁。
〔註88〕張鴻聲：《文學中的上海想像》，北京：人民出版社，2011 年，第 58 頁。

－225－

次。在一高預科的一年是青年矜持期的絕頂，不說銀座的咖啡館，便連淺草的電影館都沒有去過。以後便分派到鄉下去了。在暑假期中雖然偶而有到東京的機會，但像銀座的咖啡館，實在是受了禁制的樂園。」〔註89〕當郭沫若到上海時，切身感受到的是現代城市文明；當郭沫若在日本生活時，切身的生活體驗卻是鄉村自然的美。

離開上海這座城市，在日本鄉間住下來，對郭沫若來說決不僅僅只是受到了美好的自然景物的誘惑。《少年維特之煩惱》的翻譯之於郭沫若的意義，並不只是印證了詩人對於城市與鄉村所持的理念與情感，更重要的似乎是使得郭沫若重新發現了自我，一個曾經被鳳凰、天狗所遮蔽了的自我。在這個意義上，翻譯對於郭沫若這個翻譯主體的自我建構來說，短時間內有了兩次不同的自我發現與建構。第一次的建構是發現了涅槃的鳳凰與奔跑的天狗，這是自我主體的更生，一個強有力的、代表著二十世紀的動的反抗精神的「我」，這也是一個注定流浪的「我」。第二次的建構則是與流浪的「我」相對的安穩的「我」的發現。嚮往安穩，精神也會傾向於沖淡。郭沫若自己說他本來是一個「喜歡沖淡的人」，是「五四」新文化運動的浪潮將他推向了粗暴的審美道路。使郭沫若重新回歸沖淡的契機，最主要的便是《少年維特之煩惱》的翻譯。

1771年6月21日的書簡中，維特寫自己在山丘與山谷中徜徉。「我匆匆走去，又回來，又沒有找著我所希求的。唉，地之遠方猶如時之未來！……待我向前急走，那兒成了這兒的時候，一切還是同從前一樣；我們立在窘促中，束縛中，我們的靈魂渴想著已歇了的泉水。就是這樣，那極不安定的放浪者最後又渴慕著他的祖邦，在他的小房中，他妻底胸畔，他小孩們底圈中，在維持他們家計之內，尋出他在遠遠的世界中尋不出的喜悅來。」〔註90〕

上面這一段文字，Boylan的英語譯文為：

I went, and returned without finding what I wished. Distance, my friend, is like futurity…… when the distant there becomes the present here, all is changed: we are so poor and circumscribed as ever, and our souls still languish for unattainable

---

〔註89〕郭沫若：《創造十年》，《郭沫若全集》文學編第12卷，北京：人民文學出版社，1992年，第114頁。

〔註90〕〔德〕歌德：《少年維特之煩惱》，郭沫若譯，上海：創造社出版部，1928年，第35頁。

happiness. So does the restless traveler pant for his wife, in the affections of his children, and in the labour necessary for their support, that happiness which he had sought in vain through the wide world.

Ich elite hin, und kehrte zurück, und hatte nicht gefunden, was ich hoffte. O es ist mit der Ferne wie mit der Zukunft! ……wenn das nun Hier wird, ist alles vor wie nacht, und wir stehen in unserer Armut, in unserer Eingeschränktheit, und unsere Seele lechzt nach entschlüpftem Labsle. So sehnt sich der unruhigste Vagabund zuletzt wieder nach seinem Vaterlande und findet in seiner Hütte, an der Brust seiner Gattin, in dem Kreise seiner Kinder, in dem Geschäften zu ihrer Erhaltung die Wonne, die er in der weiten Welt vergebens suchte.

Hütte 可譯為「小屋」、「茅舍」。Boylan 英文譯本並沒有對譯，郭沫若選擇的對譯詞是「小屋」，楊武能選擇的對譯詞是「茅屋」〔註91〕。小屋可以是茅屋，茅屋也可以是小屋，對於德語原文的翻譯來說，兩個漢語譯詞可以互換。但是這兩個詞畢竟還是有所差異，對於譯者來說，兩個漢語譯詞顯示了譯者主體不同的生活體驗。維特的這封書簡有許多對鄉間生活的臆想，從維特嚮往田園生活的角度來看，楊武能將 Hütte 譯為「茅屋」，突出的便是維特對原始自然生活的嚮往。郭沫若選擇的譯詞是「小屋」，較多屬入了譯者自身的生活體驗，突出的是「小」。與之相應的，便是對 Armut、Eingeschränktheit 兩個詞的翻譯。郭沫若將其譯為「窘促」「束縛」，楊武能將其譯為「平庸」「淺陋」。郭沫若所選擇的這兩個譯詞，也是他自身生活體驗的反映。對於出去又回來的放浪者來說，郭沫若並沒有「平庸」「淺陋」方面的體驗，這兩個字眼向來都是他送給別人的。對於郭沫若來說，無論是在上海還是在日本，人生的掙扎與奮鬥中所體驗到的，大半都是「窘促」與「束縛」。然而，有趣的是郭沫若翻譯 Geschäften zu ihrer Erhaltung 時，忠實地將其譯為「維持他們家計」，並沒有像其他一些譯者那樣修飾以「忙碌操勞」等詞。對於譯者郭沫若來說，他比其他譯者更知道維持家計生活時的那種忙碌操勞，為何這時候郭沫若又沒有將自己的這種生活體驗代入進去？郭沫若的家庭生活體驗，也有迥然不同的兩種，在一些自述文字中，郭沫若敘及家庭日常生活時，所用的詞便是「窘促」與「束縛」，在上述這段譯文中，

〔註91〕〔德〕歌德：《少年維特之煩惱》，楊武能譯，北京：北京燕山出版社，2014年，第 25 頁。

「窘促」與「束縛」被用來描述家庭之外的生活，家庭帶來的是「喜悅」，郭沫若翻譯時的情感體驗自然就偏向了淡化家庭生活所帶來的「窘促」與「束縛」。

　　1771 年 6 月 21 日的這封書簡在《少年維特之煩惱》中的位置比較靠前，郭沫若在國內時應該就已經開始翻譯。委身泰東圖書局的郭沫若，雖然贏得了經理趙南公的信任，但是直到翻譯《少年維特之煩惱》時，文學事業的進行並不理想，所以張資平自傳中才會談到這時候的郭沫若對創造社的事業似乎有點兒「灰心」。換言之，郭沫若在 1921 年 9 月離滬赴日，頗有些沒有找到「所希求」的理想的失落。自傳體小說《歧路》中寫道：「他想到他歷年來的漂泊生涯，他也想到他歷年來的文學成績。『啊，我的生活意識是太曖昧了。理想的不能實行，實行的不是理想，逡巡苟且，混過了大好的光陰。我這十年來，究竟成就了些什麼呢？』」〔註 92〕於是「放浪者」只能重歸「祖邦」。日本並不是郭沫若的「祖邦」，但是卻有他的妻子，有著「他在遠遠的世界中尋不出的喜悅」。在上海的郭沫若只能算是一個僑寓者，在日本卻有屬於自己的一個小小的完整的家庭。即便是這個小家庭全體來到上海，在上海也不能夠感到喜悅，在日本生活的時候卻常常滿帶喜悅。自傳體小說《月蝕》中，帶著孩子到上海不過五個月，「住在這民厚南里裏面，真真是住了五個月的監獄一樣」，兩個大一點的兒子「初來的時候，無論甚麼人見了都說是活潑肥胖；如今呢，不僅身體瘦削得不堪，就是性情也變得很怪癖的了。兒童是都市生活的 barometer，這是我此次回上海來得的一個唯一的經驗。」於是回憶來日本前的生活，也恰好是翻譯《少年維特之煩惱》的時期：「我們在日本的時候，住在海邊，住在森林的懷抱裏，真所謂清風明月不用一錢買，回想起那時候的幸福，倍增我們現在的不滿。」〔註 93〕

　　城市與鄉下，上海與東京，中國與日本，所有的元素都不能使郭沫若的靈魂真正平靜下來。郭沫若在本質上是一個放浪者，穿梭於狂暴不安與平和沖淡之間，自然與浪漫主義之於郭沫若的意義，正如《少年維特之煩惱》中的維特一樣，都是對當下社會既定藩籬的反抗。巴特勒談到英國浪漫主義文

〔註 92〕郭沫若：《歧路》，《郭沫若全集》文學編第 9 卷，北京：人民文學出版社，1985 年，第 248 頁。

〔註 93〕郭沫若：《月蝕》，《郭沫若全集》文學編第 9 卷，北京：人民文學出版社，1985 年，第 41 頁。

學時說：「在柯爾律治為這類題材所吸引的年頭，簡·奧斯汀和很多其他婦女小說家一樣，變得偏愛與世隔絕的、熟悉的、有親切英國味兒的題材，『鄉村裏的三四戶人家』。這決不是巧合。把注意的焦點從公共事務轉移到私人生活是對政治事件的反應，有其公認的政治意義——效忠當局。」粗暴風格的「動的反抗的精神」的詩篇，自然是反抗當局的；與之相比，敘述寧靜祥和的鄉村生活自然就有「效忠當局」的意味。這個問題需要辯證地給予認識。描繪質樸的鄉村生活，也可能正是作家反抗社會的另一種表達方式。「1750年後西方各國藝術最顯著的共同之點就是拒絕認可現存的社會世界……對純潔質樸的追求又常常採取遊歷渺遠之鄉的方式……說教的作家也可以不求助於遠僻的異國，轉而訴諸遙遠的往昔。」〔註94〕自然與往昔，這是郭沫若文學創作的兩大主要構成元素。無論是粗暴風格還是沖淡風格，郭沫若的追求皆是「拒絕認可現存的社會世界」。

　　在《黃海中的哀歌》中，詩人將自己比喻為「峨眉山上」的「一滴的清泉」，「山風吹我，／一種無名的誘力引我，／把我引下山來」。「山風」是外在的推動力，「無名的誘力」則是內在的推動力。外因是自己不能負責也無法抵抗的，莫可名狀的內因也是自身無法抵禦的，內因外因共同作用的結果便是：

　　　　把我沖蕩到海裏來了。

　　　　　浪又濁，

　　　　　漩又深，

　　　　　味又鹹，

　　　　　臭又腥，

　　　　險惡的風波

　　　　沒有一刻的寧靜，

　　　　滔滔的濁浪

　　　　早已染透了我的深心。

　　「深心」被「濁浪」「染透」，並不完全是被動的結果，還有內在的「無名的誘力」的作用。「一滴的清泉」在經歷的過程中被「染透」，這個「染透」

〔註94〕〔英〕瑪里琳·巴特勒：《浪漫派、叛逆者及反動派——1760～1830年間的英國文學及其背景》，瀋陽：遼寧教育出版社，1998年，第135頁、第25頁。

不是「我」想要的結果。最後兩個詩行：「我要幾時候／才能恢復得我的清明喲？」〔註95〕反問的方式表示了「我」的覺醒，對當下狀態的不滿意，卻沒有明確透露想要重歸峨眉山的意思。郭沫若偶而會沉湎於寧靜優美的大自然，暢想「縹渺的空中，／定然有美麗的街市」。〔註96〕但這只是反抗與批判現存社會世界的理想存在，卻不會用來麻醉詩人那顆反抗與批判現存社會世界的敏銳的心靈。

> Francesca da Ramini 喲，
>
> 你的身旁，
>
> 便是地獄裏的天堂！
>
> 我不怕淨罪山的艱險，
>
> 我不想上那地上的樂園！〔註97〕

郭沫若《Paolo 之歌》中的這段話，自然是郭沫若想像出來的 Paolo 的歌。《魯拜集》譯完不久，郭沫若就創作了《Paolo 之歌》，「你的身旁，／便是地獄裏的天堂」似脫胎於《魯拜集》第 12 首。對於郭沫若創作中平和寧靜的詩篇，其實也可以視為「地上的樂園」，郭沫若寫這些，並不將其視為自己理想的歸宿，或者迴避現實的良藥，而是通過書寫展示一種未被「染透」的自然。「只有自然才是無窮地豐富，只有自然能造就偉大的藝術家。有人或許多多主張執守成法，或許主張博取俗世底讚賞。這種拘守成法迎合世俗的人或許不至於做出下品和劣惡的東西，猶如循規蹈矩的人或許不至於成為市井無賴和十惡不善者的一樣；但是，別人要說甚麼，我由他，一切的規矩準繩是足以破壞自然底實感，和其真實的表現的！」〔註98〕自然，真正的自然不僅有助於詩人「恢復得我的清明」，也與詩人自身的文學主張契合無間。

〔註95〕郭沫若：《黃海中的哀歌》，《郭沫若全集》文學編第 1 卷，北京：人民文學出版社，1982 年，第 195～196 頁。

〔註96〕郭沫若：《天上的市街》，《郭沫若全集》文學編第 1 卷，北京：人民文學出版社，1982 年，第 194 頁。

〔註97〕郭沫若：《Paolo 之歌》，《郭沫若全集》文學編第 1 卷，北京：人民文學出版社，1982 年，第 208 頁。

〔註98〕〔德〕歌德：《少年維特之煩惱》，郭沫若譯，上海：創造社出版部，1928 年，第 15 頁。

第四節　《少年維特之煩惱》翻譯用詞的藝術再創造

譯者主體性（the subjectivity of the translator）指的就是「譯者所具有並在實施翻譯行為時加以發揮的主觀能動性」，〔註99〕更具體地說便是「譯者在受到邊緣主體或外部環境及自身視域的影響制約下，為滿足譯入語文化需要在翻譯活動中表現出的一種主觀能動性，它具有自主性、能動性、目的性、創造性等特點。從中體現出一種藝術人格自覺和文化、審美創造力。」〔註100〕「所謂譯者主體意識，指的是譯者在翻譯過程中體現的一種自覺的人格意識及其在翻譯過程中的一種創造意識。這種主體意識的存在與否，強與弱，直接影響著整個翻譯過程，並影響著翻譯的最終結果，及譯文的價值。」〔註101〕譯者主體性這一概念的提出及相關研究的大量湧現，在西方源於 20 世紀 70 年代翻譯研究的「文化轉向」（the cultural turn），在中國則是隨著國力的提升開始更加注重研究翻譯的中國元素。

翻譯研究中關注譯者的主體性，就意味著將譯者從傳統的隱形狀態顯現出來。對於研究漢譯的中國翻譯研究者來說，就是將譯者作為譯文本的「創造者」進行研究。郭沫若曾將作品比喻為花朵，認為翻譯就是報告讀者說「世界底花園中已經有了這朵花，或又開了一朵花了，受用罷！」〔註102〕世界花園裏的花，不管譯者是否翻譯，都在那裡，對於中國的許多讀者來說，許多文藝之花卻是經由譯者之手方才在華夏這塊土地上得以綻放。郭沫若未曾翻譯《少年維特之煩惱》時，這部名著並未引起普通國人的注意，一經郭沫若的翻譯，這一傑作便如鮮花一般，在普通中國讀者面前顏色一下子鮮亮起來。譯者的創造，不是無中生有的創造（文學創作也並非是無中生有），而是受限情況下的創造，相對於創作來說，譯者還要受原語文本及原作者的影響和制約。

郭沫若之後，《少年維特之煩惱》的漢譯者層出不窮，許多新譯的發行

〔註99〕曹明倫：《論譯者的主體性及其學識才情》，《中國翻譯》2008 年第 4 期，第87 頁。

〔註100〕屠國元、朱獻瓏：《譯者主體性：闡釋學的闡釋》，《中國翻譯》2003 年第 6 期，第 9 頁。

〔註101〕許鈞：《「創造性叛逆」和翻譯主體性的確立》，《中國翻譯》2003 年第 1 期，第 6 頁。

〔註102〕郭沫若：《致李石岑》，《郭沫若書信集（上）》，北京：中國社會科學出版社，1992 年，第 188 頁。

量都遠遠超過了郭沫若的譯本。楊武能說：「在風靡了一代又一代中國人之後，今天讀來，郭譯《維特》的確失去了情韻，但這主要是因為經過半個多世紀的時光侵蝕和社會變遷，我們的語言和文風都發生了巨大變化。」〔註103〕如同文學創作一樣，各種譯本不可避免地帶有譯者所處社會時代的印痕。隨著社會時代的變遷，有些文學創作湮沒在歷史的長河中，不再被人提起，有些則經受住了時間的考驗，成為永恆的文學經典。翻譯，也是如此。有些譯本被湮沒了，有些則只剩下了歷史的價值，有些則成為了永恆的翻譯文學經典。田漢是莎士比亞劇作《哈姆雷特》的第一個漢譯者，但國人耳熟能詳的《哈姆雷特》的臺詞，都不是出自田漢之手。如果說田漢的譯作《哈姆雷特》留下來的更多的是歷史的價值，而郭沫若譯《少年維特之煩惱》則已經成為永恆的翻譯文學經典。

作為《少年維特之煩惱》第一個全譯者，郭沫若翻譯的許多句子為國人耳熟能詳，所翻譯的歌德的弁詩更是無可替代的經典。「青年男子誰個不善鍾情？妙齡女人誰個不善懷春？」「誰個」帶著濃鬱的方言氣息，卻更讓人覺得親切真摯。對郭沫若譯文大加抨擊的梁俊青，將這兩句譯為：「青年個個都想愛人，窈窕淑女個個都喜被人愛戀。」譯文更加口語化，亦與原文相符，卻從未得到過國人的讚賞。梁俊青的翻譯更像是對原文的解釋，郭沫若的譯文則是詩人譯詩。梁俊青批評郭沫若譯文中「累贅的句語實在太多」，「實在不能說是在水平線以上」，卻又不能不承認「他的譯法有時不但好而且妙，簡直能夠傳神」。〔註104〕隨後，梁俊青又致信《文學》編者，指出郭沫若譯文沒有錯而自己有誤評之處，同時聲稱「評文中『實在不能說是水平線以上』一句，我覺得有點不妥當，因為目今中國的譯書中實在沒有完全的，所以無從假定水平線來品評這本書，特此更正。」〔註105〕這一更正，基本上也就取消了先前批評的苛刻性。

在眾多的漢譯文學名著中，為何《少年維特之煩惱》能夠形成「維特熱」？在眾多的《少年維特之煩惱》的漢譯者中，為何郭沫若的譯本能夠成

〔註103〕楊武能：《筆路藍縷　功不可沒——郭沫若與德國文學在中國的譯介》，《三葉集：德語文學・文學翻譯・比較文學》，成都：巴蜀書社，2005年，第337頁。

〔註104〕梁俊青：《評郭沫若譯的〈少年維特之煩惱〉》，《文學》1924年5月12日第121期。

〔註105〕梁俊青：《來信》，《文學》1924年5月19日第122期。

為翻譯文學的經典？所有這些問題，都需要從譯者主體那裡得到解答。查建明、田雨認為：「譯者主體性貫穿於翻譯活動的全過程，具體地說，譯者主體性不僅體現在譯者對作品的理解、闡釋和語言層面上的藝術再創造，也體現在對翻譯文本的選擇、翻譯的文化目的、翻譯策略和在譯本序跋中對譯作預期文化效應的操縱等方面。」〔註106〕譯者主體性體現於翻譯的方方面面，本書擬通過「語言層面上的藝術再創造」討論《少年維特之煩惱》所體現出來的譯者主體性特徵。

一、譯文中的文言與方言

　　全方位地研究郭譯《少年維特之煩惱》「語言層面上的藝術再創造」，最恰當的方式，便是一遍又一遍地閱讀全部譯文，否則，任何語言層面的研究只能是選擇性的研究，通過研究所呈現出來的也就只能是譯者主體性的某些而非全部的表現。就語言而言，有什麼樣的譯者，就會出現什麼樣的譯文。作為譯者主體的郭沫若，他成長的故鄉四川、接受教育的日本、工作和生活的上海，這些地方的方言俗語，或多或少都會在譯文語言中有所表現；作為新舊轉型時期的知識分子，傳統的文言表達、現代的白話語言及外語的學習閱讀，或多或少會影響或作用於其譯文語言的藝術再創造。譯者主體自身的語言也存在一個生成過程，郭沫若在翻譯過程中對各種語言資源的借鑒運用，也就是文學郭沫若發現並建構自身文學語言的過程。對於譯者主體來說，翻譯與語言是一個雙向同構的過程。

　　《少年維特之煩惱》開篇幾句，郭沫若譯為：「分袂以來，我是何等快活喲！」〔註107〕此句德語原文為：Wie froh bin ich, daß ich weg bin! R. D. Boylan 將其譯為：How happy I am that I am gone!〔註108〕無論是德語原文，還是英文翻譯，單看這一個句子，句中並沒有「分袂」，即離別意思的詞彙。達觀生從英文轉譯了《少年維特之煩惱》，他將這一句譯為：「出來以後，我是多麼愉快喲！」〔註109〕達觀生的翻譯，是直譯。相比較之下，郭沫若譯

〔註106〕查建明、田雨：《論譯者主體性——從譯者文化地位的邊緣化談起》，《中國翻譯》2003 年第 1 期，第 22 頁。

〔註107〕〔德〕歌德《少年維特之煩惱》，郭沫若譯，上海：創造社出版部，1928 年，第 1 頁。

〔註108〕Goethe, The Sorrow of Young Wether, translated by R.D.Boylan, New York, Signet Classics（August 1, 1962），p1.

〔註109〕〔德〕歌德：《少年維特之煩惱》，達觀生轉譯，上海：世界書局，1932 年，

文中的「分袂」，則是譯者對上下文理解之後進行的意譯。所有漢譯中，只有郭沫若在譯文首句用了表示別離意思的詞彙。其他譯者都是按照德語原文或英文譯本，在接下去的文本中才開始敘述「快活」與「分袂」兩種矛盾情感的糾纏，只有郭沫若，開篇就將兩種矛盾情感的糾纏呈現了出來。郭沫若的譯文處理方式，表現了他對別離的敏感，在對原文審美意蘊的把握中，郭沫若將自身的情感融了進去。或許，正是對兩種情感糾纏的審美把握，使得郭沫若將 Die Leiden des jungen Werther 譯為《少年維特之煩惱》，而不是更為恰切的《少年維特之痛苦》。「煩惱」雖然不如「痛苦」與悲劇的情感更為接近，但是對於戀愛中的人來說，「煩惱」中隱含著喜悅，喜悅與痛苦交織成其為「煩惱」，而「痛苦」表達的只是單向度的情感。

在 20 世紀 20 年代，白話文就是口語化的書面語，「分袂」明顯屬於非口語化的文言詞。唐朝詩人創作的離別詩中，隨處可見「分袂」。李白《廣陵送別》詩云：「興罷各分袂，何須慘別顏。」李山甫《別楊秀才》詩云：「如何又分袂，難話別離情。」杜牧《重送王十》詩云：「分袂還應立馬看，向來離思始知難。」郭沫若的新詩，真正實現了新詩創作的口語化，在口語化的詩句中醞釀出真正雄渾的大氣魄。然而，文言的字詞，偶而地也會跑出來，比如《浴海》中最後一個詩句：「全賴吾曹！」〔註110〕像「分袂」「吾曹」等，都不是非用不可的詞彙，當時的白話文雖然很不成熟，但是表達「分袂」「吾曹」卻是綽綽有餘。非用不可，彰顯的是郭沫若對原文語詞表達的把握，即努力通過這類譯語的使用來呈現一種書面化的典雅的語言氣息。

7 月 29 日的書簡中，維特寫道：「我——她的良人！啊，上帝喲，你創造下我，加入曾經給我預備下這種福分，我倒要終身向你頂禮了。」在德語原文中，與「我——她的良人」相對應的是 Ich-ihr Mann！Boylan 將其譯為：I her husband！德語中的 mann，英語中的 husband，譯成中文有許多可對應的詞彙，諸如良人、相公、官人、丈夫、愛人、孩子他爹、老公等。「良人」一詞，在中國文學中的使用源遠流長。《詩·唐風·綢繆》：「今夕何夕，見此良人。」《孟子·離婁下》：「齊人有一妻一妾而處室者，其良人出，必饜酒肉而後反。」唐代張籍有首著名的詩《節婦吟·寄東平李司空師道》：「妾

第 1 頁。
〔註110〕郭沫若：《浴海》，《郭沫若全集》文學編第 1 卷，北京：人民文學出版社，1982 年，第 71 頁。

家高樓連苑起，良人執戟明光裏。」郭沫若的詩劇《湘累》中，「愛人」一詞在湖中女子的歌吟中反覆出現：「愛人呀，還不回來呀？我們從春望到秋，從秋望到夏，望到水枯石爛了！愛人呀，回不回來呀？」「太陽照著洞庭波，／我們魂兒戰慄不敢歌。／待到日西斜，／起看篋中昨宵淚／已經開了花！／啊，愛人呀！／淚花兒怕要開謝了，／你回不回來喲？」〔註111〕在《少年維特之煩惱》的譯文中，郭沫若選擇的是「良人」。有時候「良人」與「丈夫」並用，如12月20日書簡中寫道：「她的丈夫關於他們的事情完全不開口，她也是始終不和他說及，所以她愈見不能不離開維特來表現她對於她良人的心意。」Boylan 將其譯為：Her husband preserved a strict silence about the whole matter; and she never made it a subject of conversation, feeling bound to prove to him by her conduct that her sentiments agreed with his。「她的丈夫」對應英文版本中的 husband，「她良人的心意」對應的是英文版中的 his，「良人」和「丈夫」同時使用。黃魯不將這句譯為：「她的丈夫，關於他們的事情，一切都付之絕對的緘默；她也從來不拿這個做話題，這樣她感覺到非從自己的行為來證明她對於丈夫的情感完全一致之外，別無他法了。」〔註112〕前後兩處都用了「丈夫」。與其他譯者相比，郭沫若顯然對「良人」一詞情有獨鍾，是以在第二處不用「丈夫」而用「良人」。如5月27日書簡中有：「我再和這女人打話，我才曉得她是位校長底女公子，她的良人因為去取堂兄弟底遺產，往瑞士去了。」7月11日書簡：「幾天前，醫生斷定她的生命沒救時，她把他的良人叫來。」「良人」與「丈夫」雖然都是 Mann ／ husband 適當的對譯，但是「丈夫」包含著男性中心的色彩，與維特崇尚平等解放的思想不甚相吻合，而「良人」這個詞除了古色古香，表示一種對自己心愛對象的鄭重稱呼外，也與譯文中用過的「拆白們」形成鮮明的對照。獻殷勤的「拆白們」自然不是「良人」，維特才是懷抱摯愛的「良人」。

　　在郭譯《少年維特之煩惱》中，文言詞的出現並非少數。「對於他的命運當不惜諸君之眼淚」，句中的「諸君」，一般都譯為「你們」，「諸君」是帶有文言氣息的書面語。「群丘簇擁，為狀至佳，所構成之溪谷亦極秀美。園之結構單純，一入園門即可知非專門園藝家所擘畫，乃成諸素心人之手，欲於此以

〔註111〕郭沫若：《湘累》，《郭沫若全集》文學編第 1 卷，北京：人民文學出版社，1982 年，第 16 頁、第 24 頁。
〔註112〕〔德〕歌德：《浮士德》，黃魯不譯，上海：龍虎書店，1936 年，第 154 頁。

自行娛樂者。」〔註 113〕擘畫（bòhuà），謀劃、經營之意，在 2015 年第三屆中國漢字聽寫大會半決賽第二場上被選為全民焐熱冰封漢字。郭沫若的譯文問世至今已有九十餘年，正如一些譯者所指出的那樣，中國的語言已經又出現了很多新的變化，以現在的語言觀看郭沫若譯文語言，有些已經顯得不合時宜。達觀生將上面的文字譯為：「其地群峰簇擁，相互交錯，帶著明媚的形形色色，而構成這最可愛的溪谷。這座花園的結構單純，你一入園門，就容易見到這種布置不是一個科學的園藝專家所計劃，而是出於一個慧心人，要在此尋求此中的樂趣而已。」〔註 114〕將郭沫若和達觀生兩人的譯文對照一下，文言與白話的差異性相當明顯。達觀生在《自序》中談到朋友對郭沫若譯《少年維特之煩惱》的意見：「哥德抒為胸襟發揮議論的地方，都有未能盡善盡美之處。」〔註 115〕達觀生說郭沫若的譯文「有未能盡善盡美之處」，言下之意並非說郭譯不好。郭沫若譯文中，抒發胸襟（抒情）和發揮議論（議論）方面的文字除了「有未能盡善盡美之處」，還有一個值得注意的特徵，即抒情文字的翻譯用的是白話，而議論時候的文字多處都帶有文言色彩，有些文言譯詞如「殫研」，明顯屬於郭沫若的「生造」。譯文帶文言色彩，就會給讀者留下咬文嚼字的感覺，其實反而符合寫信者的身份。維特並不是粗俗的寒門小子，寫信不可能完全口語化。抒情時隨心所欲，用白話語言顯得自然又流暢，寫景或議論時，書寫者的情感較為平靜，書面文字的修養自然也就顯露出來。

　　與文言詞彙的使用相比，方言口語的使用更能彰顯譯者主體的某些特點。「四處都把你找交了！」懂得四川方言，才能懂得這句譯文中的「找交」意思是「找遍」，否則恐怕就會認為是排印錯誤了。「所剩下的些子餘暇」，這句譯文中的「些子」，要用四川方言念出來才夠味道。楊武能談到郭譯《浮士德》時，指出「不少地方破壞了原著的民族色彩，行文中出現了許多中國味兒濃的詞語」，其中就包含「帶四川地方色彩的詞」。〔註 116〕有中國味的《少年維特之煩惱》，便是原味的《少年維特之煩惱》；漢譯著作必然帶有中

〔註 113〕〔德〕歌德：《少年維特之煩惱》，郭沫若譯，上海：創造社出版部，1928 年，第 5 頁。

〔註 114〕〔德〕歌德：《少年維特之煩惱》，達觀生轉譯，上海：世界書局，1932 年，第 3 頁。

〔註 115〕達觀生：《自序》，〔德〕歌德《少年維特之煩惱》，達觀生轉譯，上海：世界書局，1932 年，第 2 頁。

〔註 116〕楊武能、莫光華：《歌德與中國》，成都：四川人民出版社，2017 年，第 264 頁。

國味，存不存在原味的漢譯《少年維特之煩惱》？在漢譯的層面上談論原味與中國味，竊以為只是翻譯順化與歸化傾向的別樣表述，強調的是譯本的差異，而不存在絕對的原味與中國味。不管是原味《少年維特之煩惱》，還是中國味兒甚或四川味兒的《少年維特之煩惱》，顯示的是譯者主體的審美選擇，而不是翻譯水平的高低。郭沫若譯文呈現的中國味兒，既表現在四川話的使用上，也表現在上海話的使用上，這種雜糅不純的方言使用，恰恰表現了特定時代中國知識分子穿越國內與國際種種文化所形成的譯者主體複雜多樣的審美特徵。「她們從窗內伸出頭來和拆白們傾談，真是輕佻……」這句譯文中的「拆白們」，也是方言。「拆白」是「拆梢」與「白食」的合稱。上海的流氓稱錢財為梢板，「拆梢」就是瓜分錢財；「白食」指的就是白吃白喝。上海還出現過專門以騙婚撈取錢財的拆白黨。郭沫若譯文中的「拆白們」，指的不是社會上普通的流氓無賴，而應該是想要借助接近女性獲得利益的青年男子。

二、譯文中的單位詞「個」與「位」

語言學家王力將單位詞（量詞）分為兩種：第一種是表示度量衡單位的詞，如「尺」、「寸」等；第二種是天然單位詞，如「個」、「顆」等，這類詞彙又被成為個體量詞、類別詞等。「第一種是一般語言都具備的；第二種是東方語言所特有的，特別是漢藏語系所特有的。」漢語單位詞發展的過程中，單位詞的位置從跟在普通名詞後面逐漸移到了名詞前面，「漸漸成為一種語法範疇」，「最後的結果是名詞和數詞的結合不能不藉單位詞作中介。」〔註117〕Drocourt 認為並不存在單位詞的位置從普通名詞後移到名詞前的發展趨勢，她認為「Num＋MW＋N」源自「Num＋N」，而「N＋Num＋MW」則源自「N+Num」。〔註118〕漢語現代化的一個發展趨勢便是越來越多地使用單位詞。

《紅樓夢》卷三「託內兄如海薦西賓　接外孫賈母惜孤女」，其中量詞的使用就很多，如「雨村另有一隻船，帶兩個小童」，「這幾個三等的僕婦」，「忽見街北蹲著兩個大石獅子，三間獸頭大門，門前列坐著十來個華冠麗服之人」，「黛玉方進房，只見兩個人扶著一位鬢髮如銀的老母迎上來」，「只

〔註117〕王力：《漢語史稿》，北京：中華書局，2004 年，第 280～282 頁。
〔註118〕Drocourt.Y.Z. *1993 Evolution syntaxique des classificateurs chinois*, du 14eme Siècle av.J-C.au 17eme, Siècle. Paris, These de Doctorat de l'EHESS.

見三個奶奶並五六個丫鬟擁著三位姑娘來了」。〔註 119〕將上述引文中的後面兩個句子與 H. Bencraft Joly 的英文翻譯相對照：

No sooner had she entered the room, than she espied two servants supporting a venerable lady, with silver-white hair, coming forward to greet her.

Not long after three nurses and five or six waiting-maids were seen ushering in three young ladies.

與「兩個人」對應的是 two servants，與「三個奶奶」對應的是 three nurses，與「三位姑娘」對應的是 three young ladies。《紅樓夢》中使用的單位詞「個」與「位」，在英語譯文中並沒有被對譯為相應的「單位詞」。英語表達中也常用單位詞，如 three pieces of cakes，所用的單位詞都是度量衡單位詞。上面所列《紅樓夢》語句，其中所用的單位詞都是「天然單位」，正如王力先生所說，這類單位詞是漢藏語系才有的。有意思的是，漢語明明比英語多了一種「天然單位」，翻譯時多用「天然單位」本應是翻譯歸化的一種表現，實際上卻被許多譯者和翻譯批評家視為過度歐化的一種表現，即譯文中泛濫的單位詞的使用，使得譯文讀起來有時就顯得不像漢語。就單位詞的使用而言，有時候譯文不像漢語並不就意味著歐化，因為英文並不使用「自然單位」。將不規範的讀起來彆扭的譯文統統歸因於歐化，如單位詞中「自然單位」的濫用，其實是對歐化的偏見。在白話文初興時期，白話譯文及創作中單位詞的使用上的泛濫，也與文言向白話轉型過程中合成詞普遍開始取代單音節詞有關。郭紹虞曾經說過，漢語中的量詞最初「很可能是帶些聲氣作用，而後來才逐漸形成為量詞的」。〔註 120〕以此觀察白話譯文和創作中單位詞的使用情況，在語法上屬於不必要的過度性使用，可能在「聲氣作用」上正好是白話文表達所需要的。一度泛濫的單位詞的使用，其實對於調節現代白話文的韻律節奏，形成近於口語的新的語言表達模式，實現漢語的現代化，都曾起到過積極的作用，只是如何在語言約定俗成的過程中將一些精華沉澱下來，尚有待時間的檢驗。

在《少年維特之煩惱》譯文中，郭沫若對單位詞的使用非常靈活，並不刻意追求譯本內在的一致性。有時候將單位詞放在普通名詞的後面，如「堂妹的一位」、「堂妹一位」等。有時候則直接使用量詞+名詞，中間並不使用

〔註 119〕曹雪芹：《紅樓夢》，北京：中華書局，2014 年，第 41～47 頁。
〔註 120〕郭紹虞：《漢語語法修辭新探》，北京：商務印書館，1979 年，第 26 頁。

單位詞，如「於是有一俗物，這人是位公事場中人，來向他說」，「步下一小丘，便到一崖局之前」，「我的感覺對於自然，乃至對於一小石，一細草，不曾如許豐富，如許密切過。」〔註121〕一山一石、一花一草、一桌一椅，文言文中這樣的表述模式比比皆是，且這種沒有單位詞的表達模式在英語中也常見，是漢英兩種語言所共有的語言表述模式。隨著單位詞「漸漸成為一種語法範疇」，這種表述已經不吻合現代漢語的發展趨勢，成為白話文中的另類。在通過翻譯實現漢語現代化的過程中，吸收歐化語法是構建現代白話文的主要方式和途徑。這個吸收和轉化的過程從來都是有選擇的吸收和轉化，一些異質的因素被突顯出來，成為現代化的養分，而一些同質性的因素卻被有意識地忽略或排斥掉了，歐化加快了單位詞使用演變的速度。

　　語言總是帶有社會發展的印痕，在階級社會裏，許多語言的使用也就成為了階級差異的標誌。《少年維特之煩惱》中，維特屢屢在書信中抨擊當時的社會等級制度。1771 年 5 月 15 日書簡：「此地有些人已經認識了我，愛我，尤其是小孩子們。我起初同他們交際的時候，我向他們懇摯地問這問那的，有些人以為我在嘲笑他們，並且幾乎向我動武。我殊不以為怪；我只覺得我從前見到過的更加真切：凡為稍有門第的人和一般的平民總取疏遠的態度，好像一接近時便會把身份失掉了的一樣；於是有些輕浮子弟和壞蛋，故示謙卑，使一般平民愈見覺其踞傲。」維特在 1772 年 1 月 8 日的書簡中通篇談的都是社會等級問題。「人類這樣東西真是種甚麼對象喇！全部的靈魂只寄放在形式上面，一年之中的心思和行事，只是想在宴席上坐坐上席！此外，他們不是沒有別的營為；其實事情是堆積起了，正因為這些瑣碎的麻煩把要緊的業務妨礙著在。前禮拜滑撬之遊，也因小有先後的爭執，把全部的娛樂都破壞了。位置底高下有何關係呢？占第一的人，不必便有出群的本領，連這點也不知道的，真是蠢人喇！」維特一邊與高層貴族交遊，一邊親近鄉村裏的普通人，在兩個不同階級中間遊走的維特，寫信時如何敘述自己的對象？譯者又應該以怎樣的譯語對譯原語文本的語言？以夫妻間的稱呼為例，貴族稱妻子為夫人，農民稱呼妻子為孩子他媽，如此方合乎身份，反過來則讓人覺得人物與語言不相吻合。在階級社會中，以怎樣的語言敘述怎樣的對象，也是約定俗成的。王小波在《沉默的大多數》中說：「話語教給我們很

〔註121〕〔德〕歌德《少年維特之煩惱》，郭沫若譯，上海：創造社出版部，1928 年，第 7 頁、第 53 頁。

多，但善惡還是可以自明。話語想要教給我們，人與人生來就不平等。在人間，尊卑有序是永恆的真理，但你也可以不聽。」〔註122〕話語教給人不平等的一個重要途徑和方式，便是話語自身等級秩序的建構，如稱呼語、單位詞的區別性使用等。作家／翻譯家個人固然可以對話語中的等級秩序置之不理，甚或想要進行解構，很多時候面對約定俗成的話語都顯得有些無力。尊卑有序的話語之所以能夠約定俗成且難以改變，原因就在於沉默的大多數，這就需要啟蒙者的出現，逐漸喚醒沉睡中的人們，讓沉默的人們不再繼續沉默，這樣才有打破話語等級秩序的可能。

維特不認同社會的等級制度，親近鄉村普通人的他在書信用語中應該表現這一點。對於書簡的書寫者維特來說，這些書簡既能夠讓對方得到對某事某物的認識，也能夠讓對方通過這些文字認識維特，而更深層次的，或許對維特自己來說，這些書簡的書寫過程就是認識自我確立自我的過程。換言之，我們可以通過維特的思想推知他的書簡書寫的特徵，同樣也可以通過其書簡的書寫特徵反推維特的思想認知等等。具體到維特在書信中所使用的單位詞來說，完全可以通過單位詞的具體使用情況，推知書信書寫者的思想態度、階級立場等諸多問題。譯者以怎樣的語言對譯維特所使用的語言，也是譯者審美價值取向的直接反映。有些譯者通過翻譯強化自身的文化傳統，有的譯者卻想要通過翻譯拆解自己置身其中的文化壁壘，用雪莉西蒙（Sherry Simon）的話說便是：「翻譯的詩學就是要實現多元文化的美學。」〔註123〕郭沫若《少年維特之煩惱》翻譯的「詩學」追求之一，便是衝擊壁壘分明的社會等級制度，帶給僵化的中國社會以多元化的審美。

以《紅樓夢》卷三中的單位詞的使用為例，明顯可以發現「個」與「位」兩個單位詞在使用上帶有社會等級制色彩。敘及丫鬟、僕役、老媽子等地位低下的人時，就用「個」，敘及賈母及賈母的孫女時，用的則是「位」。對於「個」與「位」的翻譯問題，翻譯家思果曾有過一段議論。「現在是民主時代，當然車夫、垃圾夫、洗衣婦都可稱為『一位』。但中國的社會還沒有民主到這個地步，我們聽到別人說『我遇到三位挑夫』，就覺得有點奇怪，也

〔註122〕王小波：《沉默的大多數》，陳思和、李平主編《當代文學100篇（下）》，上海：學林出版社，2006年，第1684頁。

〔註123〕Simon, *Sherry（1996）Translation and Interlingual Creation in the Contact Zone. Paper for Translation as Cultural Translation Seminar*, Concordial University, Montreal.

許還以為說的人在挖苦人。有的人對誰都不買帳，就算是主教、法官、大學校長，他都稱之為『個』。我反對！我是天主教徒，即使是基督教的會督被人叫做『一個會督』，我也覺得不對。他應該受到別人的尊敬。」認為不管社會進步到什麼地步，對某些人有特別的尊敬也是應該的，「民族英雄、著名學者、專業人士、教會領袖、婦女都應該有個『位』。我不反對有人用『一位清道夫』，但我不贊成別人寫『一個主教』（或『太太』）。」〔註124〕思果想要強調話語的表達有時應該心懷尊敬之心，這自然是對的。但是認為中國的社會還沒有民主到稱呼車夫、垃圾夫、洗衣婦「一位」的地步，邏輯未免有些勉強。思果的言下之意，在真正的民主時代裏，人們就可以說「我遇到三位挑夫」，現在還沒有到那樣的民主時代，尚處於等級時代，故下等的人對上等的人要用尊稱。這明顯是維護話語的等級制，同時也是在維護等級的社會。惟其我們的社會還沒有民主到可以稱呼車夫、垃圾夫、洗衣婦「一位」的地步，所以進步的作家和翻譯家才需要努力破除現存的種種障礙，以便推動真正的民主時代的到來。

呂叔湘指出：「近代漢語裏一方面奠定了名物稱數必用單位詞的原則，並且發展出眾多單位詞來，可是同時也似乎讓個字逐漸擴展它的領域，變成一個獨佔優勢的單位詞。」〔註125〕單位詞「個」使用領域的擴展，整體上來說並沒有改變「個」與「位」兩個詞的使用差異。「個」作為單位詞用在名詞人之前時，帶有平視或俯視的意味。翻譯家思果贊成說「一個清潔工」，卻不贊成說「一個會督」。與單位詞「個」不同，單位詞「位」帶有仰視的意味。趙中方談到單位詞「位」時說：「用於人，宋元範圍小，限於尊稱。」〔註126〕劉丹青說：「生命世界中，『個』幾乎為人類所獨享，而在人類中，又唯有受禮遇者才能用『位』，其他動植物則被冠以『只、條、口、尾、頭、棵、株』等。」〔註127〕

Ein Bauerbursch kam aus einem benachbarten，Boylan 將其譯為：A peasant came from an adjoining house，郭沫若將其譯為：「一位農家青年從鄰舍走出」。

〔註124〕思果：《中文語法》，《翻譯研究》，桂林：廣西師範大學出版社，2018 年，第78 頁。

〔註125〕呂叔湘：《漢語語法論文集》，北京：科學出版社，1955 年，第 73 頁。

〔註126〕趙中方：《宋元個體量詞的發展》，《揚州師院學報》1989 年第 1 期，第 51頁。

〔註127〕劉丹青：《漢語量詞的宏觀分析》，《漢語學習》1988 年第 4 期，第 5 頁。

德語和英語都用了不定冠詞，卻沒有單位詞。不定冠詞沒有階級屬性，當郭沫若在譯文中添加了單位詞之後，與單位詞密切相關的社會地位、階級屬性等隨之也就出現了。翻譯家思果的翻譯思想，與《紅樓夢》中的「個」、「位」等單位詞的使用情況相一致，「個」成了普通詞，「位」則代表對高一層次人物的尊敬，思果是信仰天主教的，天主教中教士等級森嚴，所謂某些領導者「應該受到別人的尊敬」，強調的恰恰是外在的身份標識，完全忘記了上帝強調的 Humble。敬應發自於心，不必求之於形，若強求之於外在的言語表達，則言語就會僵化成為階級統治的幫兇。

對於維特抨擊社會等級制度的思想，郭沫若顯然深有同感，這些思想情感表現在單位詞的選擇和使用上，最具代表性的便是「個」與「位」。這兩個單位詞在郭沫若的譯文中被頻繁使用，使用單位詞「個」的語句如：

（1）「如像跪在一個替國民贖了罪的預言者底面前一樣呀」；
（2）「我看見她是一個人的時候」；
（3）「阿伯爾確是天下第一個好人」；
（4）「應當被人作為一個醉人」；
（5）「最年長的一個妹子」。

在郭沫若的譯文中，單位詞「個」與「位」的使用，存在兩個較為明顯的傾向：第一，還原了「個」與「位」兩個單位詞純粹表示單位的用法，取消了背後隱藏著的仰視、平視或俯視的意思。第二，「位」這個帶敬意的單位詞的使用頻率更為頻繁且出現了泛化的傾向。郭沫若翻譯的《少年維特之煩惱》中，除了前文提到的「一位農家青年」外，我們還可以從譯文中找出許多帶單位詞「位」的語句。

（1）「一位年輕的仕女」；
（2）「一位好的年青的姑娘」；
（3）「一位寡婦家裏做工」；
（4）「一位美貌的女公子」；
（5）「一位天使」；
（6）「一位青年傾心於一位處女」；
（7）「一位年青的農夫」；
（8）「一位很好的人，侯國的法官，是一位開闊誠直的紳士」；
（9）「一位少年 V 君，一位胸無城府的少年」；

（10）「一位可敬的老女教師教管過我們的那座私塾」；

（11）「一位善良可愛的人」；

（12）「那晚上因為我太快心了，禁不住把這件事情告訴了一位
　　　人」；

（13）「這位軍醫是位很講道德的木偶」；

（14）「現在她另外雇了一位雇工：聽說為著這位雇工她和她的兄
　　　弟又不和睦起來」；

（15）「她是位校長底女公子」；

（16）「我不是一位好的歷史家」；

（17）「我發遣我的下人出去，為我找尋一位人」；

（18）「有別的一位男子來安慰她了」；

（19）「在世間上得見一位對於人全無隔閡的偉大精神」；

（20）「此處只有一個女人，是一位姓 B 的姑娘」；

（21）「M 老人是一位吝嗇的齷齪的守財奴」。

從上述所引譯文來看，「位」這個單位詞幾乎被郭沫若用在了所有人的
身上：從農民到法官，從雇工到歷史家，不管是值得尊敬的紳士，還是應該
被鄙視的守財奴，都被稱之為「位」。其實，就郭沫若譯文中單位詞「位」
的使用而言，不僅僅是使用的泛化，還存在降格使用的傾向。降格與泛化，
是兩種不同的語言使用方式。泛化使用，一般指的是將表示敬意的單位詞
「位」不僅用於紳士、官員等高高在上之人的身上，也用在農民、僕婦等地
位低微之人的身上。將敬詞「位」用於農民、僕婦時，就是將原先不被正視
的人給予升格，以平等甚或尊崇的態度對待他們。至於降格化的使用，則是
取消單位詞「位」所蘊涵的敬意，甚或將其與鄙薄等下行情感連起來使用。

《少年維特之煩惱》中 12 月 24 日書簡：「譬如有一位女人在此，向著
旁人說她的門第和田產，那麼不相識的人便會想到：這是位愚婦，些微點子
門第和田產便自誇得了不得。」這句譯文中的「位」，與同一書簡開頭部分
表示鄙視的單位詞「個」可以相互置換。「他簡直是個極不通方圓的絕頂笨
伯。」人們一般說「你個笨蛋」「你個賤人」，卻不說「你是一位笨蛋」或「你
是一位賤人」。郭沫若譯文中「這是位愚婦」，單位詞「位」屬於較為明顯的
降格化使用。

在郭譯《少年維特之煩惱》中，單位詞「位」的降格使用只是偶然為之，

泛化的使用才是主流。泛化是通過對底層人民的尊崇實現對語言的社會階級屬性的解構,《少年維特之煩惱》德語文本中雖然沒有類似漢語的單位詞「位」。毋庸置疑,小說中的主人公維特(也是書簡的書寫者)對底層人民抱有民主的思想情感,而維特身上體現的也正是小說作者歌德的思想。正是在維特自己「熱情激昂的自白」中,在其具體語言的使用中,歌德塑造了一種新人的形象。「這種新人的形象是在與現存社會和鄙陋習俗不間斷的戲劇性的對比中描述出來的。這種新產生的合乎人情的教養一再被置於和『上層階級』的錯誤教育、一事無成、缺乏文化教養以及小市民死氣沉沉、僵硬守舊而且渺小自私的生活相對照的地位上。」盧卡契稱之為「人民性的人文主義的叛逆」。〔註128〕這種「人民性的人文主義」,譯者郭沫若身上也有,譯文中單位詞「位」的泛化使用,一方面是對原著原作者民主思想的再現,一方面也正是譯者自身民主思想的反映。

　　郭沫若的詩集《女神》中,許多詩作都在歌吟民主、自由、平等,尊崇工人、農民等生活在社會底層的人民。「要你才是『德謨克拉西』!/……再也不分甚麼貧富、貴賤」,〔註129〕「地球,我的母親!/我羨慕你的寵子,炭坑裏的工人,/他們是全人類的普羅美修士」,〔註130〕「工人!我的恩人!/我感謝你得深深,/同那海心一樣!」〔註131〕「一個鋤地的老人……/我想去跪在他的面前,/叫他一聲:『我的爹』!/把他腳上的黃泥舔個乾淨。」〔註132〕這些詩作,均產生在郭沫若動手翻譯《少年維特之煩惱》之前。郭沫若自身對工人、農民懷抱著平等、尊崇的思想,這是建立在現代思想基礎上的人格化的平等,而不是傳統人文情懷中的憐憫與同情。人與人之間相互平等的思想,必然要表現在語言文字上。幾千年以來,中國漢字的等級化已經滲透到了骨髓之中。歷次白話文運動探討平民化、大眾化問題時,很少涉及

〔註128〕〔匈〕盧卡契著,中文林譯:《論〈少年維特之煩惱〉》,《文藝理論研究》1983年第 4 期,第 81 頁。

〔註129〕郭沫若:《夜》,《郭沫若全集》文學編第 1 卷,北京:人民文學出版社,1982年,第 127 頁。

〔註130〕郭沫若:《地球,我的母親!》,《郭沫若全集》文學編第 1 卷,北京:人民文學出版社,1982 年,第 80 頁。

〔註131〕郭沫若:《輟了課的第一點鐘裏》,《郭沫若全集》文學編第 1 卷,北京:人民文學出版社,1982 年,第 126 頁。

〔註132〕郭沫若:《雷峰塔下》,《郭沫若全集》文學編第 1 卷,北京:人民文學出版社,1982 年,第 165 頁。

語言內在的等級制度思想。作為詩人，郭沫若敏銳地感受到了語言所蘊藏著的等級因素，他想要通過泛化和降格等方式，實現單位詞等使用的去等級化，並將其具體付諸《少年維特之煩惱》等的翻譯上。恰好少年維特也是抱有人與人平等思想的文學形象，這無疑使得郭沫若得到了共鳴，思想的共鳴與語言的實踐並不以個人的意志為轉移。只要社會等級制思想存在，對底層社會的表述就很難用帶有尊崇意味的語言。不是不能使用，而是在各種等級同時並存，尤其是表現等級差的時候，尊崇意味的語言一般都會用於下對上。上對下偶而也會用敬語，接受此敬語的下位等級者往往以其特別激動等形態，反而使得尊者更顯高貴，而下位者更顯得局促。

對於「五四」時期歌詠勞動者的文藝作品，茅盾曾分析說，世界資本主義沒落期的中國小資產階級知識分子，「一方感於老闆們之前途暗澹，一方感於無產階級巨人的震地的足音，有時是會歌詠勞動者的。當無產階級成了堅實的對立的勢力的時候，這些歌詠——即使是人道主義的，也將沒有。事實證明正是如此，所以對於『五四』期中新青年派的一些諷刺資產階級及歌詠勞動者的文藝作品不能有高於此的評價的。」〔註133〕茅盾談的雖然是「新青年派」的文藝作品，其實用之於此時的郭沫若身上也很恰當。無論怎樣看待和評價這些文藝創作中對農民的歌詠，其中流露的尊崇與平等的思想是應給予充分肯定的。

傅光明比較了中德兩國的莎士比亞接受，認為正是莎士比亞戲劇激活了德國人的「狂飆突進」運動，「不僅歌德的愛情小說《少年維特之煩惱》可算作『狂飆』的產物，還可以說，之後魏瑪的黃金時代也由此而來」。中國「五四」「狂飆」新文化運動旗手胡適青睞的卻是易卜生而非莎士比亞，「於是，五四文學中有了對社會問題的諸多揭露，缺了『一個傻子』對生與死的叩問；多了易卜生式的人道主義，少了莎士比亞式的人文理想。」〔註134〕若在浪漫主義的層面上理解「狂飆突進」運動，扛起中國現代浪漫主義大纛的郭沫若雖然並沒有表現出對莎士比亞的青睞，他的好友兼創造社同人田漢卻是最早譯介莎士比亞戲劇的現代作家。傅光明對易卜生式的人道主義與莎士比亞式

〔註133〕茅盾：《「五四」運動的檢討——馬克思主義文藝理論研究會報告》，《文藝導報》1931 年 8 月 5 日第 1 卷第 2 期。
〔註134〕傅光明：《兩個「狂飆」中的莎士比亞》，王德威、宋明煒主編《五四@100：文化、思想、歷史》，上海：上海文藝出版社，2019 年，第 155～158 頁。

的人文理想的區分，若用於考察郭沫若對歌德《少年維特之煩惱》的譯介與接受，應該說郭沫若是在易卜生式的人道主義的層面上走近少年維特的。

郭沫若在新詩《夜》中歌唱：「我恨的是那些外來的光明：／他在這無差別的世界中／硬要生出一些差別起。」〔註135〕弘揚自我的郭沫若，推崇的是「無差別的世界」，而以「個」、「位」等語言區別尊卑的就是郭沫若所反對的有差別的世界。當郁達夫、成仿吾、王獨清、張資平等創造社元老級人物紛紛稱呼周全平、葉靈鳳、潘漢年等為「小夥計」的時候，郭沫若從來不用「小夥計」一詞，而是稱他們為「朋友」。「那時候達夫和上海新月社的人們太接近了，那些人們是在孫傳芳、丁文江的羽翼下的，因此便遭了創造社小朋友們的反對。達夫對這，或許曾有誤解，以為是出於我的策動。達夫在前多少有一些偏見，他總以為創造社的小朋友們多是我的私人，其實那完全是誤解，達夫後來也當然是覺察了的。」〔註136〕在《學生時代》中，郭沫若談到《洪水》時說：「（蔣光慈）做來希望登《洪水》的文字便每每有被退回的時候。而編《洪水》的幾位青年朋友，尤其是有點忌避他的：自然是因為他不僅『赤』其名，而且『赤』其實了。」〔註137〕待人平等，絕不只是存在於郭沫若文學創作中的口號，而是他的行動理念。那時期凡是與郭沫若打過交道的青年朋友，都深切地感受到了這一點。

單位詞「位」的使用方面，《女神》中並沒有十分明顯的泛化現象，泛化與降格主要開始於《少年維特之煩惱》的翻譯。《女神》中使用單位詞「位」的詩句很少。《湘累》中，屈原稱呼姐姐：「我想不到才有這樣一位姐子！」〔註138〕《雨中望湖》有詩句：「哦，來了幾位寫生的姑娘」。〔註139〕從《女神》中所收詩篇來看，郭沫若並不常用「位」這個詞，用的時候也沒有泛化或降格的任何跡象。1922 年 11 月，郭沫若創作了話劇《孤竹君之二子》，

〔註135〕 郭沫若：《夜》，《郭沫若全集》文學編第 1 卷，北京：人民文學出版社，1982年，第 127 頁。

〔註136〕 郭沫若：《再談郁達夫》，饒鴻兢等《創造社資料（下）》，福州：福建人民出版社，1985 年，第 834 頁。

〔註137〕 姜德明：《潘漢年與〈幻洲〉及其他》，《書味集》，北京：生活・讀書・新知三聯書店，1986 年，第 264 頁。

〔註138〕 郭沫若：《湘累》，《郭沫若全集》文學編第 1 卷，北京：人民文學出版社，1982 年，第 22 頁。

〔註139〕 郭沫若：《西湖紀遊・雨中望湖》，《郭沫若全集》文學編第 1 卷，北京：人民文學出版社，1982 年，第 168 頁。

劇中漁夫對伯夷說：「你這位難得的王子！」野人甲指著叔齊說：「我們追趕這位自稱王子的惡魔！」伯夷聽了野人們的話後說：「我聽了這幾位朋友的話，我才恍然大悟了。」〔註140〕伯夷稱呼野人們為「幾位朋友」，這裡表現的自然是創作者郭沫若的民主思想，單位詞「位」的泛化使用在此出現了。《孤竹君之二子》的創作，正是在郭沫若翻譯《少年維特之煩惱》的過程中完成的。因此，就單位詞「位」的使用泛化和降格而言，郭沫若是通過翻譯實現並完成的。更具體地說，便是郭沫若通過翻譯不斷地探索並努力地建構自身語言的現代性。

　　郭譯《少年維特之煩惱》中單位詞「位」的使用，有時並不十分恰當，如「為我找尋一位人」、「告訴了一位人」，這種情況一般都說「一個人」，用單位詞「個」而不是「位」。「在世間上得見一位對於人全無隔閡的偉大精神」，郭沫若的這種用法也很奇特，「偉大精神」前面的單位詞，一般使用「種」而不是「位」。「語言是社會現象，是約定俗成的，因此語言習慣不可抗違，有時也不好解釋，如『條』不能用以給『人』計數，不能說『一條人』，但人中的『好漢』可以，如『一條好漢』、『一百零八條好漢』。與好漢差不多的『英雄』又不可以，而『人命』又論『條』，如『一條人命』、『共三條人命』等。」〔註141〕從語言約定俗成的角度來說，郭沫若一些單位詞的使用不規範，只是不符合語言使用的一般情況。現在來看，郭沫若譯文中的一些探索式的語言使用都沒有被人們所接受，在一些研究者的眼裏，郭沫若的一些語言使用方式都被歸入了錯譯誤譯之列。

　　郭沫若並非不會使用單位詞，譯文中單位詞的使用也較為豐富。就在「在世間上得見一位對於人全無隔閡的偉大精神」這句譯文的前一頁，譯者就使用過一些很恰當的單位詞：「一點點子輕爽的血液」、「一點子力量」、「一列子的人物」、「一種理想的愉樂」、「一件事務」、「一切勢力」等等。單位詞「位」的不恰當的使用，若非源於譯者的粗心大意，則應是泛化使用過程中的失控。然而，若是將這種失控的表現置於郭沫若對單位詞整體使用的豐富與恰當的背景下進行審視，就可以發現失控本身就是語言解放的表

〔註140〕郭沫若：《孤竹君之二子》，《郭沫若全集》文學編第 1 卷，北京：人民文學出版社，1982 年，第 230～236 頁。

〔註141〕史錫堯：《事物單位詞的由來及使用》，《語言教學與研究》1992 年第 2 期，第 46 頁。

現。嚴謹地遵循某種既定的語言規則，也就意味著接受語言蘊涵著的社會等級秩序；若是反抗既定的語言規則，並通過這種反抗解構其中蘊涵著的等級秩序，在舊有的語言使用者們的眼裏，必然表現為失控與無秩序。

第五節 《少年維特之煩惱》譯文中「的」「底」「地」「得」的使用

在文學漢語現代化的想像及其建構過程中，翻譯有著非常重要的地位和作用。胡適說：「創造新文學的第一步是工具，第二步是方法。方法的大致，我剛才說了。如今且問，怎樣預備方才可得著一些高明的文學方法？我仔細想來，只有一條法子：就是趕緊多多的翻譯西洋的文學名著做我們的模範。」〔註 142〕創造新文學的「工具」便是語言，這是第一步的工作。西洋文學名著的翻譯對現代漢語的最大影響，便是歐化語法的確立，這也是文學漢語現代化的重要標誌。「歐化文法的侵入中國白話中的大原因，並非因為好奇，乃是為了必要。」〔註 143〕「歐化文法的侵入」的一個重要表現，便是現代漢語中語助詞「的底地得」的區別性使用。「的底地得」區別性使用是社會發展的內在需要，也是最為普遍地存在於現代文學翻譯和創作中的歐化語法，譯（作）者對其區別使用的嚴格程度也就標誌著自身語言表達的歐化程度。

能夠分明清晰地使用「的」「底」「地」等語助詞，是作家的創作有Grammar 的表現，而有 Grammar 則是邏輯嚴密和現代的典型表徵。語法使用的歐化並不必然等同於現代化，卻是文學漢語現代化想像最重要的途徑和方式。東聲在《讀書隨筆：巴金家底「的」「底」「地」》中說：「他底著做到現在要以膾炙人口的《家》為最有名，除了內容富有不滿意舊家庭和革命的氣氛外，國語文法方面，我注意到了他辭句底分明清晰；這分明清晰，多少也是由於他不亂用『的』『底』『地』三個字。」在文章的結尾，東聲感慨「我國文字歷來沒有所謂 Grammar 之說」，雖然有語言學家已經規定了「的」「底」「地」的用途，「各著作家未必全按著實用」，巴金的可貴不在於

〔註 142〕胡適：《建設的文學革命論》，《新青年》1918 年 4 月 15 日第 4 卷第 4 號。
〔註 143〕魯迅：《玩笑只當它玩笑》，《魯迅全集》第 5 卷，北京：人民文學出版社，2005 年，第 548 頁。

完全按照語法學家的規定使用「的」「底」「地」，而是能夠「在他一部整個的作品中保守著個人用字的習慣」。〔註144〕高植在《與從文論標點與「之底地的」》中也談到了巴金創作中的這一語法特點，例證是巴金自己的話：「前一時期的白話文中還常見到『之』字，近來是漸漸少用了，而代替『之』字的是『的』字。不過有的時候為著方便及習慣起見，還有用『之』字的地方。『底，地，的』是很有人用得很嚴格的。巴金有一次在夫子廟吃茶，他說他用這三個助詞是有分別的，凡是形容詞下都用的，副詞下都用地，領屬詞下都用底。施蟄存也這樣用。有一次和郁達夫說到這事，他說他只用『的』字，別的都不用。這都可以從各人的文章中看出的。」〔註145〕曾和郁達夫同學的徐志摩也是只用「的」字，耳熟能詳的詩句如「翩翩的在半空裏瀟灑」、〔註146〕「輕輕的我走了」〔註147〕等，都是在該用「地」的地方用了「的」字。無論是區別使用「的底地得」，還是單用「的」字，現代漢語中的許多相關用法都是歐化的結果，只是區別使用的歐化色彩更為明顯，相對來說也更吻合漢語表達現代化的趨勢和想像。

郁達夫和徐志摩都曾長期留學國外，深受外國文化與文學的影響，他們的翻譯和創作卻都不區分「的底地得」。郭沫若與郁達夫一樣長期留學日本，所接受的日本「大高」系統的外語學習應該相似，他們後來又一起組織了創造社，文學上的興趣愛好很接近，郭沫若的翻譯和創作卻與郁達夫不同，很注意區分「的底地得」。郭沫若、巴金、徐志摩、郁達夫都是熱情洋溢的現代作家，個性與筆觸都帶有浪漫的色彩，但是在「的底地得」的區別使用上卻是截然不同的兩派。文學史論著的簡略敘述遮蔽了風格相似的作家們語言使用上的細微差異，使得像郭沫若這樣的作家最容易被誤讀錯讀。顧彬指出郭沫若可能是「通過翻譯找到自己的話語」，〔註148〕例證是《天狗》中以「我」

〔註144〕東聲：《讀書隨筆：巴金家底「的」「底」「地」》，《鐸聲月刊》1943年第2卷第4期，第93頁。

〔註145〕高植：《與從文論標點與「之底地的」》，《新時代》1933年第3卷第5～6期，第37頁。

〔註146〕徐志摩：《雪花的快樂》，《徐志摩全集》第2卷，北京：中央編譯出版社，2013年，第2頁。

〔註147〕徐志摩：《再別康橋》，《徐志摩全集》第2卷，北京：中央編譯出版社，2013年，第177頁。

〔註148〕〔德〕顧彬：《郭沫若與翻譯的現代性》，《中國圖書評論》2008年第1期，第119頁。

開頭的句型。我以為若是從「的底地得」分用等方面思考翻譯之於郭沫若文學語言的生成，挖掘郭沫若文學語言使用上細膩嚴謹的一面，能夠更全面地認識郭沫若文學語言的生成及使用問題。

　　郭沫若的新詩創作以「亂寫」聞名，但那是「很不易得」的「亂寫」，〔註149〕屬於天才的「亂舞」〔註150〕。「亂舞」給人帶來自由和粗枝大葉的印象，但郭沫若的「亂舞」的表象下隱藏著細膩嚴謹的底色，嚴謹細膩最為重要的一個表現，便是「的底地得」的區別性使用。聞一多說：「若講新詩，郭沫若君的詩才配稱新呢」，〔註151〕這「新」不僅表現在詩的意象上，也表現在文字語法上，如「的底地得」的區別性使用在《女神》中就已經相當「分明清晰」。《天狗》一詩使用了「底」「地」「的」三種語助詞，「底」用於領屬詞下，「地」用在副詞下，「的」用於所有格，區別非常清晰。《筆立山頭展望》中對「底」和「的」的區別性使用也很嚴格。當然，也有些詩篇全部都用「的」字。不可否認，《女神》集中不同篇目之間的使用規則還不能做到完全統一，這可能是郭沫若尚在區別使用與合用之間搖擺的表現。

　　與《女神》中的詩篇相比，《少年維特之煩惱》譯文中「的底地得」的區別使用相當規範，這表明郭沫若的新詩語言有著嚴謹細膩的內在追求。郭沫若翻譯的《少年維特之煩惱》出版於 1922 年，巴金的小說《家》1931 年連載於《時報》，1933 年由開明書店出版單行本，前者比後者早問世十年左右。就「的底地得」區別性使用而言，郭沫若是一位先行者；當人們將巴金的《家》作為語法分明的典範時，也應該知道更早問世的《少年維特之煩惱》表現出同樣嚴格的語法規範。以「亂寫」聞名於世的郭沫若，也是創造和遵循現代 Grammar 的作家，他的文學創作和文學翻譯實踐在不同的角度和層面豐富和推動著文學漢語的現代性想像。

一、《少年維特之煩惱》中「的」「地」「底」「得」

　　巴金的小說《家》嚴格地區分使用語助詞「的」「地」「底」，而郭沫若在《少年維特之煩惱》譯文中區別使用的語助詞不僅有「的」「地」「底」，還有

〔註149〕廢名：《沫若詩集》，《新詩講稿》，北京：北京大學出版社，2008 年，第 130 頁。

〔註150〕聞一多：《莪默伽亞謨之絕句》，《創造》季刊 1923 年 5 月 1 日第 2 卷第 1 期。

〔註151〕聞一多：《〈女神〉之時代精神》，《創造週報》1923 年 6 月 3 日第 4 號。

「得」和「之」兩個語助詞。在現代中國文壇上,郭沫若翻譯的《少年維特之煩惱》在「的」「地」「底」「得」等語助詞的使用方面,比一些討論「的」「底」「地」用法的專門的文字還要豐富和明晰。

1943 年,呂湘著文指出了語助詞 tə 使用的五種類型:

a. 連接表領屬的名詞或代詞於名詞;作用類似歐洲語言的名詞及代詞的領格尾變及某一類介詞。例如「我的書」,「我哥哥的書」。

b. 連接形容詞於名詞;作用類似歐語的形容詞尾及某一類介詞。例如「淺近的書」,「薄薄的書」。

c. 連接由動詞或連帶其起詞及止詞組成的形容詞於名詞;作用類似歐語的分詞尾變及接續代詞。例如「我看的書」。

d. 連接前置副詞於動詞或形容詞;作用類似歐語的副詞語尾。例如「慢慢的讀」,「用心的讀」。

e. 連接(1)後置副詞或(2)表程度與效果的小句於動詞或形容詞;後者與歐語的某一類連詞相似,前者常無相當的語法機構。例如「好的很」,「讀的慢」。

上述五種類型,是語法學家做出的區分,在現代文學發生期的文學創作中,人們對語助詞的使用千差萬別。「在『的』字還沒有通行的時期,除 e 項作『得』外,其餘分用『底』『地』二字。」〔註152〕呂湘認為,1940 年代已經是「的」字通行的時期,而在之前則有一個「分用」語助詞的、地、底、得的時期。「分用」起於何時?何晚成認為:「『的底地』的劃分,大約是在五四時代由《學燈》諸先生提了出來的罷。」〔註153〕語助詞「地」「的」「底」區別使用的提出,與新式標點符號的規範使用,都是在「五四時代」,但是新式標點很快由教育部頒布命令要求統一規範使用。朱實說:「新式標點符號,自從民國八年由胡博士等六人具名呈請教育部頒行全國以來,久矣通行四海之內。」〔註154〕語助詞的區別使用雖然提了出來,卻一直沒有成為強制規範使用的對象,雖然「久矣通行四海之內」,卻並沒有成為作家們共同

〔註152〕呂湘:《論「底」「地」之辨及「底」字的由來》,《中國文化研究彙刊》1943年第 3 卷,第 229～238 頁。

〔註153〕何晚成:《論「的底地得」的分合》,《中國語文》1940 年第 1 卷第 2 期,第20 頁。

〔註154〕朱實:《魯迅翁的標點符號》,《一四七畫報》1947 年第 13 卷第 8 期,第 10頁。

遵循的語言標準。

唐宋時期「底」「地」已出現在漢語表達中：「現在拿加詞的等級來區分的，加詞加於或可加於名詞之上，我們就說他本身是形容詞，後面用『的』；加詞不加於或不能加於名詞之上，我們就說他是副詞，後面用『地』，但在唐宋時代，『地』字也用於第一類加詞之後。」〔註155〕結構助詞「的」在宋代以後的白話中也出現了〔註156〕，但是直到清末，「的」只用於白話，「之」則用於文言文，兩者壁壘分明。也就是說，唐宋時期雖然也區別使用語助詞「底」「地」，但是區別使用的方式與現代漢語不同，現代漢語中語助詞「的」「地」「底」「得」的區別使用嚴格來說始於「五四時代」。「五四」至中華人民共和國成立之前，語助詞「的」「地」「底」「得」的使用又經歷了區別使用與合用等不同的「時期」。從語助詞「的」「地」「底」「得」使用的歷史進程來看，郭沫若《女神》中詩篇的創作及《少年維特之煩惱》的翻譯皆在「五四時代」，清晰地區別使用上述語助詞，是「五四時代」郭沫若漢語現代性想像最理想的實踐的產物。

《少年維特之煩惱》中的書信有長有短，有的長於敘事，有的長於寫景，在語助詞「的」、「地」、「底」、「得」的區別使用方面各有不同。其中，最為密集且變化多樣地使用語助詞的、地、底、得的，是1771年5月10日的書信：

一種不可思議的愉快，支配了我全部的靈魂，就好像我所專心一意領略著的這甘美的春晨一樣。我在此獨樂我生，此地正是為我這樣的靈魂造下的。我真幸福，我友，我全然忘機於幽居底情趣之中，我的藝術已無所致其用了。我現在不能畫，不能畫一筆，但我的畫家的生涯從來不會有這一刻的偉大。當那秀美的山谷在我周圍蒸騰，呆呆的太陽照在濃蔭沒破的森林上，只有二三光線偷入林內的聖地來時，我便睡在溪旁的深草中，地上千萬種的細草更貼近地為我所注意；我的心上更貼切地感覺著草間小世界的嗡營，那不可數，不可窮狀的種種昆蟲蚊蚋，而我便感覺著那全能者底存在，他依著他的形態造成了我們的，我便感覺著那全仁者底呼息，他支持著我們漂浮在這永恆底歡樂之中的；啊，我的朋友。眼之周遭如昏黃時，世界環擁著

〔註155〕 呂湘：《論「底」「地」之辨及「底」字的由來》，《中國文化研究彙刊》1943年第3卷，第233～238頁。

〔註156〕 劉敏芝：《漢語結構助詞「的」的歷史演變研究》，北京：語文出版社，2008年。

我，天宇全入我心，如像畫中愛寵；我便常常焦心著想到：啊！我心中這麼豐滿，這麼溫慰地生動著的，我願能把他再現出來，吹噓在紙上呀！我的心如像永遠之神底明鏡，畫紙也願能如我的心之明鏡呀！——朋友！——但是我終不成功，我降服在這種風物底威嚴下了。〔註157〕

在上述這段譯文中，副詞下用「地」共有三處，它們分別是：

（1）更貼近地為我所注意

（2）更貼切地感覺著

（3）這麼溫慰地生動著

習慣使用「之」，五處譯文分別是：

（1）我全然忘機於幽居底情趣之中

（2）眼之周遭如昏黃時

（3）他支持著我們漂浮在這永恆底歡樂之中的

（4）我的心如像永遠之神底明鏡

（5）畫紙也願能如我的心之明鏡呀

凡是形容詞下都用「的」，但是「的」字在《少年維特之煩惱》譯文中的使用卻不僅限於形容詞下，如呂湘所說的 a 類，即連接表領屬的名詞或代詞於名詞；作用類似歐洲語言的名詞及代詞的領格尾變及某一類介詞。c 類，即連接由動詞或連帶其起詞及止詞組成的形容詞於名詞，作用類似歐語的分詞尾變及接續代詞。a 類例子有：「我的藝術」「我的心」「我的朋友」「他的形態」「我們的」。c 類例子有：「領略著的這甘美的春晨」，第一個「的」字便是。

上述語助詞的區別性使用在其他作家筆下也較為常見，郭沫若的用法符合語法要求。郭沫若對「底」的使用較為獨特。巴金自言他是在領屬詞下都用「底」，以小說《家》為例，東聲將其分為兩種情況：（A）凡是介詞，巴金都用『底』字，如「讀《托爾斯泰》底小說」。（B）用在人稱代詞名下，如「我有我底愛」、「你底英文說得很自然！」〔註158〕《少年維特之煩惱》中「底」字的使用顯然與巴金不同，郭沫若在人稱代詞名下一般都用「的」。

〔註157〕〔德〕歌德：《少年維特之煩惱》，郭沫若譯，重慶：群益出版社，1944 年，第 5～6 頁。

〔註158〕東聲：《讀書隨筆：巴金家底「的」「底」「地」》，《鐸聲月刊》1943 年第 2 卷第 4 期，第 93 頁。

《少年維特之煩惱》中用「底」的六處譯文分別是：
（1）我全然忘機於幽居底情趣之中
（2）我便感覺著那全能者底存在
（3）我便感覺著那全仁者底呼息
（4）我的心如像永遠之神底明鏡
（5）他支持著我們漂浮在這永恆底歡樂之中的
（6）我降服在這種風物底威嚴下了

六處譯文，（1）（4）（5）（6）大致可以視為一類，類似於東聲所說的介詞下使用「底」的情況。（2）和（3）可歸為一類，是所有格的標誌，表示領屬關係。郭沫若也用「我的」「他的」表達所有格與領屬關係，並不像一些學者指出的那樣：「『的』字與『底』字雖都是形容名詞的，『底』字卻只限定用於所有格……『底』字除了所有格以外，絕不能用，這是『的』字與『底』字的區別。」〔註 159〕上面第五例句中的「底」字顯然不是用於所有格，「永恆」是形容詞，現在一般說「永恆的歡樂」，如果說「底」連接的是前面的「這永恆」，「這永恆」固然不是形容詞，但是「這永恆」與「歡樂」之間仍不宜理解為領屬關係。概言之，便是郭沫若在譯文中有意區別使用了幾個語助詞，這種區別性使用大部分都有語法依據，也有一些用法只有相對意義上的區別，並不吻合一般的語法規定性。如果說郭沫若譯文中「之」字的使用源自習慣，「底」字的使用表現的則是譯者的語感，雖然其中有語法上區別使用的考慮，但是這種區別使用的判斷標準更多地是語感，而不是明確的語法規則。

二、語助詞的區別使用與文學漢語的現代想像

翻譯應求信達雅，就語言本身來說，求信就必然要求語助詞的區分使用，不分「的」、「底」、「地」、「得」，原文中的一些語感和關係就沒有辦法恰到好處地呈現出來，所以呂湘指出，「比較歐化的語體文，尤其是翻譯文中，『的』『底』之分很有用處。」〔註 160〕從翻譯到創作，語助詞區別使用的源頭是西方語言。對於「的」、「底」、「地」、「得」的區別使用，何晚成說：

〔註 159〕 希轍：《「的」「底」「地」三字的用法：答河北省立中學楊穎才先生》，《今日青年》1941 年第 11～12 期，第 57 頁。
〔註 160〕 呂湘：《論「底」「地」之辨及「底」字的由來》，《中國文化研究彙刊》1943 年第 3 卷，第 238 頁。

「在文學界，多數作家們往往有意識的不願意去區別它。」這是因為，「把『的』當作形容詞的語尾，拿『底』字來與介詞 of 或所有格相配，把『地』字當作副詞語尾，這完全出於西洋文法的摹仿，一點也不合於中國文法構造的。」〔註161〕嚴格地區別使用的、底、地、得等語助詞，就意味著摹仿西洋文法，也就是歐化；不主張區別使用的、底、地、得等語助詞，往往就是堅持中國文法，或者說不願意改變已經習慣了的舊有的中國文法。因此，語助詞的區別使用問題也就直接影響到文學漢語的現代性想像。

「的」「底」「地」「得」應該區別使用還是應該合用，在現代中國曾一度引發熱議。「大凡主張分的，理由是為了精密；主張合的，是為了簡便和易學。」〔註162〕許欽文在《「的」「底」「地」和「得」用法簡說》中指出：「文言文固然不用說，的，底，地和得這四個字，如今一般通俗的白話文，總只泥用一個的字；實在也沒有詳細區別的必要。可是討論高深的學術，需要精密的語體文，如果不分用，就要弄不清楚了。」〔註163〕傅斯年說：「語言是表現思想的器具，文字又是表現語言的器具。惟其都是器具，所以都要求個方便。」〔註164〕若只是為了「求個方便」，自然是一「的」到底更方便。簡單易學是大眾化的需要，精密卻是科學與民主的需要，漢語的現代化進程緣於啟蒙的需要，啟蒙需要大眾化，而啟蒙的理想便是實現科學與民主。因此，語助詞的區別使用所呈現的文學漢語的現代想像，不僅是選擇西洋文法還是中國文法的問題，也隱含著現代化想像及其實踐過程內在的矛盾性。

中國文法也區別使用語助詞，但是現代文法與古代文法並不相同。「古代以後面有無名詞來分別『之』和『者』，中世以前面的詞為區別性抑描寫性分別『底』和『地』，現代的人又拿前面的詞為形容詞性（可加於名詞者）抑副詞性（不可加於名詞者）來分別『的』和『地』。」〔註165〕嚴格地區別

〔註161〕何晚成：《論「的底地得」的分合》，《中國語文》1940 年第 1 卷第 2 期，第20 頁。

〔註162〕上行：《讀了〈論「的底地得」的分合〉以後》，《中國語文》1940 年第 1 卷第 4 期，第 57 頁。

〔註163〕許欽文：《「的」「底」「地」和「得」用法簡說》，《浙江青年》1934 年第 1 卷第 1 期，第 312 頁。

〔註164〕荻舟：《駁瞿宣穎君「文體說」》，《中國新文學大系·文學論爭集》，上海：良友圖書公司 1936 年，第 215 頁。

〔註165〕呂湘：《論「底」「地」之辨及「底」字的由來》，《中國文化研究彙刊》1943

使用語助詞是現代語法的追求，其動因則是為了追求表達上的精密。精密被認為是西方語言的特性，正是中國古文應該學習的地方。胡適認為傳統漢語「一切表現細膩的分別和複雜的關係的形容詞，動詞，前置詞，幾乎沒有」〔註166〕，「歐洲各種文字之嚴整和細密，是我們的白話文和文言都望塵莫及的」，因此歐化是「洗練我們幾千年來一貫相承的籠統模糊的頭腦」的捷徑〔註167〕。徐志摩在《徵譯詩啟》中呼籲：「我們所期望的是要從認真的翻譯研究中國文字解放後表現細密的思想與有法度的聲調與音節之可能，研究這新發現的、達意的工具究竟有什麼程度的彈力性與柔韌性與一般的應變性，究竟比我們舊有方式是如何的各別，如其較為優勝，優勝在那裡？」〔註168〕署名「某某」的《的底地三字的用法》一文指出，許多努力於新文學的人都很輕易用錯這三個字，「以致影響了更多的文字的完整」〔註169〕。「文字的完整」，這是在現代邏輯基礎上對現代漢語提出的要求。錫朋在《「的」「底」「地」底用法》中說：「分化有一種好處，就是一望『的』『底』『地』，就知道形容詞介詞副詞的區別。分化也有一種壞處，就是不懂文法的人，根本形容詞介詞副詞都不懂，還談得上『的』『底』『地』麼？假如替三四年級小學生講這種分化『的』『底』『地』的文章，豈不冤哉枉也？」〔註170〕看似分說了分化的好處和壞處，實際上卻是將壞處歸因於用者的水平低，其實還是強調分化好。

伯攸在《編輯室談話》中說：「『的』『底』『地』三字，我們本來只用一個『的』字的；後來因為在句子底構造上，往往發生了困難，所以自今年起，才完全採用了。」〔註171〕這就從實踐的角度為語助詞的區別使用提供了佐證。郭沫若說：「『五四』運動以後，產生了白話文。現在白話文的力量站在主流。檢查社會上一切的文字，文言文雖然還存在著，不過白話文的勢力是蓬蓬勃

年第 3 卷，第 233～238 頁。

〔註166〕胡適：《逼上梁山》，《中國新文學大系‧建設理論集》，上海：良友圖書公司，1935 年，第 13 頁。

〔註167〕嚴既澄：《語體文之提高和普及》，《文學》週刊 1923 年 8 月 6 日第 82 期，第 1 頁。

〔註168〕徐志摩：《徵譯詩啟》，《小說月報》1924 年 3 月第 15 卷第 3 號。

〔註169〕某某：《的底地三字的用法》，《東北中學校刊》1934 年第 6 期，第 4 頁。

〔註170〕錫朋：《「的」「底」「地」底用法》，《湖北省立師範校刊》1930 年第 1 期，第 14 頁。

〔註171〕伯攸：《編輯室談話》，《小朋友》1924 年第 117 期，第 1 頁。

勃的。怎麼會發生這種變革？社會使然。中國社會到近代來，已由封建制度逐漸蛻變。封建時代表示生活情形的文言文不適用於現在了。文言文不能用來作為表示現在生活上的工具了。其原因是固定的文言文，不能把活鮮鮮的生活描寫出來。生活與文學是不能分開的。『五四』運動的主因，就在這個地方。」〔註172〕語言是表現生活的工具，文言文不能描寫「活鮮鮮」的生活，白話文的產生乃是因為生活的需要，其中一個重要的原因便是表達精密的要求。

精密是科學術語，自然科學和一些社會科學（如法律）等都需要表述精密。文學創作的語言追求的精密更準確地來說應該是精微。為了能夠更貼切地表達心靈和思想細微的顫動，作家需要不停地微調語言以便能夠突破詞不達意的問題，這就需要精微地運用語詞。精微，也就意味著選擇恰當的字詞使之出現在恰當的位置上。在不同的位置上使用不同的語詞，當這些位置關係相近，字詞的選擇也就較為相似，相似而不同的字詞出現的頻率高，也就意味著作家在語言的運用方面較為豐富。就語助詞的使用而言，區別性地使用「的」、「底」、「地」、「得」就比單一使用「的」給人語言運用更複雜和豐富的感覺。當然，複雜與變化不是區別使用語助詞「的」、「底」、「地」、「得」的目的，而是語言表達清晰明確追求的外在表現。形式上的清晰明確並不等同於思想情感上的清晰明確，複雜的思想情感一般來說不能通過簡單的句子傳達出來。

將表達的精密與語言的歐化聯繫起來，而將傳統漢語判斷為不精密，這一現代性想像的產生自然是外來影響的結果，正如何晚成指出的那樣：「在人們的頭腦已經受西洋文法浸蝕的非常利害的時候，如果主張把『的』字分成『的底地』，只要一說，就有許多讀了三天半洋文的聞聲響應。」「許多讀了三天半洋文的」自然是誇張的說法，事實是現代文壇的形成有賴於外國留學生群體，留日群體形成的創造社、英美留學生形成的新月社等都是現代文壇重鎮，他們中大多數成員都有十年以上的海外留學體驗。就他們海外接受的教育而言，把「的」字分成「的底地」更多地是出於洋文學習的自然影響，若說有「聞聲響應」的情況，大多也都是自己想到卻沒有說出，等到有人倡導時自然也就同聲相和。何晚成秉承漢語本位主義，不贊成區別使用「的」「底」「地」，「我主張在翻譯社會科學的時候也只用一個『的』字。至多再添上一

〔註172〕郭沫若：《屈原的藝術與思想》，《郭沫若全集》文學編第 19 卷，北京：人民文學出版社，1992 年，第 122 頁。

個『地』字。照我的經驗，如果一個句子太長，裏面包含『的』字到三四個以上的時候，縱然把『的』字分做『的底地』幾樣寫法，也不見得會使句子更容易瞭解一點。我希望從事翻譯的人們要根本瞭解中國語的構造和西洋話的構造不同，不能逐字直譯；必須把長的句子設法截斷，譯成普通的中國話。」
〔註173〕

　　對於何晚成秉持的那種觀念，郭沫若自然不贊成。郭沫若在《怎樣運用文學的語言》中說：「語言除掉意義之外，應該要追求它的色彩，聲調，感觸。同意的語言或字面有明暗、硬軟、響亮與沉抑的區別。要在適當的地方用有適當感觸的字……形容詞宜少用，的的的一長串的句法最宜忌避。句調不宜太長，太長了使人的注意力分散，得不出鮮明的印象。」〔註174〕語言的使用除了固定的語法外，還要追求語感，不能一刀切地追求語法使用自始至終不變，若是「的的的一長串」，讀起來少了變化，有時候還會影響到語感。高植認為：「在中文裏，副詞下可以不加字。我們可以寫『慢慢地走』，也說『慢慢走』。形容詞有時加『的』反不好，『紅花』便比『紅的花』好。但有時為了音和氣的關係，還是要加『的』。『淡紅的花』便比『淡紅花』好聽一點，舒服一點。」用不用「的」，有時候並不是為了語法上的需要，而是為了照顧語感，為了「好聽一點，舒服一點」，而「好聽」與「舒服」是沒有確切的標準的，需要使用者自身能夠感知語詞的色彩與聲調。高植在文章中寫到「……在形容詞和領屬詞之下」時，對「之下」二字做了說明：「這裡『之下』似乎比『的下面』好一點，這是習慣上用『之』的地方。」〔註175〕「習慣」即索緒爾所說的語言的約定俗成性，我們習慣了說「在……之上」「在……之中」「在……之下」，這裡的「之」並不需要用現代漢語裏的「的」替代。

　　郭沫若對語助詞的使用，並非隨意為之，而是盡力探索各種可能的運用方式和途徑，這是白話文建構自身表達豐富性與準確性的必由之路。郭沫若譯《少年維特之煩惱》中「的」「地」「底」「得」等語助詞運用的靈活性

〔註173〕何晚成：《論「的底地得」的分合（續完）》，《中國語文》1940年第1卷第3期，第37～41頁。

〔註174〕郭沫若：《怎樣運用文學的語言？》，《郭沫若全集》文學編第19卷，北京：人民文學出版社，1992年，第306～307頁。

〔註175〕高植：《與從文論標點與「之底地的」》，《新時代》1933年第3卷第5～6期，第38～39頁。

與探索性，領先於同時代譯者，與後來譯者相比，也毫不遜色。

楊武能譯 1771 年 5 月 10 日信簡如下：

一種奇妙的歡愉充溢著我的整個靈魂，使它甜蜜得就像我所專心一意地享受著的那些春晨。這地方好似專為與我有同樣心境的人創造的；我在此獨自享受著生的樂趣。我真幸福啊，朋友，我完全沉湎在對寧靜生活的感受中，結果我的藝術便荒廢了。眼下我無法作畫，哪怕一筆也不成；儘管如此，我現在卻比任何時候都更配稱一個偉大的畫家。每當我周圍的可愛峽谷霞氣蒸騰，杲杲的太陽懸掛在林梢，將它的光芒這兒那兒地投射進幽暗密林的聖地中來時，我便躺臥在飛泉側畔的茂草裏，緊貼地面觀察那千百種小草，感覺到葉莖間有個擾擾的小小世界——這數不盡也說不盡的形形色色的小蟲子、小蛾子——離我的心更近了，於是我感受到按自身模樣創造我們的全能上帝的存在，感受到將我們託付於永恆歡樂海洋之中的博愛天父的噓息，我的朋友！隨後，每當我的視野變得朦朧，周圍的世界和整個天空都像我愛人的形象似的安息在我心中時，我便常常產生一種急迫的嚮往，啊，要是我能把它再現出來，把這如此豐富、如此溫暖地活在我心中的形象，如神仙似的哈口氣吹到紙上，使其成為我靈魂的鏡子，正如我的靈魂是無所不在的上帝的鏡子一樣，這該有多好啊！——我的朋友！——然而我真去做時卻會招致毀滅，我將在壯麗自然的威力底下命斷魂銷。〔註176〕

郭沫若和楊武能兩位譯者翻譯的 1771 年 5 月 10 日信簡所用語助詞數據如下：

	字　數	的	底	之	地	得
郭沫若譯文	440	26	6	5	3	
楊武能譯文	504	36		1	3	2

郭沫若譯文運用了「的」「底」「之」「地」四種語助詞，共計 40 次。其中，「的」字的數量約占機統總字數的 5.9%，四種語助詞約占機統總字數的 9.09%。楊武能譯文運用了「的」「得」「之」「地」四種語助詞，共計 42 次。其中，「的」字的數量約占機統總字數的 7.14%，約占機統總字數的 8.333%。從語助詞使用總量及種類上來看，兩位譯者非常接近，郭沫若為 4 種 40 次，

〔註176〕〔德〕歌德：《少年維特之煩惱》，楊武能譯，北京：燕山出版社，2014 年，第 4～5 頁。

楊武能為 4 種 42 次。差異主要出現在「的」的使用頻次，以及「底」和「之」兩個詞的使用。由統計數據可知，郭沫若有意減少了「的」字的使用頻率，在一些可以使用「的」的地方，使用了「底」與「之」。

1771 年 5 月 4 日信簡所用語助詞數據如下：

	字 數	的	底	之	地	得
郭沫若譯文	405	16		1	2	1
楊武能譯文	340	17			2	1

1771 年 8 月 15 日信簡所用語助詞數據如下：

	字 數	的	底	之	地	得
郭沫若譯文	327	19	2	1	2	3
楊武能譯文	423	15			3	3

觀察上述三個表格，通過對譯文進行分段統計，可以發現以下幾個事實：

1. 郭沫若譯文用字較少，但並不總是比楊武能的譯文所用字數少，如《少年維特之煩惱》的開篇即 1771 年 5 月 4 日信簡。

2. 郭沫若譯文所用語助詞總數量與楊武能譯文大體持平。

3. 郭沫若譯文所用語助詞類別比楊武能多，楊武能譯文中出現的四種語助詞「的」、「之」、「地」、「得」，郭沫若譯文中都用到過，而郭沫若譯文中使用的「底」字在楊武能譯文中卻沒有。

4. 郭沫若譯文使用「的」的總體頻率低於楊武能譯文，有些文段兩位譯者的譯文大體持平；郭沫若譯文使用「之」的頻率明顯高於楊武能譯文。

5. 郭沫若譯文顯然區分使用了「的」「底」「地」「得」等語助詞，與晚幾十年出現的楊武能譯文中語助詞的區別使用相比，在區別使用的嚴格程度方面有過之而無不及。

本書所統計的只是《少年維特之煩惱》中的三段譯文，以三段文字概言整部譯作有以偏概全之嫌。本書在隨機抽樣之外也觀察了其他譯文段落，大體都符合通過上述三個表格得出來的結論。如果有學者以大數據分析的方式對郭沫若的譯文進行更科學的徹底的分析，得出的結論不會有異。郭沫若在翻譯實踐中的確貫徹了他不連續使用「的」的觀念，有意識地通過「底」和「之」的使用分擔「的」字的功能。當然，這種分擔不是通過譯者自己獨斷

式的語法規定實現的，而是將傳統漢語的語法與西洋語法有機結合起來，具
體地來說便是郭沫若用「底」和「之」字分擔「的」字的功能時，主要表現
在譯文中的長句／複雜句裏，例如下面幾句譯文：

1. 我全然忘機於幽居底情趣之中
2. 他支持著我們漂浮在這永恆底歡樂之中的
3. 我的心如像永遠之神底明鏡
4. 畫紙也願能如我的心之明鏡呀

「之」字的運用，是文言語法的遺留，郭沫若在譯文中的運用自然如
意，渾然沒有李金髮詩歌創作中「之」字給人的那種生硬感。歐化趨新的同
時也能有機地汲取傳統文化的因素，這正是郭沫若球形天才的典型特徵之
一。

三、保存中國文化的精粹

郭沫若將人們與新文字的關係分為三類：已經懂得新文字的人、對新文
字有理解實際卻不懂也不能純熟運用的人、根本不懂新文字的人，將自己
定位為第二類，即「贊成新文字而又不能運用新文字的」，認為這一類人「在
目前應該放下苦工去加緊學習。要使自己成為一個運動專家，擔負得起推
行新文字的任務。」此外，「每一個懂得新文字的人」都要「利用一切的時
機，利用一切的地點」，進行「新文字的創生和推行運動」。在郭沫若看來，
懂得新文字和純熟運用新文字是兩回事，新文字的真正成功既需要人們懂
又需要人們能夠純熟地運用，同時還要改變對舊文字的看法，應該研究舊
文字，「有舊文字的原封，還有新文字的改裝」，惟有如此才能真正地保存中
國文化的精髓。郭沫若說他自己「對於新文字有理解，然而實際上並不懂，
不能純熟運用」，〔註177〕這是自謙。郭沫若並不是研究新文字的專家，但僅
就新文學創作與文學翻譯而言，郭沫若對新文字運用之純熟，不輸任何現
代作家和翻譯家。僅就「的」「底」「地」「得」幾個語助詞的使用而言，郭
沫若在《少年維特之煩惱》譯文中使用之分明清晰，與巴金小說《家》相比
有過之而無不及。

如何看待郭沫若譯文中語助詞使用中表現出來的「原封」與「改裝」？

〔註177〕郭沫若：《今日新文字運動所應取的路向》，《郭沫若全集》文學編第19卷，
　　　　北京：人民文學出版社，1992年，第288頁、第290頁。

如果說「改裝」表現出來的是現代性，是「五四時代」的新的精神追求，「原封」是否便體現了郭沫若譯文中傳統的一面，是舊文化的遺留？「原封」與「改裝」的碰撞，呈現出來的實際是過渡時代新舊兩種文化兩種語言的碰撞。郭沫若的文學翻譯是在「五四時代」的大背景下進行的，自然不能擺脫大的時代背景的影響。郭沫若並不像其他一些新知識分子那樣強調與傳統的斷裂，郭沫若強調中國文化原本充滿了「動」的精神，新文化運動的目的就是要恢復被遮蔽了的「動」的傳統文化精神。〔註178〕郭沫若對中國傳統文化和漢語有自身的理解，他的譯文表現出來的「原封」與「改裝」，便是郭沫若對文學漢語的現代想像。

如果說區別使用「的」「底」「地」「得」等語助詞是《少年維特之煩惱》譯文語言「改裝」的表現，從傳統文學作品中選擇譯詞就是譯文語言「原裝」的最好明證。為了討論的方便起見，以本書前面引用的 1771 年 5 月 10 日信簡中的文字為例，粗略統計其中使用的「原裝」譯詞如下：

1. 「昆蟲蚊蚋」：清李漁《閒情偶寄・頤養・行樂》：「時蚊蚋之繁，倍於今夕，聽其自齧，欲稍稍規避而不能。」

2. 「忘機」：唐朝李白《下終南山過斛斯山人宿置酒》：「我醉君復樂，陶然共忘機。」

3. 「幽居」：唐代韋應物《幽居》：「貴賤雖異等，出門皆有營。獨無外物牽，遂此幽居情。微雨夜來過，不知春草生。青山忽已曙，鳥雀繞舍鳴。時與道人偶，或隨樵者行。自當安蹇劣，誰謂薄世榮。」

4. 「杲杲」：《詩經・衛風・伯兮》：「其雨其雨，杲杲出日。願言思伯，甘心首疾。」

5. 「環擁」：蘇軾《神女廟》：「大江從西來，上有千仞山。江山自環擁，恢詭富神奸。」

6. 「愛寵」：《漢書・杜欽傳》：「好憎之心生，則愛寵偏於一人。」

7. 「溫慰」：《二刻拍案驚奇》卷五：「那時留了真珠姬，好言溫慰得熟分。」

8. 「吹噓」：南朝陳徐陵《檄周文》：「叱咤而平宿豫，吹噓而定壽陽。」明朝張四維《雙烈記・虜驕》：「吹噓定魯齊，談笑平吳楚。」

〔註178〕郭沫若：《論中德文化書——致宗白華兄》，《三葉集》，合肥：安徽教育出版社，2000 年，第 131 頁。

9. 「明鏡」：唐朝張九齡《照鏡見白髮聯句》：「誰知明鏡裏，形影自相憐。」唐李白《將進酒》：「君不見，高堂明鏡悲白髮，朝如青絲暮成雪！」

10. 「風物」：晉代陶潛《遊斜川》詩序：「天氣澄和，風物閒美。」

　　上述十個「原裝」譯詞，在傳統文學中並不罕見，出處都不偏僻。有些「原裝」語詞也出現在同時代其他作家的筆下，如冰心在《寄小讀者·六》中寫道：「願上帝無私照臨的愛光，永遠包圍著我們，永遠溫慰著我們。」〔註179〕冰心將舊語詞恰到好處融入白話文的創作中，郭沫若翻譯的《少年維特之煩惱》也是如此，「《離騷》的句子可以寫在郭沫若氏的新詩裏，蘇東坡的詞句自然也可以寫在冰心女士的新詩裏了。」〔註180〕廢名談的是冰心和郭沫若的新詩創作，用之於郭沫若的文學翻譯也很恰切。在郭沫若的文學翻譯中，傳統文學中的「原裝」詞句隨處可見。《少年維特之煩惱》1771年5月10日信簡的機統字數為440字，上述十個「原裝」詞共計22個字，所佔比例為5％。這個比例似乎並不很高，若是考慮到這些語詞在譯文表述中的中心地位，這些「原裝」語詞在譯文中的地位和作用遠超出5％的占比。「原裝」語詞並非生硬地鑲嵌在《少年維特之煩惱》的譯文中，而是與歐化語法等水乳交融，表現了譯者融匯中西駕馭新舊的超強語言能力。總的來說，《少年維特之煩惱》的翻譯完美地體現了郭沫若對文學語言「原封」與「改裝」的追求，簡單地來說，便是傳統文學語詞的選擇體現的是「原封」，語助詞等的區別使用則體現了語言的「改裝」。

第六節　《少年維特之煩惱》翻譯批評中的版本問題

　　近年來版本問題越來越受翻譯文學研究者們的重視。與中國古代文學、現代文學領域裏的版本研究相比，中國現代翻譯文學的版本研究的成績非常薄弱。有學者談到中國現代翻譯文學的版本研究時指出，「翻譯批評和文學評論則常缺乏版本校勘和譜系研究，版本選取隨意，結論卻具統攝性。」〔註181〕發生期的中國現代翻譯文學批評實踐並非無人關注版本問題。積極

〔註179〕冰心：《寄小讀者·通訊六》，《繁星·春水》，北京：人民文學出版社，2018年，第198頁。

〔註180〕廢名：《新詩講稿》，北京：北京大學出版社，2008年，第130頁。

〔註181〕陸穎：《中國現代翻譯文學版本研究芻議——兼談翻譯家傅東華研究中若干

譯介歌德的《少年維特之煩惱》與《浮士德》、莪默‧伽亞謨的《魯拜集》的郭沫若，在其翻譯實踐和翻譯批評活動中都曾反覆強調過原語和譯語文本的版本問題；以郭沫若為首的創造社同人如郁達夫、張資平、成仿吾等，在他們各自撰寫的批評文字中也都強調過翻譯的版本問題。從 1921 年 5 月到 1923 年 11 月，短短兩年半中，郭沫若等創造社同人在《創造》季刊、《創造週報》上集中地有組織地強調翻譯的版本問題，這本是一個頗為引人注意的文學現象，在解放前的中國翻譯文學批評界都很罕見，可以說是中國最早的注重版本問題的翻譯文學批評群體，推進了中國現代翻譯文學批評的版本意識。在那個饑渴地向西方學習新思想新文化的追求實用的時代浪潮中，連《浮士德》的翻譯都被視為「有些不經濟」〔註 182〕，講究版本無疑就顯得有些奢侈。翻譯世界名家名作眾多的郭沫若還因「翻譯是媒婆」的觀點而被誤解為不重視翻譯。此外，創造社同人表現出來的創造氣、在批評話語權爭奪上的咄咄逼人等，被有意歸因於文人意氣之爭，這些都在某種程度上遮蔽了郭沫若等創造社同人在翻譯批評中強調版本問題的真正價值和意義。結果便是郭沫若等創造社同人在翻譯版本方面的努力一直沒有引起應有的重視，後來的譯者和翻譯研究者對此皆是略而不敘。當創造社成為一個歷史上的名詞之後，創造社同人的文學翻譯在後創造社時代裏遭受了版本錯位的批評，王實味和羅牧等對郭沫若譯本的批評便是典型案例。整體上來說，現代文學翻譯批評與研究領域內版本意識普遍匱乏是不容忽略的客觀事實。

一、翻譯批評的版本問題

翻譯批評中版本問題沒有得到應有的重視，主要在於以下三個方面的原因：第一，翻譯批評和研究者自身能力的侷限。魯迅說：「批評翻譯卻比批評創作難，不但看原文須有譯者以上的功力，對作品也須有譯者以上的理解。」〔註 183〕大概只有那些博學如周作人者才能遊刃有餘地比較和批評各種翻譯版本。周作人談到《你往何處去》譯本時說：「對於這個譯本要說

版本問題》，《圖書與情報》2011 年第 3 期，第 129 頁。

〔註 182〕西諦（鄭振鐸）：《盲目的翻譯家》，《文學旬刊》1921 年第 6 期。

〔註 183〕魯迅：《再論重譯》，《魯迅全集》第 5 卷，北京：人民文學出版社，2005 年，第 534 頁。

美中不足，覺得人名音譯都從法國讀法，似乎不盡適當」，〔註184〕又談到法譯本、英譯本的優劣，雖然周作人談到這些時用的是「似」，也就是說他自己並沒有閱讀這些譯本，「似」與「據說」等詞表現了周作人開闊的視野及實事求是的批評態度。現代中國懂得多種外語的譯（作）者並不罕見，從不同譯文版本進行翻譯批評的也有，能夠像周作人、郭沫若那樣令人信服的卻不多見，主要原因便在於能力不足，缺少「功力」和「理解」，遂使翻譯批評反倒顯露了批評者自身的鄙陋，如羅牧對郭沫若譯文的批評便是一個例證。

　　第二，翻譯批評涉及的版本問題非常複雜。批評和研究者們不僅要考慮漢譯文本的版本，還要考慮原語版本，且原語版本可能還會涉及直譯與轉譯等不同語源的版本，跨語際版本的搜求和閱讀對一般的翻譯批評者來說都是不願意面對的難題。版本研究的範圍很廣，諸如內容上的增刪修改，版次與紙張等形式上的不同，以及附帶的題跋和批註等方面的變化，都是版本研究的內容。中國現代翻譯文學批評側重的主要是內容上的增刪修改，有哪些文本可以視為版本，哪些是具有校對價值的版本，不同學者的認識也不盡相同。金宏宇教授提出版本研究的三個核心概念：版本（edition）、文本（text）和「變本」（version）。「在中國現代文學中，『變本』可指一個文本在主動或被動情景下改變正文本和副文本而形成的不同文本。這樣，一部作品的文本數量就等於一個原文本加上數個變本。」〔註185〕在「變本」的層面上把握翻譯文學的版本問題，需要區分兩種不同的「變本」：同一個譯者譯文的不同版本，以及不同譯者貢獻的不同的譯文版本。翻譯研究中「變本」的複雜性，在於新的譯者層出不窮，尤其是名著的翻譯更是如此，故而「變本」始終處於不斷衍生的狀態之中。

　　第三，原語版本資料的缺失。20世紀中國出現的眾多翻譯作品，許多譯者只是給出原作的題名及原作者，提及原語版本的少之又少，翻譯底本的缺失使原語版本的追問難以為繼。張資平在《出版物道德》中就曾批評說：「翻譯和轉載的主旨是介紹學術和智識，要有公開的研究態度。沒有這

〔註184〕周作人：《你往何處去》，《周作人自編文集·自己的園地》，石家莊：河北教育出版社，2002年，第173頁。

〔註185〕金宏宇、杭泰斌：《中國現代文學版本研究的新路徑》，《華中師範大學學報》2017年第3期，第87頁。

種態度，就失了**翻譯**和**轉載**的價值了。因為**翻譯**和**轉載**，不是單介紹給不懂原文的人，對於懂原文的人，也應當把被**翻譯**或被**轉載**的書籍或雜誌的名稱和出版時日告訴他，叫他能夠領略原作的真值。中國無出版物道德還可以說是賤丈夫幹出來的。（定苛酷的規約，專拿學者和文士的心血去充自己私囊的賤丈夫。）可歎的就是一班卑怯的文士抄譯了人家的原作，卻不把原作出自何書及其出版時日告訴人。」〔註186〕被張資平作為「抄譯」案例批評的是《小說月報》第 12 卷第 8 期刊載的《近代德國文學的主潮》（日本山岸光宣著）和《大戰與德國國民性及其文化》（日本片山孤村著）。底本的缺失與版本意識的淡薄，使得**翻譯**批評與研究領域較為普遍地存在著「版本選取隨意」的問題。隨意選取的版本，在**翻譯**批評中容易造成版本的錯位，使一些表面看起來很漂亮的批評注定只能是錯評誤評，進而阻礙了**翻譯**批評與研究事業的深入發展。

　　20 世紀蓬勃發展的現代傳媒，為一些作品以不同的文本形態面世大開方便之門。許多翻譯家的譯作最初都刊載於報紙雜誌，然後再結集出版，於是就有了初刊本與初版本的區別。初版本問世後，因為譯者個人或國家社會等方面的緣故，往往又會推出新的修訂版。這些以紙質的形式正式問世的版本，本書稱之為實質性的版本。在已經問世的紙質版本外，其實還存在一個譯者理想的版本的問題。這裡所說的理想的版本，並不是譯者臆想中的版本，而是譯者對問世的紙質版本不滿意，自己已經做了修訂，因為各種原因這種修訂沒有付之於出版印刷。譯者與編輯、出版者之間的合作關係若是親密無間，譯者的意圖往往就能夠及時有效地被編輯、出版者採納並付之於出版，或對已經付印的版本進行修訂，這種情況下問世的紙質版本往往也就是譯者想要的版本。若是譯者與編輯、出版者之間的合作關係並不怎麼理想，有些粗枝大葉的出版者最終推出的紙質版本，距譯者的理想相去甚遠，而譯者提出的合理的修訂意見，出版者也不予理會，結果**翻譯**批評者面對的只能是傳播開來的粗糙的印刷物，這些有問題的版本很容易招來批評者的苛責。根據粗糙的出版物所做的苛責，雖然就出版物本身來說是不可諱言的事實，實際上卻並非完全是譯者的責任，而是出版等媒介方面的問題。**翻譯**批評的目的本在於指出好的批評壞的，若是批評者不能揀

〔註186〕張資平：《出版物道德》，《創造》季刊 1922 年 5 月 1 日第 1 卷第 1 期。

選出好的譯本，對於譯本自身的修訂等改進情況一無所知或知而不論，只是斤斤計較於那些差的譯本，肆意酷評以彰顯自身的高水平這種類型的翻譯批評自然難以讓譯者信服，除了引發無謂的論爭，使譯壇批評界熱鬧外別無益處。

　　郭沫若翻譯的歌德名著《少年維特之煩惱》問世後，最早著文指謫郭沫若譯《少年維特之煩惱》錯誤的是梁俊青。1924 年 5 月 21 日，梁俊青在文學研究會刊物《文學》第 121 期發表《評郭沫若譯的〈少年維特之煩惱〉》。梁俊青在文中說：「我記得我在中學三年級起始讀這本原文的《少年維特》書……同宗仲謀以郭沫若譯的《少年維特之煩惱》見示，因把它和我的舊讀本相較。」梁俊青讀的是德語專業，且在文章中聲明自己所據的是 Thilipp Reclamlung Ietprig 出版的舊本。郭沫若翻譯的《少年維特之煩惱》由泰東圖書局出版後，因校對和排印技術等問題，譯文錯漏甚多，直到創造社自己成立了出版部，將這部譯著收回自己出版，郭沫若才得以按照自己的心意進行了修訂。

　　《文學》第 125 期刊發了郭沫若的反批評文字，對梁俊青指出的 11 處錯誤逐條做了回應。梁俊青的所有批評，郭沫若都不接受。不接受的情況分為三種：一種是郭沫若自認譯文並不錯，而梁俊青的理解有誤；一種則是譯文原本不錯，排版印刷時出現了錯誤；還有則是郭沫若與梁俊青所據的原語版本不同。郭沫若說：「《少年維特之煩惱》一書，出版時我在日本，並未經我校對。全書的錯誤，如把標點的錯誤一併加上時，恐怕有五百處。我做勘誤表都做過兩次，兩次都被書局替我遺失了。在書局方面是因為錯誤太多了，名譽不好聽，所以總不肯把我的勘誤表印出。幾次推說要改版，我把書本改正後給了他們，他們也替我遺失了。弄到現在書已經出到六版，消〔銷〕售到一萬多冊以上了，仍還是初版的原樣。」〔註 187〕郭沫若做的勘誤錶針對的主要是初版本中的印刷錯誤，如排印時加減了標點符號，或是將「地上」印成了「地土」。此外，郭沫若特別指出自己依據的是 Cressner und Schramm, Leipzig 的《歌德全集》，與梁俊青閱讀的 Reclam 的版本不同。其中，Reclam 的版誤將 Deine Stimme（聲音）排成了 Deine stirme（面額）。梁俊青自以為是地批評郭沫若的誤譯，實則是自己所據原語版本有問題。筆者沒有讀到郭沫若和

〔註 187〕郭沫若：《通信‧郭沫若與梁俊青》，《文學》1924 年 6 月 9 日第 125 期。

梁俊青據以翻譯的德語版本，斷然認可郭沫若談到的版本差異並不明智。郭沫若反批評文字中提出的不同的原語版本帶來的翻譯及翻譯批評問題，卻是翻譯批評和研究者們理應關注的重要問題，對於當下郭沫若翻譯研究來說，也很值得深思。學界總有些研究者，特別推崇初刊（版）本的價值，總以為捨此之外不足論。由於排版印刷等方面的問題，初刊（版）本很可能是原作者或譯者所極不滿意的版本。若是不能確定初刊（版）本曾由作者或翻譯者確認無誤，只是一廂情願地關注初刊（版）本中某些偏離常規的字詞運用，甚至由此論證譯者的創造性叛逆，那樣的研究看起來可能很美，實際上已經脫離了譯者主體真實的情況，表面上看起來能夠自圓其說的詮釋結果不過是研究者不切實際的自由闡發罷了。

譯作有譯者滿意的版本，有譯者所不滿意的版本；原語文本也是如此，有原作者滿意的版本，自然也有原作者不滿意的版本。魯迅強調翻譯批評應該「指出壞的，獎勵好的，倘沒有，則較好的也可以」。〔註 188〕好與壞的標準難定一端，但是有些翻譯上的好與壞卻較容易判定，如原文本的選擇，如果不是為了特別的目的，一般來說全本比節本要好，修訂版比未修訂版好，原作者認可的版本比其他版本要好。一個譯者在從事翻譯的時候，對於原文各種版本的好壞若是沒有辨別和選擇能力，隨便選擇了一個不好的原文版本進行翻譯，卻還洋洋自得為好的翻譯，這就需要翻譯批評家指出來。《創造》季刊第 1 卷第 2 期刊發了郁達夫的《夕陽樓日記》，批評了余家菊翻譯的《人生之意義與價值》，由此引發了創造社與胡適和文學研究會同人之間的一場翻譯論爭。有些學者將這場翻譯論爭簡單化為直譯與轉譯之爭，抹殺了創造社同人挑起這場論爭的真正的價值和意義。郁達夫、郭沫若和成仿吾都在論爭的文字中強調翻譯中原文版本選擇的重要性。「余君譯的英文本，所根據的是德文初版，如今德文初版已經改正，內容完全不同：表明余君介紹別人的廢版書以運動新文化。」〔註 189〕也就是說，在郭沫若等創造社同人看來，翻譯的價值與原文版本的選擇直接相關，好的翻譯首先應該植根於好的原文版本，而好的譯者就應該有能力選擇最好的原文版本。

〔註 188〕 魯迅：《為翻譯辯護》，《魯迅全集》第 5 卷，北京：人民文學出版社，2005年，第 275 頁。

〔註 189〕 郭沫若：《反響之反響》，《郭沫若全集》文學編第 16 卷，北京：人民文學出版社，1989 年，第 123 頁。

二、夏綠蒂有沒有「十五歲」的弟弟？

　　1931 年 9 月，上海北新書局初版發行了羅牧據 Boylan 的英文版轉譯的歌德的《少年維特之煩惱》。譯本前有譯者羅牧撰寫的《譯者瑣言》，全文如下：

（1）這本書是根據 Bohn's Library, Boylan 氏的英譯本，版子是日本英文學社所重印的。

（2）譯時還參考了秦豐吉由德文譯出的日文本子。

（3）起初我也參考過郭譯的，及至發見了……長的一個有十五歲，與年齡相應地很文雅地親了她……那段譯文時，我趕快把那本書放開去。夏綠蒂只有六個弟妹，從二歲起到十二歲為止。郭先生居然替她母親生了一個十五歲的孩子來，真是可賀之至。

（4）關於著者的生涯讀者可購柳無忌先生所著之《少年哥德》及陳西瀅先生所譯之《少年哥德之創造》讀之。

（5）譯時，因為要與原文對照閱讀起見，故不免又譯得生硬些，祈讀者諒之。

（6）末了，我得聲明這本書是節譯的，因為英文社版子是如此，而且手頭又沒有其他的英文版子把漏略的地方加入去，這是很以為歉的事。

一九三十年八月廿日於滬西〔註190〕

　　在《譯者瑣言》中，羅牧主要是簡略地介紹他自己翻譯的緣起及相關準備，並非著意於批評，結果卻成為了對郭沫若譯本影響最深遠的批評之一。《譯者瑣言》第 3 條，羅牧說他讀郭沫若的譯文讀到「與年齡相應地很文雅地親了她」時，便將郭沫若的譯文「放開」了。在郭沫若的譯文中，此處約在整個文本的十分之一處。只因對郭沫若的譯文該處的翻譯不滿意，便將郭沫若的整個譯本丟開，名為「參考」，實則藉以進行批評，有踩名譯本上位之嫌。

　　羅牧的譯本出版時，郭沫若正避禍日本，上海灘上曾經輝煌一時的創造社也已風流雲散。羅牧譯本及其對郭沫若譯文的批評，似乎未被郭沫若或與

〔註190〕羅牧：《譯者瑣言》，〔德〕歌德：《少年維特之煩惱》，羅牧譯述，上海：北新書局，1931 年，第 1 頁。

之親近的友人所注意。現有的郭沫若留下的文字材料，未見郭沫若提及羅牧對自己譯本的批評。郭沫若是否知道羅牧曾譯過《少年維特之煩惱》，是否知道羅牧曾經批評過自己的譯本，由於缺少相關的史料文獻，這些問題只能暫時擱置。不能解決的問題依然要提出來，乃是基於這樣的考慮：在各種版本的《少年維特之煩惱》中，郭沫若從來沒有修改過此處譯文。如果郭沫若知道了羅牧的批評，卻堅持不改正自己的譯文，說明他認為自己是對的。如果郭沫若不知道羅牧的批評，一切自然也就無從談起。

羅牧指謫的郭沫若譯文是：「他們還要親一回她的手，長的一個有十五歲，與年齡相應地很文雅地親了她，另一個很率直而鹵莽。」〔註191〕與之對應的德語原文為：

Die noch einmal ihre Hand zu küssen begehrten, das denn der älteste mit aller Zärtlichkeit, die dem Alter von fünfyehn herabsteigen ließ.

羅牧據以轉譯的 Boylan 的英文本為：

They insisted upon kissing her hands once more; which the eldest did with all the tenderness of a youth of fifteen, but the other in a lighter and more careless manner.

羅牧的譯文是：「他們固執要再吻一吻她的手。最大的用十五歲的孩子那樣的溫柔態度來吻她，但其他的一個便用比較輕淡的不關心的態度。」〔註192〕

譯者羅牧認為，夏綠蒂最年長（the eldest）的弟弟，也不到十一歲。夏綠蒂沒有一個十五歲的弟弟，郭沫若譯文「長的一個有十五歲」只能是錯譯。學者龔明德認可譯者羅牧的判斷：「羅牧具體地指出來的郭譯本這一錯誤，其根源已經大致明白了，是把比喻修飾性質的數量詞譯成了人物年齡。」〔註193〕龔明德以己意解釋了郭沫若的「錯譯」，將其歸因於智者千慮必有一失，天才譯者郭沫若也免不了錯譯誤譯。然後，龔明德又對照了人民文學出版社 1981 年 11 月印行的楊武能的譯文。「大個的可能有十五歲，在吻姐

〔註191〕〔德〕歌德：《少年維特之煩惱》，郭沫若譯，上海：創造社出版部，1928 年，第 23 頁。

〔註192〕〔德〕歌德：《少年維特之煩惱》，羅牧譯述，上海：北新書局，1931 年，第 37 頁。

〔註193〕龔明德：《郭譯〈少年維特之煩惱〉一處「差錯」之我見》，《郭沫若學刊》2010 年第 1 期，第 69 頁。

姐的手時彬彬有禮；小個的則毛毛躁躁，漫不經心。」〔註194〕楊武能的翻譯，用了對稱的句式，接連使用了三個成語，讀來讓人覺得比郭沫若、羅牧兩位譯者的譯文典雅許多。在意思上，楊武能的翻譯與郭沫若一致，都是將fünfyehn／fifteen（十五）譯成了人物的實際年齡。按照羅牧和龔明德對《少年維特之煩惱》的理解，郭沫若和楊武能兩個人的譯文處理方式自然都錯了。因此，龔明德發出了這樣的追問：「但我們不得不提出懷疑：截至當今我們有沒有完全可靠的《少年維特之煩惱》的中譯本？」〔註195〕龔明德提出的這個問題，我們暫且稱之為「龔明德之問」。

龔明德不以翻譯見長，他對《少年維特之煩惱》譯文的討論限於他能搜集到的一些漢譯版本，問題的提出也源於羅牧的《譯者瑣言》。龔明德沒有搜求比照《少年維特之煩惱》的原語版本，也沒接觸過譯者羅牧談到的翻譯底本和所參考的日文譯本。因此，「龔明德之問」只能算是漢譯《少年維特之煩惱》的一般讀者對相互矛盾的漢譯版本提出的質疑。這個質疑的意義不在於提問者龔明德自身的翻譯素養如何，而是《少年維特之煩惱》的漢譯版本中的確存在相互矛盾的現象。原文本只有一個，卻存在相互矛盾的譯文本，而且這矛盾在譯者羅牧看來是非此即彼的關係：一方正確，另一方必然錯誤。辨別真偽優劣，這是翻譯批評和版本研究最為重要的目的。因此，辨析相互矛盾的《少年維特之煩惱》譯文本的真偽優劣，也就成為相關研究者必須面對的課題。

在郭沫若之後，《少年維特之煩惱》漢譯者層出不窮。為數眾多的漢譯者不是像郭沫若、楊武能那樣譯成「有十五歲」，便是像羅牧那樣譯成「像十五歲」。下面，簡單羅列其他一些譯者的譯文：

（1）錢天祐的譯文：「他們定要再親一回她的手，頂大的那一個，帶著十五歲兒童的溫文氣概吻著她，另一個則比較地輕浮和疏忽。」〔註196〕

（2）達觀生的譯文：「他們非要再親一回她的手不行，頂大的那一

〔註194〕〔德〕歌德：《少年維特之煩惱》，楊武能譯，北京：燕山出版社，2014年，第18頁。

〔註195〕龔明德：《郭譯〈少年維特之煩惱〉一處「差錯」之我見》，《郭沫若學刊》2010年第1期，第69頁。

〔註196〕〔德〕歌德：《少年維特之煩惱》，錢天祐譯述，上海：啟明書局，1946年，第11頁。

　　個吻著她帶著十五歲兒童的溫文氣概，但另一個比較地輕浮和
　　疏忽一點。」〔註197〕

（3）黃魯不的譯文：「他們還要再親一回她的手，頂大的一個帶著
　　十五歲兒童的溫文氣概親著她，但另一個比較來的輕率一點。」
　　〔註198〕

（4）李淑貞的譯文：「他們定要再親一回她的手，最大的那一個，帶
　　著十五歲兒童的溫文氣質吻著她，另一個則比較輕浮和疏忽。」
　　〔註199〕

（5）衛茂平的譯文：「他們再次要求吻一下她的手。大的那個約
　　十五歲，做得充滿深情；另一個則毛手毛腳，草草了事。」
　　〔註200〕

（6）曹群的譯文：「大一點的可能有十五歲，在吻姐姐的手時挺文
　　雅的，另一個則非常魯莽。」〔註201〕

（7）楊陽的譯文：「吻手的時候大弟弟顯得文雅和溫柔，與他十五
　　歲的年齡很相稱，那個小的只是隨隨便便地使勁吻了一下。」
　　〔註202〕

　　上述 7 位譯者，都不怎麼有名氣，譯文卻很有代表性。錢天祐、達觀生
和黃魯不的譯文在出版時間上晚於羅牧，三位譯者的譯文都是「帶著十五
歲兒童的溫文氣概」，這樣高的吻合度，很有抄襲的嫌疑。臺灣李淑貞的譯
文，與上述三位譯者的譯文也很雷同。他們的譯文，可以視為是「用十五歲
的孩子那樣的溫柔態度」的近似版本，與羅牧一脈相承。衛茂平、曹群與楊
陽三位譯者，則與郭沫若、楊武能的譯文一致。幾十年來，羅牧對郭沫若譯

〔註197〕達觀生：《自序》，〔德〕歌德《少年維特之煩惱》，達觀生轉譯，上海：世界
　　　　書局，1932 年，第 18 頁。
〔註198〕〔德〕歌德：《少年維特之煩惱》，黃魯不譯述，上海：春明書店，1948 年，
　　　　第 25 頁。
〔註199〕〔德〕歌德：《少年維特之煩惱》，李淑貞譯，臺北：九儀出版社，1998 年，
　　　　第 16 頁。
〔註200〕〔德〕歌德《少年維特之煩惱》，衛茂平譯，太原：北嶽文藝出版社，2000
　　　　年，第 15 頁。
〔註201〕〔德〕歌德《世界文學名著精選——茶花女、少年維特之煩惱》，曹群譯，
　　　　長春：吉林攝影出版社，2004 年，第 211～212 頁。
〔註202〕〔德〕歌德《少年維特之煩惱》，楊陽改寫，北京：北京出版社，2004 年，
　　　　第 18 頁。

文的批評沒有引發持續性熱議，不像魯迅批評「牛奶路」的漢譯，被反覆用來討論翻譯的歸化、順化與創造性叛逆等問題。

郭沫若和楊武能兩位譯者的德語水平都很高，他們的《少年維特之煩惱》都是從德文直譯，而羅牧的翻譯則是轉譯，而且是根據日本出版的英譯本轉譯，所參考的也只是日譯本。一般來說，從德語原文直譯要比從英語轉譯可靠一些，郭沫若和楊武能的翻譯從各方面來說都應該比羅牧更準確可靠。從現有的各種《少年維特之煩惱》漢譯本來看，郭沫若和楊武能並沒有在《少年維特之煩惱》漢譯領域形成壓倒性影響，是以和楊武能同一大學任教的龔明德也發出「截至當今我們有沒有完全可靠的《少年維特之煩惱》的中譯本」的疑問。

就現有的各種《少年維特之煩惱》的漢譯本而言，在夏綠蒂弟弟「十五歲」的翻譯上不是採取郭沫若的翻譯模式，便是採取羅牧的翻譯模式，因此可以說郭沫若和羅牧兩位譯者開創了 von fünfyehn／of a youth of fifteen 的兩種理解和漢譯模式：郭沫若代表的第一種翻譯模式，便是將其理解成人物的實際年齡，譯為「有十五歲」；羅牧代表著第二種翻譯模式，便是將其理解為修飾成分，譯為「像十五歲」。在郭沫若和羅牧開創的兩種譯法之外，並沒有更好的處理方式，頂多模糊化處理，即在兩種翻譯方法之間游移不定，結果反而讓讀者摸不清頭腦，不能清楚地知曉這一語句中的男孩到底是「有十五歲」還是「像十五歲」。應該如何看待「是」與「像」兩種翻譯處理模式？兩種翻譯模式是非此即彼的關係嗎？對於上述問題的追問，最終使人不得不承認這樣一個事實：「龔明德之問」雖然只談到了整部譯書中一個句子的翻譯，似乎只是一個不起眼的小問題，其實不然，這個句子的翻譯既呈現了不同譯者對原語文本的不同理解與接受，也為翻譯及翻譯批評研究提出了版本考辨方面的要求，翻譯所據底本的差異與譯者理解的不同相互糾纏，使得這一翻譯問題比牛奶路（Milk way）揭示的翻譯問題還要複雜。

三、翻譯即閱讀：兩種不同的翻譯方式及其可能

像《少年維特之煩惱》這樣的世界名著，同一語言的譯者往往不止一個。英文譯本、日文譯本、漢語譯本，既存在同一個譯者的不同的譯文版本，也存在不同譯者的不同的譯文版本。翻譯版本問題的研究，有利於辨別不同譯文的真偽；有些真偽的判斷，與譯者及譯文的藝術審美密切相關，真

偽（信）問題與優劣（雅）糾纏在一起，使一些問題複雜化了。面對複雜的問題，需要抽絲剝繭區別對待，方能真正有利於翻譯事業的發展。從同一個譯者的不同譯文版本，可以見出譯者主體的自我建構與完善；不同譯者的不同的譯文版本，呈現出不同譯者對原語文本的理解。不同譯者貢獻的不同的譯文，可以視為「變本」（version）。「變本」多了，才會如魯迅說的那樣有「近於完全的定本」的出現。「即使已有好譯本，復譯也還是必要的。曾有文言譯本的，現在當改譯白話，不必說了。即使先出的白話譯本已很可觀，但倘使後來的譯者自己覺得可譯得更好，就不妨再來譯一遍，無須客氣，更不必管那些無聊的嘮叨。取舊譯的長處，再加上自己的新心得，這才會成功一種近於完全的定本。」〔註203〕

　　新的譯者之所以覺得自己「可譯得更好」，往往不是因為有確定性的對錯判斷，便是覺得原語文本可以有另外的更好的理解。羅牧覺得自己能夠譯得比郭沫若更好，是因為他認為郭沫若將夏綠蒂最年長的弟弟的年齡弄錯了。羅牧對郭沫若譯文對錯的確定性判斷，源於羅牧據以翻譯的底本。在《譯者瑣言》第 1 條中，羅牧點明自己翻譯的底本，又在第 2 條中告訴了讀者自己參考的是日文本。從羅牧給出的底本、參考本信息而言，作為譯者的他版本意識較為明確，比當下的許多譯者做的都要好。1998 年，臺灣九儀出版社出版了前半部分是英文後半部分是李淑貞漢譯的《少年維特之煩惱》，所用英文沒有注明來源。筆者通過英文比照，確知其所用的並非是Boylan 氏的英譯本。2010 年 9 月，外語教學與研究出版社推出了《少年維特之煩惱》（The Sorrows of Young Werther）英文版。稍微對照一下，可知其所用的英文版本就是羅牧據以翻譯的英文版本。外語教學與研究出版社卻沒有給出任何版本信息。在出版發行方面，雖然國內的知識產權法律法規越來越完善，但就《少年維特之煩惱》的英文版本而言，在出版實踐方面卻並沒有明顯的進步。另外，羅牧譯本採用英漢對照的形式，一頁英文，一頁漢譯，書中對一些重要的英文詞語添加了頁腳注，這些注釋很到位，注意到了解釋的經典性，非常有益於雙語學習。如第 1 頁上的注釋（1）：whatever＝anything that, all that, 例如 you may read whatever book （=any book that）you like.參考：──Whatever is, is right.─Pope.（凡存在的就是正當的）（英

〔註203〕 魯迅：《非有復譯不可》，《魯迅全集》第 6 卷，北京：人民文學出版社，2005年，第 284～285 頁。

詩人以譯荷馬的著作出名。他的名著有「Essay on Criticism」,「Essay on Man」和「Dunciad」他生於 1688 死於 1744）。

　　羅牧自稱他依據的是日本英文社的版子,本書通過對照閱讀羅牧的英漢對照本發現他據以翻譯的英文社的版子只不過是 Boylan 英譯本的刪節版。將英文社的英文版與完整的 Boylan 英譯本相對照,可知英文社版本刪去了 1771 年 6 月 16 日書簡的前五個段落。被刪掉的第五個段落的末句是：What a delight it was for my soul to see her in the midst of her dear, beautiful children, ——eight brothers and sisters!與之對應的德語原文是：Welch eine Wonne das für meine Seele ist, sie in dem Kreise der lieben, muntern Kinder, ihrer acht Geschwister, zu sehen!對照德語原文和日語譯文,可知夏綠蒂的確有八個弟弟妹妹。郭沫若與之對應的譯文是：「在那可愛的、活潑潑的小孩們,她八個弟妹當中看見她,我的精神是何等的歡快喲！」〔註 204〕由德文原版和完整的英文譯本可知,郭沫若並沒有為夏綠蒂捏造新的弟弟妹妹,羅牧對郭沫若譯文的批評源於版本的錯位,或者說是自身視野的狹窄使他做出了錯誤的判斷。

　　羅牧據以翻譯的日本英文社版子刪掉了相關文字,故此羅牧在《譯者瑣言》中言之鑿鑿地說：「夏綠蒂只有六個弟妹」,即下文中保留的句子：「六個孩子,從十一歲以至兩歲」。按照這句話中的邏輯進行推斷,六個孩子中最大的只有十一歲,自然沒有十五歲大的孩子,然後再按照這個邏輯理解英文版本中的相關語句：with all the tenderness of a youth of fifteen,自然就只能將這個親吻夏綠蒂的孩子視為「像十五歲」,而不可能是「是十五歲」。這是根據刪節本的上下文推導出來的語意,對於刪節本來說,自身具足,翻譯沒有任何毛病。若是從完整的英譯本來看,羅牧的批評顯然太過於想當然了,因為夏綠蒂並非「只有六個弟妹」,而是有「八個」弟弟妹妹,其中「從十一歲以至兩歲」的「六個孩子」在堂中跑來跑去（running about the hall）,還有另外兩個不在這裡。也就是說,《少年維特之煩惱》中的夏綠蒂實際有八個弟弟妹妹,羅牧依據英文刪節版認定「只有六個弟妹」,錯誤的自然是羅牧。羅牧據以翻譯的底本是節譯本,英文版節譯本存在問題,而羅牧卻沒有發現,這只能說譯者羅牧自身能力有限,沒有選擇更好的翻譯底本。《譯者

─────────────

〔註 204〕〔德〕歌德：《少年維特之煩惱》,郭沫若譯,上海：創造社出版部,1928 年,第 20 頁。

瑣言》第 2 條，羅牧自言參考了日譯者秦豐吉的譯本，這一條愈加彰顯了羅牧翻譯能力不足，又或者翻譯批評的盲目偏頗。沒有能力選擇好的翻譯底本，好好地參考秦豐吉的日文譯本也許能夠彌補一二。本書找到了羅牧所說的他曾經參考過的秦豐吉的日文譯本，該譯本版權頁上標明：大正六年一月廿四日印刷，大正六年三月七日再版，日本東京新潮社發行。秦豐吉的譯本初版後不過四十天即宣告再版，說明譯作相當受讀者歡迎。大正六年就是公元 1917 年，這一年出版的秦豐吉的譯本是全譯本，羅牧依據的英文本是節譯本，節譯本中缺少的「八個」弟弟妹妹在秦豐吉的譯本中非常醒目：「供達の八人の兄弟の群の兄弟がる中」。〔註205〕即便羅牧的日語能力有限，但是日譯本中「八人」這個與漢語一致的詞彙也不應該忽略才是。不知為何，秦豐吉的譯本並沒有讓羅牧在年齡表述、夏綠蒂弟妹數目等方面受益。或許羅牧根本沒有真正參考秦豐吉的譯本，又或者所謂的參考只是部分參考，總而言之，羅牧的《譯者瑣言》與其對郭沫若譯本的批評，說明即便是存在好的譯本，參考了不錯的譯本，也並不一定就會產生好的結果，因為好的譯本的推廣與接受還需要有好的接受者。

從德語原文能夠證實郭沫若、楊武能譯文的正確，同時也就判定了羅牧從英文本轉譯存在誤讀；確認了問題的癥結在於轉譯的節本之後，羅牧對郭沫若譯文的指謫自然也就不成立。夏綠蒂究竟是有六個弟妹還是八個弟妹，這個問題似乎只要查對德文原版就能輕鬆解決。誠然如此。然而，確定了夏綠蒂究竟有幾個弟妹，並不就意味著解決了上文所述的翻譯問題，因為德文原版中存在兩個需要譯者自己去理解和處理的問題：第一，原文中的「八個」和「六個」這兩個數字及其與十五歲男孩之間的關係；第二，十五歲的男孩與十五歲的男孩應有的禮儀之間的關係。對於上述兩個問題的不同理解，直接影響到相關文字的翻譯。

羅牧對郭沫若的批評源於譯本的錯位。原語全本與節本（包括轉譯的節本）都是自足的文本，英文版的節本中刪掉了夏綠蒂八個弟弟妹妹的表述，卻依然保留了 von fünfyehn／of a youth of fifteen 這個句子，如何圓滿地翻譯這個句子，也就成為漢譯者必須要考慮的問題。因此，如果不是通過全本與節本的對照談論 von fünfyehn／of a youth of fifteen 的翻譯問題，而是從全本

〔註205〕ギユオテ作：《若き衛ルテルの悲み》，秦豐吉譯，東京新潮社，1917 年，第 28 頁。

和節本各自的文本自足性的角度考慮相關的翻譯問題，郭沫若和羅牧兩位譯者代表的翻譯模式都正確，都符合各自譯文本內在邏輯的建構。

在《少年維特之煩惱》中，爬上馬車的兩個男孩子到底是房間裏出現的「六個」弟妹中的兩個，還是這「六個」之外（即共有八個弟妹，當維特到夏綠蒂家中時，看到堂中有六個弟弟妹妹，還有兩個應在外面，等到馬車開動時他們才出現）的兩個，這個問題在小說中的表述其實比較模糊，沒有明顯的文字點出爬上馬車的兩個男孩子究竟是從屋子裏出來的，還是本來就待在屋子外面的。如果這兩個男孩子是從屋子裏出來的，便是小說中所說的「六個」中的兩個，而不能寬泛地理解為是「八個」中的兩個，因為前者意味著兩個男孩子最大的也不會超過十一歲，而後者則意味著兩個男孩子最大的可以是十五歲。郭沫若和楊武能顯然理解為後者，羅牧依據的節譯本故而接受的只有前面的一種情況，而有些譯者依據的原語版本雖然是全本，但對原語文本的理解卻是前者，故而譯文表現與羅牧一致。也就是說，和羅牧的譯文相一致的翻譯，並不一定就是因為依據節本進行的翻譯，而是德語原文存在著一個理解的縫隙。

如果爬上馬車的兩個孩子是「六個」中的兩個，男孩子的實際年齡沒有十五歲，那麼譯成「有十五歲」就是錯譯，譯成「像十五歲」才正確，即一個還不到十五歲的小孩子卻努力地讓自己表現得像十五歲的人一樣彬彬有禮。若是如此，郭沫若的理解和翻譯就出現了錯誤，羅牧的批評也算是歪打正著。如果爬上馬車的兩個孩子是「六個」之外的另外兩個，最大的男孩子的實際年齡是十五歲，那麼譯成「有十五歲」就是客觀描述，而譯成「像十五歲」強調的則是與年齡相稱的禮儀修養，即這個男孩子做了與他的年齡相稱的紳士舉動。畢竟，維特在書信中強調的是這個男孩子表現出來的禮儀，而不是他的生理年齡。有時候大男孩表現得很幼稚，與生理年齡不相匹配；有時候大的男孩子表現得彬彬有禮，比生理年齡更成熟，也就是人們常常稱讚的少年老成。所以，如果跳出翻譯批評的是非對錯，將譯者的翻譯視為原語文本的閱讀理解，郭沫若和羅牧兩位譯者的翻譯都講得通，他們呈現出來的是原文中不同的審美風韻。

回到《少年維特之煩惱》的小說原文：die dem Alter von fünfyehn herabsteigen ließ（the eldest did with all the tenderness of a youth of fifteen）首先，我們應該肯定，a youth of fifteen 指的就是「十五歲的青年／少年」；其

次，我們應該思考這樣一個問題：作者為什麼強調 a youth of fifteen？強調一個十五歲少年的彬彬有禮，而不是直接說大的一個吻起來彬彬有禮／溫文爾雅，這種表達絕非累贅，而是作家想要以此描寫一個少年在這樣的一個年齡盡可能地表現禮貌的努力。這個語句若是完整地譯成漢語，應該包含著這樣兩層意思：第一，大的那個男孩子十五歲了；第二，那個大的男孩子努力地以十五歲男孩子應有的風度要求自己的行為。從這兩層意思來看上述各家譯文，我們驚異地發現惟有郭沫若稍顯囉嗦的譯文翻譯得最為準確。所以，準確地說，這句話的翻譯應該分為三類：第一類是能夠完整地譯出原語包含的兩層意思，譯者只有郭沫若；第二類是只譯出了原語的第二層意思，譯者是羅牧及羅牧的追隨者；第三類是楊武能、衛茂平等，他們完整譯出了原語包含的第一層意思，第二層意思只譯出了一半，即只譯出了文雅而沒有保留與孩子年齡的關係。上述三種類型的翻譯選擇，說明譯事兼顧信達雅並不是一件容易的事。

翻譯批評、重譯本是為了推動翻譯前進的。就《少年維特之煩惱》的翻譯來說，卻未免讓人有些失望。順暢的漢語句子，連續性的成語，若是不能保留原文細膩複雜的情感體驗，就不能真正推動《少年維特之煩惱》漢譯走向完善。在這個有關年齡的語句翻譯上，郭沫若之後的譯者們有將原文審美意蘊簡單化處理的傾向。漢學家高利克敘及中國的「維特熱」時說：「民國時期，『維特熱』中的那些狂熱信奉者，並未真正瞭解這部傑作的偉大之處，抓住此書思想精髓和革命性的精華，他們更多的是出於個人經驗相連接的關係而對此書中的愛情狂熱表現出認同，甚至可以認為不少人只是一種沒有精神深度、沒有追求目標、沒有理解的淺薄的裝腔作勢而已。」〔註206〕高利克的文章揭示出了《少年維特之煩惱》漢譯過程中的某些弊端。「沒有理解的淺薄的裝腔作勢」，必然阻礙翻譯的真正的進步。例如漢譯者楊陽的譯文，譯者在前面的譯文中刪掉了書簡中關於夏綠蒂「八個弟妹」的敘述文字，在後面的譯文中卻又照常譯出了「他十五歲的年齡」，譯者有漏譯之處，卻又沒有處理因漏譯帶來的譯文邏輯問題，遂使譯文上下文的邏輯出現了矛盾，自然容易招來羅牧那樣的批評。楊亞庚譯的《少年維特之煩惱》（吉林文史出版社 2003 年版）將夏綠蒂弟弟妹妹的數量及兩個弟弟跟上馬車的事情，

〔註206〕〔捷克〕高利克：《中西文學關係的里程碑》，伍曉明、張文定譯，北京：北京大學出版社，1990 年，第 52 頁。

一股腦兒全部刪掉了。這樣一來，雖然省掉了邏輯上的麻煩，但是原文細膩的表達，隨處生發出來的細微的情趣，即言外不盡之意，也都隨著這種簡化消失了。

　　1986 年，戎林海著文批評李牧華譯注的《少年維特之煩惱》。論文第一部分討論「死譯問題」，第 3 條被列舉出來的死譯便是有十五歲男孩的句子。李牧華所用的英譯本，並非郭沫若依據的 Boylan 英文本。李牧華所用英譯本的句子是：They asked to kiss her hand once more, and the older one did so with all the delicacy that could be expected of a boy of fifteen, the other with impetuousness and levity.李牧華將其譯為：「他們請求再吻一次她的手，大的一個吻的時候，好像一個十五歲男孩所有的殷切，另一個卻帶著一種莽撞而輕率的態度。」戎林海認為李牧華的翻譯「文句不通」，將其改譯為：「他們請求再吻一下她的手，年紀稍大的一個十分得體地吻了一下，那是一個十五歲的男孩所會做的，另一個則是草率、倉促地吻了一下。」〔註207〕與 Boylan 英文譯本相比，英文 asked 取代了 insisted，the eldest 變成了 the older，a youth 改成了 a boy，所據英文版本的差別還是相當大的。李牧華的譯文固然不通，戎林海的譯文也不見得高明。「那是一個十五歲的男孩所會做的」，一下子將少年努力想要表現紳士文雅風度的殷切心情都撇掉了。兩位譯者的分歧，一如郭沫若與羅牧譯文的差別，即應該表述為「是」還是「像」，說到底還是源於對原文從句意思的不同理解。

　　「龔明德之問」乃是因郭沫若《少年維特之煩惱》譯本中一處「錯譯」而發。現在，我們發現郭譯本沒有錯誤，還可能是對原語文本意蘊最忠實的呈現。所以，「龔明德之問」自然也就不能成立。「龔明德之問」提出的可信的譯本問題，以及由此引出的翻譯文學批評的版本問題，對於翻譯及翻譯文學批評和研究來說都有非常重要的價值和意義，具體地來說，其價值和意義至少有四：第一，通過版本對照，揭示錯譯誤譯的版本及其根源，能夠明確可信的翻譯版本；第二，後來譯者的翻譯並不就比先行者高明，有些自以為是的後譯者對前輩們的批評恰恰呈現了自身的鄙陋和不足，更好地汲取前人經驗，推動翻譯及翻譯文學批評事業的發展，這是擺在每個人面前的任務；第三，羅牧對郭沫若譯本的批評在本質上屬於無知狀態下假裝有

〔註207〕戎林海：《談談翻譯的忠實性——讀英漢對照本〈少年維特之煩惱〉》，《常工院報學術論文集》，1986 年第 4 期，第 63 頁。

知的批評，所謂的無知狀態，便是對原語版本及其他譯語版本無知。羅牧在《譯者瑣言》中如數家珍般列舉譯語版本，給讀者以有知的印象，似乎他的批評有理有據，假借專家的身份進行自以為是的濫評，這是翻譯文學批評和研究領域亟需清理的流弊；第四，我在某個學術會議上提出《少年維特之煩惱》翻譯批評的版本問題時，有學者強調郭沫若的譯文未必正確而楊武能的譯文應該正確，渾然不顧郭沫若譯文與楊武能譯文一致，一味強調楊武能德語文學專家的身份，想當然地覺得郭沫若可能不那麼專業，這實際上已經偏離了所討論的問題。從譯者德語文學專家身份的角度強調譯本的可信度，譯者主體性的視野自有其合理性，我們需要追問的是譯者郭沫若的可信度為何不高？顯然，當下社會流行的對郭沫若的一些誤解造成了人們（包括翻譯研究領域的專家學者）對譯者郭沫若的某些想當然的先驗認知，曾大力抨擊譯壇粗製濫造的郭沫若不知從何時起也被一些人視為了不可信的對象。就《少年維特之煩惱》的翻譯批評來說，惟有撇棄對譯者郭沫若的某些不正確的認識裝置，從譯本版本自身的實際情況出發，才能準確而深刻地理解和把握郭沫若譯文的價值與意義。

四、矛盾抑或互補：不同譯者的譯文版本問題

錯位的版本批評，源於批評者對譯者據以翻譯的版本不熟或不知，徑直以自己掌握的原語或轉譯版本進行批評，遂使批評走向歧途。羅牧依據英文節譯本，參照日譯本，批評了郭沫若從德語直譯的《少年維特之煩惱》，錯位的版本帶來了誤評，聲明參照日譯本而無參照之實遂有假批評。誤評說明翻譯批評者水平有限，假批評一般都是為了博出位或意氣之爭。在誤評與假批評之外，羅牧翻譯批評提出的「是」與「像」的問題在譯學上自有其價值和意義，即不同譯者的翻譯往往也呈現了對原語文本的不同理解，而這也就構成了翻譯文學批評需要面對的另一層面的版本問題。

在不同譯者的不同譯文版本中，最值得注意的便是不同的譯者對同一原語的文本在理解和翻譯上表現出來的巨大分歧，有時候不同譯者顯現給讀者的甚至是完全矛盾的譯文。因為完全矛盾的譯文，使不同的「變本」更具有版本的價值。《少年維特之煩惱》中有這樣一段話：Es gefällt mir nicht, Sie könnenä's wiederhaben. Das vorige war auch nicht besser. 英譯者 Boylan 將其譯為：I did not like it；you can have it again；and the one before was not much better.

對於這句話的漢譯，郭沫若與楊武能的譯文便呈現出明顯的矛盾性。

在德語／英語中，auch nicht besser／not much better 是比較級，比較級只是在比較的層面上呈現兩者之間的優劣，即好與壞都是相對而言的，並非絕對的判斷。比如，我們可以說《阿 Q 正傳》裏的小 D 比阿 Q 要好一些，在這個比較中，受到比較對象阿 Q 的限制，比阿 Q 好並不能說明小 D 本身好，兩個都是被批判的帶有濃鬱的國民劣根性的人物，即同一類人。所以，這個比較級所表達的，其實是對比的雙方的同類型關係。郭沫若將夏綠蒂的這句話譯為：「不合我的意；你可以拿去。前回的書也不見得好。」夏綠蒂說完這句話後，接著又與維特談論了自己看書的一些經驗：「她說：我前些年辰，看小說比甚麼還愛！每逢禮拜日，我一人坐在一隅，我能一心地分受密司見尼底幸和不幸的時候，誰也不知道我是怎樣地快活的。就是現在，這類的作品也還有些引動我，我也不反對。但是我讀書的機會少了，所以非真合我的興味的我不讀。有種作家是我頂愛的，我能在他作品中發現出我的世界來，如像我周圍的境地一樣，這種作品我是非常喜歡，非常合意，就如像我自己的家庭生活一樣，雖然不是個樂園，但是總是一個不可言說的幸福底源泉。」〔註208〕在這段文字中，郭沫若再次使用了「合意」一詞。聯繫這段譯文，可以明瞭前面所批評的兩本書，其實並非對書本身價值的判斷，而是基於「合意」與否的判斷，即是否「真合我的興味」。

對於上述這段文字的翻譯，龔明德指出郭沫若和楊武能兩位譯者的翻譯存在很大的矛盾性：「就在這處幾種中譯本都有年齡錯誤的下一段，說及上次借給夏綠蒂的一本書，郭譯是『前回的書也不見得好』、楊譯為『上次那本要好看些』，——兩個譯者對同一句的翻譯竟然事（是）完全相反的意思了。」〔註209〕郭沫若精通德語，楊武能也是德語專家，兩個人的譯本在中國都有大量的讀者。兩位譯者的漢語譯文不同才正常，這也是重譯之所以必要的原因。不同的漢語譯文若是意思「完全相反」，這就值得深思了。楊武能譯文問世這麼多年，與郭沫若譯文同時並行，在龔明德之前，無人指出郭沫若和楊武能兩人的此處譯文表達的竟然是「完全相反的意思」。2014

〔註208〕〔德〕歌德：《少年維特之煩惱》，郭沫若譯，上海：創造社出版部，1928 年，第 25～26 頁。

〔註209〕龔明德：《郭譯〈少年維特之煩惱〉一處「差錯」之我見》，《郭沫若學刊》2010 年第 1 期，第 69 頁。

年，楊武能譯《少年維特之煩惱》由北京燕山出版社再版時，此處譯文已經改成了：「這本書我不喜歡，您可以拿回去了。上次那本也不見得好看多少。」〔註210〕這個版本中的楊武能譯文，意思與郭沫若譯文比較接近了。楊武能修改後的譯文在本質上與修改前的譯文相一致。「要好看些」是正面肯定「好」，「也不見得好看多少」則是否定式的肯定。因為，「不見得好看多少」也還是意味著「要好看」，只是給人的感覺肯定的語氣非常弱。郭沫若的譯文則不同，「也不見得好」雖然只是比楊武能修改後的譯文少了「多少」兩個字，因此卻給人完全不同的閱讀感覺。換言之，「也不見得好」的基本意思就是一樣甚或差一些，「好」是一個有待達到的目標；「也不見得好多少」的基本意思則是「多少」都還是好，「好」是已經實現了的基本線。

譯事之難，最難的便是對於言外之意的把握。朱熹說：「曉得文義是一重，識得意思好處是一重。」〔註211〕對於翻譯來說也是如此，準確地把握原語文本的「文義」並在譯文中恰切地表述出來，這是好的翻譯的基本要求，除此之外，譯者還應該力求能夠呈現原文的「意思」。同樣一個詞語，以不同的口吻說出來時，所表達的「意思」可能完全不同；同樣的內容，性情粗暴者和性情溫和者以不同的方式表達出來的「意思」也往往迥然相異。語態語氣有時會使話語表達的真實意思與字面意思完全相反，而這些在翻譯中頂多只能以說明性的文字給予描述，本身不可譯。因此，翻譯尤其是人物對話的翻譯，比描述性的文字要難得多。1967 年，格賴斯（Grice）提出了對話分析理論的合作原則（cooperative principle）。合作原則就是能夠保證交際順利進行的原則，在文學創作和文學翻譯中，許多會話都有言外之意，有意地違反了合作原則。為了解釋人們為什麼要故意違反合作原則，利奇（Leech）提出了禮貌原則，並提出了制約人際言語交際的六條禮貌準則（maxims of politeness）：得體準則（Tact Maxim），慷慨準則（Generosity），讚譽準則（Approbation Maxim），謙遜準則（Modesty Maxim），一致準則（Agreement Maxim），同情準則（Sympathy Maxim）。利奇指出：「構成禮貌的重要因素是命題所指向的行動內容給交際雙方帶來的利損情況和話語留給受話人的自主選擇程度。」「話語提供給受話人的自主選擇程度是由話

〔註210〕〔德〕歌德《少年維特之煩惱》，楊武能譯，北京：燕山出版社，2014 年，第 18 頁。
〔註211〕朱熹：《朱子語類》，北京：中華書局，1986 年，第 2755 頁。

語表達的間接程度決定的，發話人採用越間接的話語方式，其強加程度（size of imposition）就越小，受話人自主選擇做出被要求行動的自由度越高，話語的禮貌程度也就越高。」〔註212〕從合作原則的角度進行文學對話的翻譯，側重的是信息傳遞的準確性；從禮貌原則的角度看待文學對話的翻譯，就必然要考慮信息傳遞過程中附帶的其他信息，即言外之意。

　　楊武能修改前的版本，可能想要使譯文表達得委婉一些，以便符合夏綠蒂溫文的個性氣質。夏綠蒂並非一個軟弱的女性，在溫文和婉中自有剛強的個性，否則也很難擔負起照顧八個弟弟妹妹的責任。因此，郭沫若直接用否定的句子翻譯，可能更契合夏綠蒂性格中的另一面，即自己不喜歡的並不如何掩飾，而是直接表達出來。能照顧人、體貼人，卻不會因此隱藏內心真實的想法，這樣的夏綠蒂才是少年維特所喜歡的對象。竊以為僅就本書所舉譯例而言，在各種漢譯版本中，郭沫若的翻譯對夏綠蒂形象的把握最為到位。

〔註212〕何自然、陳新仁：《當代語用學》，北京：外語教學與研究出版社，2004年，第 43 頁。

第五章　追求完美的譯詩：《魯拜集》譯文研究

　　郭沫若談到《魯拜集》的翻譯時說：「關於詩的工作比較稱心的，有《卷耳集》的翻譯，《魯拜集》的翻譯，雪萊詩的翻譯，但這些對於我的詩作經過都不能夠劃分出時代。」〔註1〕從翻譯的角度，郭沫若對上述譯作「頗為自得」，同時指出上述翻譯對創作的影響不如其他譯作明顯。就詩歌翻譯與詩歌創作之間影響與被影響的關係而言，大概可以分為三種：翻譯極大地影響了創作，標示了詩歌創作的不同階段；翻譯影響了創作，但還沒有足以劃分出不同的階段；詩歌創作影響了詩歌翻譯，使詩歌翻譯走向了成熟。

　　談到 20 世紀中國詩歌翻譯和詩歌創作之間的關係時，一般都側重於詩歌翻譯對詩歌創作的影響，郭沫若雖然自承《魯拜集》的翻譯對其詩歌創作的影響不足以成為劃分階段的標誌，《魯拜集》的翻譯對其新詩創作的影響痕跡仍然清晰可辨。《Paolo 之歌》中的詩句：「你的身旁，／便是地獄裏的天堂。」〔註2〕《巫峽的回憶》中的詩句：「我們是後面不見來程，前面不知去向／／……我們誰不是幽閉在一個狹隘的境地，／一瞬的曇花不知來自何從，去向何往？」〔註3〕這些詩句明顯帶有郭譯《魯拜集》第 12 首和

〔註1〕郭沫若：《我的作詩的經過》，《郭沫若全集》文學編第 16 卷，北京：人民文學出版社，1989 年，第 221 頁。

〔註2〕郭沫若：《Paolo 之歌》，《郭沫若全集》文學編第 1 卷，北京：人民文學出版社，1982 年，第 208 頁。

〔註3〕郭沫若：《巫峽的回憶》，《郭沫若全集》文學編第 1 卷，北京：人民文學出版社，1982 年，第 397～398 頁。

第 29 首的印痕。這種影響不宜簡單地視為《魯拜集》給了郭沫若詩歌創作的靈感，郭沫若的詩歌創作並不是對《魯拜集》的簡單摹仿，這種影響實乃郭沫若內心的詩意被《魯拜集》所觸動，詩人的詩意奔湧，翻譯與創作水乳交融，譯與作難以遽然區分。

對於詩人兼詩歌翻譯家的郭沫若來說，不能不考慮其詩人的身份對其詩歌翻譯產生的影響。「只有詩人可以譯詩，也只有詩人可以懂得傳模之中原有創造；因為能夠體味到神韻，初無異於拾取生命流中的實感，吐諸音樂的文字中，畢竟都屬藝術的製作」，伍蠡甫以「詩人譯詩」審視文學翻譯，覺得值得稱許的譯著不多，對郭沫若譯《魯拜集》卻很推崇。「若干年前，有蘇曼殊氏的《漢英三昧集》，後來又有郭沫若氏的《魯拜集》和《浮士德》裏的一小部分。這些當然不能不算詩人譯詩，並且大都行文熟練，形式上先有音樂，便也高出一籌。」〔註4〕「詩人譯詩」，追求的便是翻譯也應該是創作，譯詩也是詩，只有從這個角度才能更好地理解郭沫若覺得比較「稱心」的有《卷耳集》《魯拜集》和雪萊詩的翻譯，也只有從這個角度才能真切地理解他所提出的「詩人譯詩」的主張。

讓詩人覺得「稱心」的「詩的工作」，自然也就是「好」的工作。「好」的價值評判可以有許多向度，比如可以指工作的完美，也可以指工作的開拓性。《卷耳集》的翻譯之所以「稱心」，最重要的應該還是其開拓性。在《古書今譯》一文中，郭沫若談及梁繩煒和周世釗等人認為《卷耳集》的翻譯「失敗了」，郭沫若並沒有糾纏於自己翻譯的優劣，而是駁斥對方，不能因為自己的翻譯不好就「斷定古書今譯是走不通的」，「我的翻譯失敗是一個小小的問題，而古書今譯卻另外是一個重大的問題。」〔註5〕郭沫若看重《卷耳集》，因其古書今譯的嘗試意義很大，開啟了傳統文化與文學現代化的一種路徑；郭沫若對《魯拜集》的翻譯工作感到「稱心」，因為這是不可多得的佳譯。聞一多讀了郭沫若譯《魯拜集》後，覺得譯詩「詞句圓活，意旨豁達」，「如聞空谷之跫音」。〔註6〕董橋贊許郭沫若的譯文「典雅」。〔註7〕

〔註4〕伍蠡甫：《序吳譯魯拜集》，《華美》1934 年第 1 卷第 2 期，第 5 頁。

〔註5〕郭沫若：《古書今譯的問題》，《郭沫若全集》文學編第 15 卷，北京：人民文學出版社，1990 年，第 166 頁。

〔註6〕聞一多：《莪默伽亞謨之絕句》，《創造》季刊 1923 年 5 月第 2 卷第 1 期。

〔註7〕董橋：《畫〈魯拜集〉的人》，〔波斯〕奧瑪珈音：《魯拜集》，〔美國〕黃克孫譯，南京：譯林出版社，2009 年，第 10 頁。

郭譯《魯拜集》的完美不是說不存在瑕疵，郭譯《魯拜集》在《創造》季刊上發表之後不久，聞一多便寄來批評的文字，指出譯文中的錯譯誤譯，郭沫若虛心接受了。此後，《魯拜集》屢屢再版，郭沫若也對譯文進行了多次修訂。修訂後的版本，自然比初版本要好，從初版本到修訂本，可以見出郭沫若不斷地精益求精。若是將《魯拜集》的版本修訂放到郭沫若翻譯文學世界中給予觀照，可以發現郭沫若對譯作的修訂較少，像《魯拜集》那般反覆修訂的情況更是罕見。這也說明了《魯拜集》在郭沫若心目中非同一般的地位。

第一節　《魯拜集》百年漢譯進程中的譯詩形式流變

Rubáiyát 是波斯詩人兼數學家 Omar Khayyám 的創作，英國詩人 Edward Fitzgerald 於 1859 年將其譯介到英語世界之中。1919 年 2 月 28 日，胡適翻譯了 Edward Fitzgerald 英譯本 Rubaiyat 中的兩首（第 7 首與第 99 首），並稱其為「絕句」，這是目前為止有文獻可考的最早的 Rubaiyat 的漢譯。徐志摩聲稱這是胡適「最得意的一首譯詩，也是在他的詩裏最『膾炙人口』的一首」，又說胡適曾在他的桌子上把自己「那首名譯用『寸楷』的大字寫了出來，並且揚起了徽州調高聲朗唱了一兩遍（我想我們都懂得胡適之先生的感慨，誰都免不了感慨不是？）」〔註8〕《英文雜誌》1920 年第 6 卷第 11 期「One Book at a Time」欄目刊登了周越然撰寫的 Omar Khayyam's Rubaiyat，全英文介紹了《魯拜集》。1922 年 11 月 25 日，《創造》季刊第 1 卷第 3 期發表郭沫若的《波斯詩人莪默伽亞謨》，完整地翻譯了 Edward Fitzgerald 第四版 Rubaiyat，這也是 Rubaiyat 的第一次漢語全譯。郭沫若的譯詩刊出後，隨即引來聞一多的批評，在充分肯定郭沫若譯詩成就的同時指謫了幾首譯詩的錯誤。1923 年 1 月，《小說月報》第 14 卷第 1 期轉載了郭沫若翻譯的《魯拜集》第 8、12、24、65、69、72、91、92 八首譯詩。1924 年 1 月，上海泰東書局出版了郭譯單行本，題名《魯拜集》。迄今為止，Rubaiyat 漢譯歷史已近百年，有據可查的譯本多達幾十種。除了張暉、邢秉順、張鴻年、穆宏燕等人的譯本直接譯自波斯文，劉半農以白話自由體的形式翻譯了 Claude Anet mirza Muhammad 的法文直譯本 8 首，潘家柏以無韻體新詩的形式翻譯了 Le Gallienne Richard

〔註8〕徐志摩：《莪默的一首詩》，《晨報副刊》1924 年 11 月 7 日。

的英譯本，絕大多數的漢譯 Rubaiyat，都是從 Edward Fitzgerald 的英譯本轉譯而來。

各漢譯版本無一例外地都將原作者標示為 Omar Khayyám，但各譯本之間的差異甚大，若非標明翻譯所據的原文本，很難讓人相信這些譯文出處相同。各漢譯版本表現出來的諸多差異中，譯詩形式的差異是最普遍且顯而易見的。由於譯者個體在舊體和新體詩形的行長、行數、韻等方面的選擇各不相同，譯詩形式的具體表現也就千差萬別。正如譯者黃杲炘所說：「詩的不同譯法體現了譯詩的不同階段，而把這些階段串起來就可看出譯詩發展的過程。」〔註9〕近百年的漢譯歷史進程，Rubaiyat 的漢譯詩形始終在變，是什麼促使我們不斷地尋求新的譯詩形式的可能？譯詩形式的變化有無跡象可循？應該如何看待這些變化？就 Rubaiyat 的漢譯詩形而言，Edward Fitzgerald 英譯本的各種漢譯已能囊括目前所知的所有可能的形式，最具代表性。因此，本書將注意力集中在由 Edward Fitzgerald 英譯本轉譯而來的眾多漢譯版本，進而討論 Rubaiyat 漢譯詩形的選擇及其流變等諸問題。

一、Rubaiyat 漢譯詩形概覽

胡適和郭沫若的譯文採用的都是現代白話自由詩體。繼他們兩人之後，其他漢譯者翻譯 Rubaiyat 時採用的詩體形式種種不一，具體來說，大概有以下幾種：

（一）現代白話自由體

聞一多譯 5 首，刊載於《創造》季刊第 2 卷第 1 期，1922 年 10 月 10 日；

徐志摩譯 1 首，刊載於《晨報副刊》1924 年 11 月 7 日；

鍾天心譯 1 首，刊載於《晨報副刊》1924 年 11 月 12 日；

林語堂譯 5 首，刊載於《語絲》第 66 期，1926 年 2 月 15 日；

張採真譯 4 首，刊載於《語絲》第 68 期，1926 年 3 月 1 日；

鄭振鐸譯 1 首，收入《文學大綱》，商務印書館，1927 年；

孫毓棠譯 101 首，刊載於《西洋文學》第 7、8 期，1941 年 3、4 月；

羅家倫譯 1 首，收入《新人生觀》重慶商務印書館，1942 年；

〔註9〕黃杲炘：《譯者前言》，〔法〕杜拉克、〔英〕菲茨杰拉德：《諧趣詩 A～Z　柔巴依集（二）》，合肥：安徽人民出版社，2013 年，第 71 頁。

梁實秋譯 75 首，收入《英國文學選》臺北協志工業出版公司，1985 年；

瞿煒譯 6 首，載於《讀書》1988 年第 12 期；

飛白譯 27 首，載於《詩海：世界詩歌史綱》，廣西桂林灘江出版社，1989 年；

薛春美譯 7 首，載於《英語知識》2006 年第 10 期；

鄧均吾在 1968 年譯了 41 首，載於《中外詩歌研究》2007 年第 1 期；

蔡天新譯 4 首，載於《文學界》2007 年第 8 期；

王寵譯 21 首，載於《延安文學》2009 年第 1 期；

殷延軍譯 8 首，載於《作家‧在醉生夢死中尋求生命的終極價值》2009 年第 18 期；

程侃生（鶴西）譯 31 首，《魯拜集（奧瑪四行詩）》世界圖書出版公司，2010 年；

（二）擬魯拜體

朱湘譯 15 首，收入《番石榴集》商務印書館，1947 年；

陳次雲譯 101 首，《狂歌集》臺灣晨鐘出版社 1971 年；

施穎洲譯 12 首，收入《古典名詩選譯》，臺北皇冠叢書皇冠出版社，1972 年；

黃杲炘譯 101 首，《柔巴依集》，上海譯文出版社，1982 年；

屠岸譯 18 首，載於《英國歷代詩歌選》，南京譯林出版社，2007 年；

（三）舊詩體（非絕句體）

吳劍嵐（一說與伍蠡甫合譯）譯《魯拜集選》上海黎明書局，1934 年；

李唯建譯 4 首，收入《英國近代詩歌選譯》中華書局 1934 年；

李竟容譯 101 首，1942 年毛邊紙自印；

（四）絕句體

吳宓譯 13 首，收入《吳宓詩集》商務印書館，1924 年；

李霽野在抗戰期間以五、七言形式翻譯了《魯拜集》75 首。但李霽野回憶說：「在抗日戰爭期間，我在四川一個山溝的學校裏教書，手邊有一本菲茨杰拉德（Edward Fitzgerald）翻譯的《魯拜集》（The Rubaiyat）。比較閑暇，我就用五七言絕句翻完了初版的七十五首。譯稿已經在十年動亂中丟

失了。」〔註 10〕人們現在看到的李霽野譯本是後來以《俄默絕句集》（101 首）為題收入《李霽野文集》第八卷的版本，天津百花文藝出版社，2004 年；

黃克孫譯 101 首，《魯拜集》臺北啟明書局，1956 年；

辜正坤譯 3 首，收入《中西詩鑒賞與翻譯》，湖南人民出版社，1988 年；

傅一勤譯 101 首，《新譯魯拜集：人生智慧小詩》臺北文鶴出版有限公司，2003 年；

江日新譯 101 首，臺灣《中國時報》「人間副刊」，2008 年 5 月 8 日至 6 月 1 日；

（五）混合詩體（自由體、絕句體、擬魯拜體）

虞爾昌譯 101 首，刊載於臺灣《中外文學》月刊第 13 卷第 9 期，1985 年 2 月 1 日；

柏麗譯 101 首，《怒湃譯草》北京中國人民大學出版社，1990 年 8 月；

為了敘述的方便，這裡劃分出了 5 個類別，實際上譯詩形式就只有 4 種，第 5 種所謂的混合詩體，並非指詩歌形式自身的交錯摻雜，而是指譯者在翻譯時分別使用了不同的詩歌形式，且不同詩歌形式間的比例比較顯著，並非像郭沫若般只是一兩首譯詩採用了別樣的詩歌形式。如果按照大類劃分，Rubaiyat 的漢譯詩形其實可以直接劃分為新詩與舊詩兩類。為了論述的需要，本書特意將擬魯拜體與其他新體譯詩區別開來，同時將絕句與非絕句的其他舊體譯詩區別開來。當然，各小類內部各譯詩依然存在一些細微的差異，但這些差異對本書的論述沒有直接影響，故而沒有必要進一步細分。上面所列，只是 Rubaiyat 眾多漢譯中的一部分，而隨著網絡的興起，各種 Rubaiyat 的漢譯更呈井噴之勢。在一篇不長的文章裏詳盡地羅列 Rubaiyat 所有形式的漢譯，既不現實也無必要。為了尊重歷史，在羅列有代表性的 Rubaiyat 漢譯文本的時候，本書採取厚古薄今的方式，特意將早期的譯者盡可能多地點出，建國後的譯者擇要列出；只列在正式出版物中出現的，網絡漢譯暫時不予考慮。採取這樣的敘述策略，乃是因為越早的譯本，其譯詩形式越有可能對 20 世紀現代漢語、新詩及其他文學創作產生深遠的影響；再者，就 Rubaiyat 的漢譯來說，幾種可能的詩歌形式在解放前

〔註10〕李霽野：《譯詩小議》，《妙意曲·英國抒情詩二百首》，成都：四川人民出版社，1984 年，第 341 頁。

都已出現，反覆羅列新時期以來的各家譯詩對本書進行的論述並無實質性助益。

二、中華人民共和國成立前 Rubaiyat 漢譯詩形流變

選擇什麼樣的譯詩形式，是譯者的自由，但也會受到原作品、社會文化等諸多因素的影響制約。翻譯是在一定文學場域內進行的活動，文學場域的各要素必然會以各種方式和途徑作用於翻譯者，促使他們作出某種選擇。

20 世紀初，富國強民的內在動力催生了中國學子留學西方的熱潮。汲取西方先進文學與文化，促使中國社會文化與文學實現現代化的轉型，是那一時代中國知識分子們共同的夢想。那時，「新」曾一度被等同於「現代」。新事物，新思想，新形式……一切新的東西似乎都有著無窮的魅力。譯詩形式的選擇自然也與這一思想密切相關。翻譯，不僅意味著從一種語言到另一種語言的簡單轉換。「翻譯——除出能夠介紹原本的內容給中國讀者之外——還有一個很重要的作用：就是幫助我們創造出新的中國的現代言語。……翻譯，的確可以幫助我們造出許多新的字眼，新的句法，豐富的字彙和細膩的精密的正確的表現。」〔註11〕這一時期 Rubaiyat 的漢譯者，共有 9 人。其中，張採真時為燕京大學學生，後來參加革命，1930 年遇害；鍾天心時為北京大學學生，後來參加國民黨。在現代中國文學與文化史上，這兩位譯者猶如流星一般逝去，現已少為人知。其他 7 位譯者，卻都聲名顯赫，在 20 世紀初期的中國新文化運動中都留下了濃墨重彩的一筆。除了鄭振鐸外，其他 6 位譯者在譯 Rubaiyat 時或開始翻譯之前，皆與美國文學與文化有著密切的關聯。胡適、吳宓、林語堂和聞一多皆由清華而去美國留學，徐志摩北京大學畢業後去美國留學。郭沫若雖然沒有留學美國，美國詩人惠特曼對郭沫若新詩創作的影響至為深遠。綜觀這一時期的 Rubaiyat 漢譯者，泰半都是白話新詩運動的主力幹將。Rubaiyat 漢譯的漢譯詩形，佔據主導地位的是白話自由體。胡適、郭沫若、聞一多、徐志摩、鄭振鐸、林語堂、張採真和鍾天心等 8 人使用了自由體的形式，吳宓一個人採用了絕句體。這時期的譯者在譯詩形式的選擇方面明顯有意識地強化了新舊對立，即以譯詩的方式彰顯詩歌語言及形式的新舊差異，為新文學與文化的理想追求張目。

〔註11〕瞿秋白：《論翻譯》，《瞿秋白文集》第 1 卷，北京：人民文學出版社，1988 年，第 505 頁。

翻譯既可以是除舊布新的助力，同樣也可以成為昌明國粹的利器。借翻譯之酒杯，澆自己胸中之塊壘，正是這一階段 Rubaiyat 漢譯詩歌形式選擇的重要特色。胡適、吳宓兩人去美留學時間相近，胡適在康奈爾大學，先學農業，後來改學哲學，推崇漸進的自由主義，是中國新文化運動的主將；吳宓學比較文學，師承美國新人文主義大師白璧德，奉行徹底的保守主義，反對新文化運動，認為中國的傳統文化不應當破壞。實際上，吳宓並非一味守舊，只是對激進地反對傳統文化的做法不敢苟同而已。對於白話新詩，此一時期的吳宓根本不予以認可，「新體白話之自由詩，其實並非詩，決不可作。」與胡適等努力地想要借助翻譯創造出新的中國的現代言語和文學不同，在吳宓看來，「翻譯之術非他，勉強以此國之文字，達彼國作者之思想，而求其吻合無失。故翻譯之業，實吾前所謂以新材料入舊格律之絕好練習地也。」胡適、郭沫若等認為舊瓶不能裝新酒，吳宓強調的是「新材料」入「舊格律」。胡適努力地想要借助於翻譯改造中國傳統的語言和文體，而吳宓想要通過翻譯展現中國傳統詩律的魅力，卻不約而同地都想在 Rubaiyat 的翻譯中尋找依傍。

　　作為 Rubaiyat 的第一個漢語全譯者，郭沫若清楚地知曉 Rubaiyat 的詩體特徵。在向讀者們介紹 Rubaiyat 時，郭沫若說，「Rubaiyat 本是 Rubait 的複數。Rubait 的詩形，一首四行，第一第二第四行押韻，第三行大抵不押韻，與我國的絕詩頗相類。」〔註12〕由此可知，郭沫若對 Rubaiyat 的形式特徵是熟知的，而自小便學做古詩，也創作了大量舊體詩詞的郭沫若，自然也精通中國傳統詩詞的格律。在 Rubaiyat 的翻譯中，除了體式的「自由」，二、四詩行句尾押韻以外，郭沫若在詩歌形式方面似乎並沒有花費太多的精力。這一階段的自由體漢譯者雖然大多如郭沫若一般都注意到了 Rubaiyat 的詩形特徵，卻並沒有將這種認識完全付諸譯詩實踐。林語堂發表自己的自由體漢譯時，一方面坦誠自己的 Rubaiyat 漢譯是「隨興而作」「未免放誕」，一方面卻又「希望這位莪默先生不因此受新文人的這裡一刀那裡一刀，戕賊毀傷的不復留固有面目。」〔註13〕作為新文化運動的倡導者，也盼望借助翻譯促進中國文化變革的先行者，這樣的前後不一，未免讓人對自由

〔註12〕郭沫若：《波斯詩人莪默伽亞謨》，《創造》季刊 1922 年 11 月 25 日第 1 卷第 3 期，第 11 頁。

〔註13〕語堂：《譯莪默五首》，《語絲》1926 年 2 月 15 日第 66 期，第 46 頁。

體漢譯有所擔憂。在自己的譯作受到張採真的批評時，則說「倘是大家以為放誕的特別，便此後仍可依法炮製，但如果大家以為此風斷不可長，將來只好努力於忠實方面而已。」〔註14〕「隨興而作」與「未免放誕」都是那一時期白話自由體詩歌的特徵，特別強調詩體大解放的新詩思潮助長了這方面的追求。白話自由詩乃是新生事物，無既定規範可循，自由解放是其爭取生存空間的一大利器，粗糙放誕乃是不可避的現象，加之以新生事物的審美接受等都需要一個過程，於是，缺乏詩味，與精美的原詩不相匹配等等，也就成為白話譯詩頗受詬病的弱點。

　　相對於自由體漢譯的這種情況，這一時期吳宓的 Rubaiyat 漢譯就顯得尤為特別了。吳宓認為，當時文壇上，「譯西方者，不問其為詩為文，為小說戲曲，又不辨其文筆（style）之為淺為深為俗為雅為雄健為柔和，而均以一種現代（並歐化）的語體譯之，其合於原文之體裁否，不問也；其能完全表達原文之精神風韻否，不問也。」〔註15〕他以絕句形式譯 Rubaiyat，就是為了尊重原詩的風格特徵。吳宓考慮了「合於原文之體裁否」，以七言絕句的形式譯 Rubaiyat，似乎要比白話自由譯更貼近原文。然而，中國文字不同於波斯文，也不同於英文，建立在文字基礎上的格律自然也就不同。橫看成嶺側成峰，詩形和語言的緊密結合，使譯詩形式與原詩形式的契合問題變得複雜無比。郭沫若早就指出，Rubaiyat「與我國的絕詩頗相類」，但「頗相類」畢竟也只是「頗相類」而已，絕不能簡單等同於我國的絕句。實際上，吳宓譯詩在各方面卻都已完全中國化了。如吳宓所譯 Rubaiyat 第 28 首：

　　　虛心學問事耕耘，
　　　明辨慎思為底勤；
　　　智海無邊吾未飲，
　　　空空來去水天雲。

　　所謂「頗相類」，一方面可以說是向著原詩形式的靠攏，另一方面也包含著詩之所以成其為詩的考量。吳宓真正關注的，與其說是如何真正地譯出 Rubaiyat 原詩的風采，毋寧說更為關注翻譯品的「詩」「文」之別，是「譯詩」成其為「詩」的問題。在吳宓「完全表達原文之精神風韻」的主張背後，隱藏

〔註14〕語堂（林語堂）：《〈對於莪默譯詩底商榷〉的回應》，《語絲》1926 年 3 月 1 日第 68 期，第 68 頁。

〔註15〕吳宓：《論今日文學創造之正法》，《學衡》1923 年 3 月第 15 期，第 25 頁。

著的其實還是對於詩與非詩的區分判斷。當然，吳宓心目中的「詩」，摹本便是中國古典詩歌。那時，吳宓認為白話粗鄙不堪，不足以寫詩，且將白話詩視為非詩，自然不同意以白話譯西方優美的詩歌。這一時期，譯詩形式選擇的差異顯露出來的是理想中未來漢語詩歌發展的分歧，根本其實還在於語言。與吳宓觀點相似的還有荷東，他在《譯莪默的一首詩》中先談了胡適和徐志摩兩人的譯詩，然後自己用文言舊體重譯，最後點明「我覺得用舊式詩譯的較為有味」。〔註16〕所謂「有味」，就是像詩，是詩。什麼樣的詩才是詩、像詩？吳宓、荷東與胡適、徐志摩所持觀點大不同，這從他們譯詩形式的選擇即可見出一斑。

20 世紀 30、40 年代，Rubaiyat 的漢譯者共有 7 家。由於李霽野所譯 75 首並未在這一時期出版，與 20 年代的 9 家譯者相比，這一階段公開的出版物上出現的 Rubaiyat 的譯者少了三分之一。就譯者數量而言，比前一個時期稍顯沈寂。「沈寂」的表現有二：第一，漢譯數量的減少；第二，社會反響不佳。與胡適、郭沫若等漢譯問世時引發的熱鬧場面相比，這一時期的 Rubaiyat 漢譯，在社會反響方面顯得冷清了許多。20 年代，郭沫若、聞一多、胡適和徐志摩幾個人的譯詩都曾發生過某種關聯，林語堂和鍾天心的兩位譯者的翻譯也構成直接對話，譯詩與譯者間的呼應，加以譯者不同凡響的身份地位，這些都使這一階段的譯詩在某種程度上贏得了相對較多的文壇關注度。進入 30、40 年代，因為一家譯詩的出現而引起其他譯者反響互動的情況沒有了。或許正因為「沈寂」，譯詩實踐得以沉澱下來，形式的探索得到空前的重視。「追求一定的形式。在某一意義上，這是一種思維之後的努力，不僅僅在破壞，而且希期有所建設。但是在另一意義上，這卻形成頹廢（不是道德上）的趨勢，因為實際上，一切走向精美的力量都藏著頹廢的因子。」〔註17〕細膩而多樣化的形式探索，一般都是在沉下去的時候才會出現的。在新事物蓬勃發展的最初階段，無暇打磨形式；一旦人們的注意力開始轉向形式，在某種程度上也就意味著「頹廢」的萌生，或者說「沈寂」期的出現。

就 Rubaiyat 的漢譯詩形而言，在 20 世紀 30、40 年代，除了現代白話自由體和絕句體這兩種 20 年代已經出現過的譯詩新詩外，其他舊體詩形也出

〔註16〕荷東：《譯莪默的一首詩》，《晨報副刊》1924 年 11 月 13 日。
〔註17〕李健吾：《咀華集》，北京：人民文學出版社，2001 年，第 99 頁。

現了；而各種譯詩形式間的比例，與前相比也出現了較大的變化。20年代，採用現代白話自由體的有8人，只有1人採用絕句體。30、40年代，採用現代白話自由體（包括擬魯拜體）的有3人，採用舊體詩（包括絕句體）的有4人。舊體譯詩在絕對數量上壓倒了白話自由體譯詩，是這一階段Rubaiyat漢譯的一大特徵，也是Rubaiyat漢譯以來唯一的一次。譯者固然可以自由地選擇他想要的譯詩形式，但這種自由是有限度的。總的說來，沒有脫離社會時代具體語境的譯者，一時代譯詩形式的變化與整個社會文化與文學語境的變遷必然有著某種內在的關聯。換言之，社會時代的變遷或內在要求必然會以某種方式呈現在具體的翻譯中，只是或多或少，或顯或隱，各不相同罷了。進入20世紀20年代中期以後，粗糙的新詩越來越不能讓人滿意，舊體詩形卻依然熠熠生輝，重新思考詩歌形式與詩體大解放間的關係也就成為必然的要求；另一方面，新一代的詩人們成長起來，新舊之別對他們來說已不再是難以逾越的藩籬。卞之琳說，「望舒最初寫詩，多少可以說，是對徐志摩、聞一多等詩風的一種反響。他這種詩，傾向於把側重西方詩風的吸取倒過來為側重中國舊詩風的繼承。這卻並不是回到郭沫若以前的草創時代，那時候白話新體詩的倡導人還很難掙脫出文言舊詩詞的老套。現在，在白話新體詩獲得了一個鞏固的立足點以後，它是無所顧慮的有意接通我國詩的長期傳統，來利用年深月久、經過不斷體裁變化而傳下來的藝術遺產。」〔註18〕卞之琳評價的是戴望舒的詩歌創作，用之於翻譯，也很恰當。由於Rubaiyat「與我國的絕詩頗相類」〔註19〕，以五言七言等中國傳統的詩歌樣式翻譯Rubaiyat數量增加，也是早期白話詩和舊體詩紛爭暫告一段落後的反彈。這既是譯詩重心轉向譯詩之所以為詩的質素的一種表現，也是對於中國傳統「詩之文字」的眷戀和重新審視。

> 美酒佐乾糧，
> 樹蔭誦詩章，
> 君喉歌宛轉，
> 荒漠即天堂。〔註20〕

〔註18〕卞之琳：《〈戴望舒詩集〉序》，《人與詩：憶舊說新（增訂本）》，合肥：安徽教育出版社，2007年，第192頁。

〔註19〕郭沫若：《波斯詩人莪默伽亞謨》，《創造》季刊1922年11月25日第1卷第3期，第11頁。

〔註20〕李霽野：《〈魯拜集〉選譯》，《妙意曲·英國抒情詩二百首》，成都：四川人民

　　李霽野用五言絕句這一中國傳統的詩歌形式翻譯 Rubaiyat，「詩之文字」的特性使譯詩讀起來更有「詩味」。吳宓以七言絕句譯 Rubaiyat，有學者評價說，「吳宓的譯文和諧精密，詩味濃郁，令人一唱三歎，的確收到當時一般新詩難以企及的效果，就是比起同時代的郭沫若和梁實秋來也毫不遜色。」〔註21〕這段話裏有兩點很值得注意：一是認為吳宓的七言絕句譯詩有「新詩難以企及的效果」，也就是「詩味濃郁」；一是與郭沫若和梁實秋相比也「毫不遜色」。這個判斷很有意思，就是首先肯定了郭沫若和梁實秋的譯詩，然後認為吳宓的翻譯也不錯，可以和前兩位譯者相提並論。如果吳宓在世，想必不會接受這樣的一個評價。第一點涉及的是新詩與舊詩的審美問題，第二點涉及的是譯詩好壞的問題。新詩舊詩各有所長，譯詩好壞主要看譯者的能力及其表現，而不是使用新詩還是舊詩，這是簡單的常識問題。但問題就在於，當時的新詩和舊詩兩種詩形不能相提並論，一個是一切都處於探索中的新生事物，一個是已經完善成熟了的有意味的審美形式。在這種情況下，譯詩好壞便與新舊詩體的選擇有了一些關聯。粗糙的白話自由體翻譯實在缺乏足夠的詩味，傳統漢語及詩歌審美傳統的深厚積澱，使得 Rubaiyat 的漢譯詩形在 20 世紀 30、40 年代來了一個反彈，自由體譯詩與舊體譯詩的比例與前一個時期相比，發生了一個顛倒性的變化。這種變化並非詩形本身優劣的證明，更不能因此便認為 Rubaiyat 的白話自由體漢譯不成功，只能說是前一階段白話自由體譯詩形式的一個反動，而正是通過這樣的反動，白話自由體譯詩看到了自己的缺失和前進的方向。

　　這一階段 Rubaiyat 的漢譯，舊體譯詩形式壓倒新體譯詩形式，也是「詩之文字」重新被審視和使用的結果。「詩之文字」這一說法來自廢名。在《新詩問答》一文中，廢名說，「舊詩之所以成為詩，乃因為舊詩的文字，若舊詩的內容，則可以說不是詩的，是散文的」，並以「姑蘇城外寒山寺，夜半鐘聲到客船」為例，指出「其所以成為詩之故，豈不在於文字麼？」〔註22〕「散文的內容」「詩之文字」是廢名對中國傳統詩歌的概括。用之於譯詩，也很恰當。換言之，用「詩之文字」譯詩，有其獨特的優勢。譯詩的內容來自於原詩，是生成式的，而非一下子完成式的，借用廢名的話來說，便是「散

　　　　出版社，1984 年，第 299 頁。
〔註21〕陳建中：《評吳宓的譯詩》，《外語教學與研究》1993 年第 3 期，第 192 頁。
〔註22〕馮文炳（廢名）：《談新詩》，北平：新民書印館，1944 年，第 211 頁。

文的內容」。廢名認為用「詩之文字」表現「散文的內容」是中國詩歌創作的傳統，用「詩之文字」翻譯外國詩歌，也正是用「詩之文字」表現「散文的內容」，與中國詩歌創作的傳統正相吻合。

綜觀 20 世紀 30、40 年代的 Rubaiyat 的漢譯，譯詩形式方面出現的引人注意的變化，除了新舊詩體比例之外，還有就是擬魯拜體的出現。朱湘將 FizGerald 譯為「費茲基洛」，而將 Rubaiyat 譯為《茹貝雅忒》，在 Rubaiyat 漢譯史上，朱湘首次使用了擬魯拜體。擬魯拜體，顧名思義，就是「擬」Rubaiyat 而出現的詩歌形式。由此也就出現了兩個問題：什麼是魯拜體？何種程度上的「擬」才能算作是「擬魯拜體」？關於什麼是魯拜體，黃杲炘有比較明確的詮釋。「『柔巴依』格律獨特而嚴謹，適於吟詠。其最基本的特徵是：每首四行，獨立成篇；押韻方式為一二四行或四行全部押尾韻；每行詩由五個音組構成。」〔註23〕波斯的 Rubā ī（رباعي）與 Edward Fitzgerald 英譯 Rubaiyat 都具有上述特徵，差異主要在於詩行內部。Rubaiyat 的波斯文譯者張暉指出，波斯的 Rubā ī（رباعي），「每一詩行的音節及重音都有嚴格規定，都須符合 Lahul-u-lagovat-ala-balaleh 這一音韻」，〔註24〕即每個詩行 11 音，5 音步。Edward Fitzgerald 英譯 Rubaiyat，每行是 10 音，5 音步，每一個音步都由抑揚兩個音節構成。「擬」就表明了不可能對等，但又應該相似。我認為擬魯拜體至少要包含黃杲炘指出的 Rubaiyat 的那些「最基本的特徵」，如朱湘的擬魯拜體譯詩：

> 有一天夜間，在臘麻贊市場，
> 還不曾升起那更佳的月亮，
> 孑然我站在老陶匠的鋪裏，
> 看著泥土的丁口成列成行。〔註25〕

每行 11 個字，5 個音步，第 1、3、4 詩行押尾韻「場」「亮」「行」，便具備了 Rubaiyat 的「最基本的特徵」。朱湘是最早倡導新詩格律的現代詩人之一，他採用擬魯拜體譯 Rubaiyat，除了對譯原詩之外，還想努力地增多詩體，在白話自由體和舊體之外，開掘出現代新詩發展的新的路徑。朱湘在《說

〔註23〕黃杲炘：《奧馬爾·哈亞姆的柔巴依集》，〔波斯〕奧馬爾·哈亞姆：《柔巴依集》，黃杲炘譯，武漢：湖北教育出版社，2007 年，第 2 頁。
〔註24〕〔波斯〕歐瑪爾·哈亞姆：《柔巴依詩集》，張暉譯，長沙：湖南人民出版社，1988 年，第 3 頁。
〔註25〕朱湘選譯：《番石榴集》，上海：商務印書館，1936 年，第 25 頁。

譯詩》中說：「自從新文化運動發生以來，只有些對於西方文學一知半解的人憑藉著先鋒的幌子在那裡提倡自由詩，說是用韻猶如裹腳，西方的詩如今都解放成自由詩了，我們也該趕緊效法，殊不知音韻是組成詩之節奏的最重要的分子，不說西方的詩如今並未承認自由體為最高的短詩體裁，就說是承認了，我們也不可一味盲從，不運用自己的獨立的判斷。我國的詩所以退化到這種地步，並不是為了韻的束縛，而是為了缺乏新的感興，新的節奏——舊體詩詞便是因此木乃伊化，成了一些僵硬的或輕薄的韻文。倘如我們能將西方的真詩介紹過來，使新詩人在感興上節奏上得到新鮮的刺激與暗示。」〔註 26〕朱湘說的是譯詩，實際指向的卻還是中國現代新詩，譯詩與新詩的密切關係，使得譯詩問題早已超出了單純的翻譯的範疇，成為與整個現代文化與文學密切相關的問題。

三、中華人民共和國成立後 Rubaiyat 漢譯詩形流變

　　解放後至今，Rubaiyat 的漢譯又可以分為兩個小階段：1949 年到 1970 年為第一個小階段，是沈寂期；1970 年至今為第二個階段，為繁榮期。在第一個小階段，中國大陸，中國臺灣和中國香港，只有鄧均吾和黃克孫兩人翻譯了 Rubaiyat。1956 年黃克孫公開出版了他翻譯的 Rubaiyat，鄧均吾的譯詩直到 2007 年才公開發表，前者為絕句體，後者為白話自由體，都沒有什麼特別值得注意的地方。但是，20 年間只有兩位譯者，在 Rubaiyat 的漢譯歷史進程中，是譯者數量最少的一個階段，可以說是 Rubaiyat 漢譯史上最為寂寥的一段時期。在第二個小階段，Rubaiyat 的漢譯者逐漸增多，尤其是新世紀以來，隨著網絡等新媒介的飛速發展和普及，網絡上出現的 Rubaiyat 漢譯多不勝數。單以上文列出的 Rubaiyat 漢譯 19 家而言，在地域分布上，中國大陸譯者 13 人，臺灣譯者 6 人。與解放前相比，解放後臺灣的 Rubaiyat 譯者多了。譯者的地域說明，無論政治如何，國人對 Rubaiyat 的喜愛是一致的。從譯詩形式的選擇來說，白話自由體譯詩 9 家，擬魯拜體 5 家（柏麗所譯 101 首《怒湃譯草》，其中一部分詩篇採用的也是擬魯拜體），舊體詩 6 家。各譯詩形式的數量相差不是很大，比例較為均衡，不像解放前幾個時期，相互之間比例較為懸殊。這在某種程度上也表明白話自由體譯詩逐漸成熟，而擬魯拜體也呈現出了自己獨特的魅力，各譯詩形式被不同的譯者和讀者們接

〔註26〕朱湘：《談譯詩》，《朱湘作品集》，鄭州：河南出版社，2004 年，第 169 頁。

受，各有所好，各取所需，就詩形選擇而言，Rubaiyat 的漢譯真正進入了百舸爭流的時期。

這一時期最值得注意的現象，是擬魯拜體譯者的增加，且擬魯拜體本身也出現了一些新的變化。下面是黃杲炘的擬魯拜體譯詩：

> 白晝在消逝，就趁著天色漸幽，
>
> 忍饑捱餓的齋月偷偷地溜走；
>
> 那陶工的作坊我又獨自重遊——
>
> 各種各樣的陶器圍在我四周。

每行 12 個字，5 個音步，第 1、2、3、4 詩行押尾韻「幽」、「走」、「遊」、「周」。漢字一個字一個音，黃杲炘的譯詩便是每行 12 音節 5 音步，與朱湘使用每行 11 音節（11 字）5 音步相比，在「擬」的方面要自由了許多。這其實也正表明了擬魯拜體的自我調整。追求音節的對應，在譯詩中往往出力不討好，棄音節（不是完全不理會，只是不再步步緊趨罷了）取音步，使譯者緊靠原詩進行翻譯的同時，也擁有了更靈活的創造空間。

擬魯拜體雖然在解放前就曾被朱湘所用，但解放後使用此體譯詩的翻譯者的目的與其已有所不同。談到自己翻譯的 Rubaiyat 時，黃杲炘說，「既然《柔巴依集》已為世界人民所熟知，在許許多多國家有著以這種詩體翻譯的譯文（當然都帶有各自的語言文字特點），看來就應當在試譯中努力保持這種詩體的特徵；另一方面，考慮到中華大地本是這種詩體的故鄉，而漢語又是歷史悠久，使用人口最多的語言，因此，在為業已萬紫千紅的『柔巴依』園地提供一個來自其故鄉的品種時，似乎應當使其帶有我國詩歌的某些傳統特色……略具我國讀者喜聞樂見的詩歌特點。」〔註27〕考慮原語和目的語譯詩形式等問題時，「喜聞樂見」已經成了一個重要的參考因素。雖然中國新詩語言及其形式還遠沒有發展到成熟的階段，可是在經過了幾十年的發展之後，新詩已經站穩腳跟，不需要通過彰顯與舊體詩的差異來突出自身存在的價值與意義，同時舊體詩也充分顯示出其不可替代的藝術獨特魅力。新舊種種譯詩形式各行其道，譯者選擇譯詩形式的出發點和歸宿不再僅僅聚焦於中國現代新詩及語言的變革，開始關注譯詩的「讀者」接受。當然，所有的譯者開始著手翻譯的時候，心中都會有自己的理想讀者，絕不會完全不考慮現實中讀

〔註27〕〔波斯〕奧馬爾·哈亞姆：《柔巴依集》，黃杲炘譯，武漢：湖北教育出版社，2007 年，第 9 頁。

者們的接受情況。不同的社會時代語境中，譯者考慮譯文讀者接受這一問題
的方式和角度，解放前和解放後還是存在比較大的差異，具體來說便是較為
明確的漢語中心意識的出現。

四、結　語

　　翻譯即「重寫」。「一切文學作品都由閱讀它們的社會『重新寫過』，只
不過沒有意識到而已；實際上，沒有一種作品的閱讀不是一種『重寫』。」
〔註28〕各式各樣的 Rubaiyat 漢譯，都可以算是對 Rubaiyat 的一種「重寫」。
不僅僅是譯者個人在「重寫」，也由譯者背後的社會「重新寫過」。「重寫」
不同於隨心所欲地創造，它有所本，必然受制約於原文本。正是在原文本和
譯文本的異同中，我們可以清晰地見出譯者「重寫」的種種努力。社會語境
影響制約著譯者個體，可再強大的時代共鳴主題也不能完全掩蓋譯者個體選
擇的自由。不同的語境下，推動「重寫」的動力有所不同，這就使得翻譯品
呈現出某種可供觀察的變化痕跡。

　　就 Edward Fitzgerald 之 Rubaiyat 漢譯詩形來說，究其根源，種種選擇
及歷史流變的背後，有兩個最為主要的推動力：一是創造現代白話新詩和
語言的內在需求及其反動；一是再現原詩全貌的追求。在漢譯者「重寫」
Rubaiyat 的過程中，我們可以看到兩大推動力在不同的時期有不同表現。中
華人民共和國成立前，Rubaiyat 的漢譯在某種程度上被當成了現代漢語詩
歌形式探索的試驗田。翻譯不僅僅單純是翻譯，還擔負著重塑漢語及現代
漢語詩歌的重任。中華人民共和國成立後，尤其是新時期以來，努力再現原
詩全貌，成為 Rubaiyat 漢譯最主要的動力。20 世紀初，聞一多贊許郭沫若
的許多譯筆可與 Edward Fitzgerald「相視而笑」〔註29〕，這應該主要是指
「神」而言。準確地說，在第一種推動力下出現的譯詩，主要是在神似方面
與原詩相接近。在第二種推動力下進行的漢譯，更側重於形神兼備，而其外
在的表現便是形似。翻譯家江楓「發現」：「文學翻譯，形似而後神似；世界
各國文字的共同發展方向，是拼形，而不是拼音。」〔註30〕20 世紀末，黃

〔註28〕〔德〕姚斯：《審美經驗與文學解釋學》，顧建光、顧靜宇、張樂天譯，上海：
　　　　世紀出版集團，2006 年，第 12 頁。
〔註29〕聞一多：《莪默伽亞謨之絕句》，《創造》季刊 1923 年 5 月 1 日第 2 卷第 1 期。
〔註30〕〔英〕雪萊：《雪萊抒情詩全編·西風集》，江楓譯，北京：十月文藝出版社，
　　　　2014 年，封底。

呆炘曾在《英語格律詩漢譯標準的量化及其應用》中對譯詩提出了詳細的翻譯的量化準則：四個層次、三個檔次，並以 Rubaiyat 的翻譯為例作了說明，這是追求形似的極至。追求形似並非便意味著放棄對神似的追求，從 Rubaiyat 的漢譯歷史進程看，漢語者們自始至終都很側重原詩之「神」的呈現，可是這並不能掩蓋原詩之「形」在漢譯中存在著一個由隱而顯的過程這樣一個事實。黃呆炘認為：「自從胡適、郭沫若等用白話譯詩以來，不反映原作格律漸成慣例，這在先前是必經之路，甚至可說是不得已而為之，如今卻似乎成了『傳統』。」〔註 31〕黃呆炘不贊成這樣的「傳統」，主張格律詩翻譯時最好能夠兼顧原詩的格律。譯詩形式自由化，還是格律化，就 Rubaiyat 的漢譯而言，皆各成「傳統」，往往與時俱進，隨時演變，這既證明了原詩強大的生命力，也表明翻譯乃是有所為的事業，必然要對社會時代的召喚做出回應。

總的說來，各種譯詩實踐都是接近原詩的一種努力，就此而言，所有的 Rubaiyat 漢譯都是 Rubaiyat 某一方面藝術特徵的展現，有其存在的合理性，而各種不同方向的漢譯努力及其交鋒有更為深遠的意義：Rubaiyat 的漢譯已經超越了單純的翻譯，譯者們在追求譯詩之所以為詩的過程中，也將其變成了現代漢語及漢語詩歌建構的試驗場，具體而微地顯示了 20 世紀中國文化與文學現代化進程的一角。

第二節　《魯拜集》譯詩與郭沫若新詩形式的同構

就譯詩的形式選擇來說，譯者在進行翻譯的時候，所取方式無非就是靠近原詩或偏離原詩。無論是靠近原詩還是偏離原詩，譯詩形式的選擇都有其價值和意義。對於譯入語國詩歌形式建設而言，靠近原詩形式往往有著非常可貴的借鑒意義。採用了原語詩歌的形式，就翻譯過程中的詩形建設而言，反倒顯不出譯者自身在詩形建設方面的努力。譯者若是選擇偏離原詩形式，一般來說，有兩種選擇：採用譯入語已有的詩形，這自然也不需要譯者在詩形建設方面多費力氣；還有就是採用譯入語未有的，又與原語詩歌不同的形式，這就需要創造，需要譯者自己努力探索可能的詩形。郭沫若翻譯《魯拜

〔註31〕黃呆炘：《譯者前言》，〔法〕杜拉克、〔英〕菲茨杰拉德：《諧趣詩 A～Z　柔巴依集（二）》，合肥：安徽人民出版社，2013 年，第 73 頁。

集》，並不像胡適那樣要通過翻譯張揚白話自由體，故意顯示不整齊的新詩形式追求，也不像後來的朱湘等人故意採用「魯拜體」，想要以相對整齊的體式參與新詩形式的建設，郭沫若譯《魯拜集》的詩形選擇偏離了原詩，卻又並不刻意追求自由的形式，相對整齊的詩形使郭沫若的譯詩形式有了格律化的色彩。

郭沫若是一個從舊的文學傳統走來的詩人，如沈從文所說：「郭沫若是熟習而且能夠運用中國文言的華麗，把詩寫好的。他有消化舊有詞藻的力量，雖然我們仍然在他的詩上找得出舊的點線。」「但在初期」，郭沫若的新詩創作還表現出「故意反抗」的特徵。〔註32〕郭沫若在《女神之再生》中借「女神之三」的口說：「新造的葡萄酒漿／不能盛在那舊了的皮囊。」〔註33〕新的內容要求著新的表現形式，新的內容、新的詩形，新是郭沫若早期詩歌創作帶給詩壇的旋風。宗白華說：「白話詩運動不只是代表一個文學技術上的改變，實是象徵著一個新世界觀，新生命情調，新生活意識尋找它的新的表現方式。斤斤地從文字修辭，文言白話之分上來評說新詩底意義和價值，是太過於表面的。……這是一個艱難的，探險的，創造一個新文體以豐碩我們文化內容的工作！……當年的郭沫若先生正是這樣一個人格！他的詩——當年在《學燈》上發表的許多詩——篇篇都是創造一個有力的新形式以表現出這有力的新時代，新的生活意識。」〔註34〕整體而言，郭沫若的譯詩不像他的創作那般汪洋恣肆，他的譯詩形式與原詩形式更為接近，而與胡適故意拉開和原詩的距離大不相同。不刻意於反抗舊的形式，也不刻意求新，這是新詩形式探索到了一定階段後必然會出現的現象。至於說郭沫若等的譯詩開創做了一種半格律體，其實和後來的朱湘等人譯《魯拜集》詩形相比，郭沫若譯《魯拜集》似更應看成維護自由體譯詩的中堅力量。

郭沫若說：「Rubait 的詩形，一首四行，第一第二第四行押韻，第三行大抵不押韻，與我國的絕詩頗相類。」〔註35〕「傳統的抑揚格五音步四行詩，

〔註32〕沈從文：《論郭沫若》，黃人影編《郭沫若論》，上海：光華書局，1931 年，第 6 頁。

〔註33〕郭沫若：《郭沫若全集》文學編第 1 卷，北京：人民文學出版社，1982 年，第 8 頁。

〔註34〕宗白華：《歡欣的回憶和祝賀》，《藝境》，北京：北京大學出版社，1987 年，第 142 頁。

〔註35〕郭沫若：《波斯詩人莪默伽亞謨》，《創造》季刊 1922 年 11 月 25 日第 1 卷第

配上東方的 aaba 的韻式，就是全新的英語格律詩形式」，〔註36〕英語傳統詩形與東方特色的形式相結合，創造出了現在的 Rubait 的詩形。就郭沫若所指出的「Rubait 的詩形」的兩大特徵而言，郭沫若在翻譯中還是基本都實現了的。101 首 Rubait，郭沫若漢譯文本（以《創造》季刊所發表的譯文為準）全部都是「一首四行」，譯詩押韻情況如下：

1、2、4 詩行押韻	2、4 詩行押韻	2、4 行押韻，同時 1、3 詩行也押韻	1、2 行押韻，同時 3、4 詩行也押韻	其他任兩個詩行押韻	不押韻
3；6；7；12；16；17；21；22；23；24；25；33；34；35；39；47；51；52；53；63；64；70；74；75；83；89；91	14；19；20；26；29；32；36；43；44；49；50；62；65；66；71；72；73；78；80；82；84；85；86；93；97	55；71	10；11；28；37；38；40；41；45；58；61；79；87；90；94	1；2；4；5；8；9；13；27；46；48；54；56；57；59；60；67；69；76；77；88；95；101	15；18；30；31；42；68；81；96；98；99；100

　　從上表統計可知：「第一第二第四行押韻」（即 aaba）的共計 27 首，占 26.7%；第二第四詩行押韻（即 abcb）的共計 25 首，占 24.8%；第二第四詩行押韻同時第一第三詩行也押韻（即 abab）的共計 2 首，占 2%；第一第二詩行押韻同時第三第四詩行也押韻（即 aabb）的共計 14 首，占 13.9%；其他任意兩個詩行押韻（即 aabc，abca，abbc，abcc 等）的共計 22 首，占 21.8%；任何詩行都不押韻（即 abcd）的共計 11 首占 10.8%。按照「Rubait 的詩形」的押韻特徵，即「第一第二第四行押韻」（aaba）而言，郭沫若譯詩所佔比例也就稍稍多於四分之一。換言之，郭沫若自己指出的「Rubait 的詩形」兩大特徵，他並沒有完全忽視，而是切實地在翻譯過程中給予展現了的。如果只考慮第二第四行押韻，這部分譯詩所佔的比例高達 53.5%。就此而言，郭沫若的譯詩的確呈現出「新詩節奏的規律化探索」。每詩四行，二四押韻，這很容易讓人想起近體詩的特點。

　　Rubait 和中國絕詩相類之處，並非只是郭沫若所指出的「一首四行」和

3 期，第 11 頁。

〔註36〕黃杲炘：《譯者前言》，〔法〕杜拉克、〔英〕菲茨杰拉德：《諧趣詩 A～Z　柔巴依集（二）》，合肥：安徽人民出版社，2013 年，第 67 頁。

「押韻」兩點。當然，在這兩點之外，Rubait 的詩形還有其他一些特徵，絕句也是如此。Fitzgerald 的英文譯本採用的是十音節五音步的詩行，每一詩行的音節與音步數目相同，呈現出一種整齊的美。每一個音步由兩個音節組成，輕讀在前，重讀在後，輕讀是「抑」，重讀是「揚」，一輕一重，故稱抑揚格（iambic）。對於《魯拜集》原詩的這些內在特徵，郭沫若譯詩都沒有顧及。聞一多說：「郭君底翻譯可以使他本人大膽地與斐芝吉樂相視而笑。」卻又評價郭譯為，「一個粗心大意不修邊幅的天才亂跳亂舞遊戲於紙墨之間」。〔註37〕聞一多如此評價郭沫若的因由是多方面的，「不修邊幅」應該不是對郭沫若自由體譯詩形式作出的批評，此時的聞一多正嚮往郭沫若的浪漫主義詩風，聞一多的《紅燭》也還沒有像《死水》那樣講究新的格律。

在《魯拜集》的翻譯中，郭沫若並沒有提供可資借鑒的新的詩歌形式，但郭沫若《魯拜集》譯詩形體仍然值得注意，原因有三：首先，就是郭沫若並沒有在意《魯拜集》自身的體式，對於中國傳統詩歌中絕句的形式似乎也並不是很在意，這種超越中西新舊的態度使郭沫若詩歌翻譯在形體選擇方面有了相當大的自由度。其次，自由的譯詩形式就是為了能夠使得詩意自然流淌，郭沫若沒有特意為某種形式的選擇而對詩句做出特別的調整，自然的書寫是郭沫若《魯拜集》譯詩形式選擇方面表現出來的最大的特徵。再次，譯詩意象的選擇和使用頗有開創性，惠及後來的譯者。

作為《魯拜集》第 12 首詩最早的漢譯者，郭沫若在漢語意象的選擇使用等方面，影響頗為深遠。原詩 bread 意為「麵包」，郭沫若譯為「乾糧」。此後，多有譯者採用此譯法，如李霽野、梁實秋、鄧均吾。將 bread 譯為「乾糧」，整首詩一般也就押 ang 韻。

<table>
<tr><td align="center">梁實秋譯文</td><td align="center">鄧均吾譯文</td></tr>
<tr><td>在樹蔭下帶著一塊乾糧，</td><td>樹蔭下帶少許乾糧，</td></tr>
<tr><td>一壺酒，一卷詩，還有你在我身旁</td><td>一瓶酒和一卷詩章，</td></tr>
<tr><td>在荒野中為我高歌一曲——</td><td>荒野中你傍我歌唱，</td></tr>
<tr><td>荒野也就足夠成為天堂。</td><td>荒野此刻便是天堂。</td></tr>
</table>

梁實秋和鄧均吾的譯文，「乾糧」還放在詩的第一行，如果所依據的不是 Fitzgerald 英文本第四版之前的英文版本，就是有意將「乾糧」這個意象

〔註37〕聞一多：《莪默伽亞謨之絕句》，《創造》季刊 1923 年 5 月第 2 卷第 1 期，第 18 頁。

調整到詩的開篇了。如果是有意調整，這調整就不是為了押韻，乃是為了一種內在的邏輯。乾糧、酒、詩，顯示的是從物質到精神，而詩、酒、乾糧顯示的則是從精神到物質。對於國人來說，最好的順序自然是從基本的物質意象開始，逐漸向著精神的層面遞進。然而，這種邏輯卻與 Fitzgerald 版《魯拜集》表現出來的精神不符。

郭沫若以「荒原」譯 Wilderness，以「天堂」譯 Paradise，也為後來的譯者所沿用。李霽野、黃克孫、柏麗、辜正坤、梁實秋、鄧均吾、李唯建、孫毓棠、屠岸、飛白、綠原、黃杲炘等都沿用「天堂」譯 Paradise。至於 Wilderness 一詞，變化較多，李霽野、黃杲炘譯以「荒漠」，黃克孫為「瀚海」，梁實秋、鄧均吾、飛白譯為「荒野」，綠原譯為「荒園」，譯「荒原」者有柏麗、辜正坤、李唯建、屠岸、孫毓棠。「荒原」「荒漠」「荒野」接近，綠原的「荒園」與原詩意思相距最遠。至於「瀚海」，在中國古時候指的是沙漠或北方荒原上的海，明清時候也用來指稱沙漠。用海指稱沙漠，與「荒原」「荒漠」這類意象相比，顯得不是那麼純粹。有些學者認為：「『瀚海』如今不太常用，見於古詩『瀚海闌干百丈冰』，然後無疑最有氣勢，因為本身包含隱喻，所以也最美。最後是 paradise 一詞，多譯為『天堂』，但也有譯為『帝鄉』『天宮』『樂園』，顯然從氣勢而言，前者較為理想。」「瀚海」有怎樣的隱喻？如何最美？沒有任何解釋說明，這樣的推崇只能是因人評詩。「讀『卿為阿儂歌瀚海，茫茫瀚海即天堂』，一個『堂』字意蘊無窮，誠如詩評家所言『結句當如撞鐘，清音有餘』。」〔註38〕讀到這裡，因人評詩的跡象更為明顯。「一個『堂』字意蘊無窮」，「堂」如何能「意蘊無窮」？堂，可解釋為正房、舉行某種活動的房屋或廳堂等，從來都是堂堂正正的場所，若不和「天」連在一起使用，國人從不將其與享樂遊戲連在一起。天堂與地獄相對，是死後靈魂所去的能享樂的幸福地方，也被用來比喻美好的生活環境。單單撚出「堂」這一個字，是沒有幸福美好的意思的，用在這首詩的翻譯中也沒有「意蘊無窮」的效果。然而，若談到「天堂」一詞在譯詩中的妙用，卻不能從「卿為阿儂歌瀚海，茫茫瀚海即天堂」講起。早在這個譯句出現半個世紀之前，郭沫若就已經使用「天堂」譯 paradise 了。

〔註38〕邵斌：《詩歌創意翻譯研究——以〈魯拜集〉翻譯為個案》，杭州：浙江大學出版社，2011 年，第 145～146 頁。

第三節　郭沫若對《魯拜集》中酒意象的翻譯

為了避免討論的範圍過於龐大複雜，這裡不討論波斯文《魯拜集》中的酒意象，而是直接將討論的範圍限於 Fizgerald 英譯第 4 版與郭沫若的漢譯版本，主要聚焦於郭沫若對英文版《魯拜集》酒意象的接受與具體的翻譯處理方式等方面。

莪默・伽亞謨的《魯拜集》在世界範圍內的廣泛傳播，得益於 Fitzgerald 的翻譯。一些伊朗學者認為正是 Fitzgerald 的翻譯，使《魯拜集》中的酒意象世俗化了，從而被打上了頹廢的享樂主義的印記。烏拉圭作家愛德華多・加萊亞諾談到《魯拜集》中的詩篇時說：「這些詩歌歌頌葡萄美酒，這伊斯蘭教權嚴厲打擊的罪孽之體。」又說：「但我們，這些生涯短暫的凡人而言，唯一的永恆就是瞬間，痛飲瞬間總要好過哭悼瞬間。海亞姆不愛清真寺愛酒肆。他不懼地上的強權也不怕天上的恐嚇，他甚至同情真主，因為真主永遠不能一醉為快。最高級的語言並不寫在《古蘭經》裏，而是寫在酒杯的邊子上；這些言語也不是用眼睛，而是用嘴來讀取的。」〔註39〕加萊亞諾所接受的，應該就是 Fitzgerald 的英文版《魯拜集》。

一般讀者對《魯拜集》酒意象的接受大都是世俗化的，世俗化的責任未必全都歸於 Fitzgerald。雷勒居約指出：「我們對波斯的哲學大可仔細研討，給酒與愛情以形而上學的解釋。我們也可把詩人熱烈地吟詠的酒與愛人，看作自由與幸福的象徵。不管史實究是如何，Franz Toussainy 從波斯文直接譯出的魯拜集，毅然採取了次一途徑，表達出一種無神的，愛情的，精練的唯物論思想。」〔註40〕也就是說，據波斯文翻譯《魯拜集》，使之世俗化的，並非只有 Fitzgerald 一個。這也無怪中國的譯者們將《魯拜集》中的思想與中國古人聯繫起來，也從世俗的角度給予理解和闡釋，如伍蠡甫說：「《魯拜集》反覆低吟一個確切的主張：

> 一切存在只是暫時的；
>
> 青春更不長在；
>
> 不可知者何必理解；

〔註39〕〔烏拉圭〕愛德華多・加萊亞諾：《鏡子：照出你看不見的世界史》，張偉劼譯，桂林：廣西師範大學出版社，第 106 頁。

〔註40〕雷勒居約：《莪默伽亞謨及其魯拜集》，宇蒲譯，《長江》1949 年第 1 卷第 6 期，第 22 頁。

醇酒與婦人是至高無上的享用。

他的人生觀是伊壁鳩魯派，也是楊朱的：『人之生也，為美厚而，為聲色而！』」〔註41〕

在 Fitzgerald 英文譯的《魯拜集》中，葡萄美酒是備受推崇的對象，然而卻是作為異教徒（Infidel）的角色被稱頌的。Infidel，即 unbeliever、pagandom，是對異教徒的蔑稱。Infidel 只在《魯拜集》第 95 首中出現過一次，首字母大寫且加了定冠詞 the，意味著這是一個特稱。既然是異教徒，自然就是與真主相對立的一方，這個詞彙帶有濃鬱的宗教背景。如果認定波斯文《魯拜集》將酒比作「神的愛」，酒的陶醉被比作「神愛所喚起的狂喜」，酒杯代表「神與人之間的聯繫。」〔註42〕那麼，Fitzgerald 的英文版本《魯拜集》無疑改變了原詩中酒意象的神聖色彩，通過翻譯將酒的意象異教徒化了。

神聖論者在陶醉中看到了人與神的聯繫，非神聖論者在陶醉中看到了真正的永恆與美；神聖論者在陶醉中看到的是皈依，而非神聖論者在陶醉中看到的則是「對個體束縛的酒神式擺脫」〔註43〕。永恆與美本來是神所具有的品質，通過酒之陶醉實現永恆與美，自然也就是向著神靠攏；當神所代表的永恆與美越來越被純化為規則與秩序，酒之陶醉所帶來的永恆與美往往便被視為瀆神。沉溺於酒之陶醉所帶來的永恆與美，往往也就被視為異教徒。異教徒並不代表著就是無神論者，不同信仰的教徒往往都視對方為異教徒。因此，若有讀者認為 Fitzgerald 英文版中的神與波斯版中的神不同，這樣的翻譯自然也是被異教徒化。在《聖經》和基督教儀式中，葡萄酒往往也就代表著「人之子」的血，飲葡萄酒也就是在遵循上帝所說的「吃我肉喝我血」，信者通過這一途徑實現贖罪，完成自我的淨化與神聖化。不論是神聖化還是異教徒化，所看重的都是酒帶給人的陶醉功能。陶醉，也正是《魯拜集》中酒意象建構的核心要素。

對於基督教文化，對於葡萄酒與信仰的關係，郭沫若並不陌生。在郭沫

〔註41〕伍蠡甫：《序吳譯魯拜集》，《華美》1934 年第 1 卷第 2 期，第 6 頁。

〔註42〕Robert Graves, Omar Ali-Shah, *The Original Rubaiyat of Omar Khayayam: A New Translation with Critical Commentaries*. New York: Doubleday & Company Inc. 1968. p4.

〔註43〕〔德〕尼采：《悲劇的誕生》，周國平譯，南京：譯林出版社，2014 年，第 99 頁。

若翻譯的歌德書信體小說《少年維特之煩惱》中，有這樣一句譯文：「你兼而愛之的神明喲！我們信賴靈藥底草根，我們信賴葡萄底眼淚，正是信仰你：因為你在包圍我們的萬匯之中，寄放有我們一刻不可缺少的解救的靈力呀！」郭沫若對譯文中出現的「葡萄底眼淚」一詞做了注解：「葡萄底眼淚：葡萄酒也。」〔註44〕「信賴葡萄底眼淚」，指的也就是飲酒。知道與理解並不等於接受，郭沫若譯文突出了葡萄酒的意象，卻淡化了與之相關聯的神的形象。

郭沫若將《魯拜集》第 95 首中的 Infidel 譯為「叛徒」，而且前面加了「我」作為限定詞，於是 Fitzgerald 英文版中的異教徒就變成了「我的叛徒」。

And much as Wine has play'd the Infidel,

And robb'd me of my Robe of Honour—Well,

郭沫若譯為：「酒便是我的叛徒，／屢次把我『榮名的衣裳』剝去——」英文版中有 me 和 my，郭沫若譯文中有「我」和「我的」，兩相對應，看似對等的翻譯，卻因位置與搭配的變化而有了不同。英文版中的兩個「我」皆與「榮名」緊密相連，而郭沫若譯文中則是「我的叛徒」、「我『榮名的衣裳』」，一切都被明確地歸之於「我」。Infidel（異教徒）指向的是 believe 的問題，不管是教徒還是異教徒，believe 的對象指向的都是神，而不可能是世俗的「我」。郭沫若譯為「我的叛徒」，believe 所指的對象也就變成了「我」。「叛徒」與「榮名」成了兩個不同的「我」，這兩個「我」相互爭鬥，如歌德《浮士德》中所歌吟的：「有兩種精神居住在我們心胸，一個要想同別一個分離！一個沉溺在迷離的愛欲之中，執扭地固執著這個塵世，別一個猛烈地要離去凡塵，向那崇高的靈的境界飛馳。」〔註45〕「兩種精神」便是兩個「我」，彷彿就是「本我」與「超我」。Fitzgerald 英文版中的宗教叛逆思想，一變而為郭沫若漢語版中自我內部的矛盾衝突及對自我本真的追尋。翻譯過程中的這種改變，是郭沫若翻譯過程中去宗教化的表現，是譯者自我主體對譯文本滲透的結果。專注於自我的歌頌與書寫，這是郭沫若詩歌創作一貫的藝術追求，也自然地流露在其詩歌翻譯中。

〔註44〕〔德〕歌德：《少年維特之煩惱》，郭沫若譯，上海：創造社出版部，1928 年，第 132 頁。

〔註45〕〔德〕歌德：《浮士德》，郭沫若譯，合肥：安徽人民出版社，2013 年，第 39 頁。

　　郭沫若說自己和「哲學上的泛神論（Pantheism）的思想接近了」，〔註46〕同時強調：「泛神便是無神。一切的自然只是神的表現，自我也只是神的表現。我即是神，一切自然都是自我的表現。」〔註47〕一切材料出現在郭沫若的筆下，都「自我」同化，成為了「自我的表現」。郭沫若在詩歌創作中雖然也書寫女神、鳳凰涅槃等帶有神話色彩的東西，作為無神論者的他，終歸不過是借神話傳說寫自我罷了。董問樵談到歌德的《浮士德》時說：「《浮士德》悲劇中展現出泛神論思想，認為神與大自然是一體，把神融化在大自然中，便否定了超自然的本源而成為無神論，這是早期的唯物主義的自然觀。」〔註48〕《魯拜集》在《創造》季刊上發表時，譯文前面有郭沫若自己撰寫的《讀了〈魯拜集〉後之感想》和《詩人莪默・伽亞謨略傳》。其中，在《讀了〈魯拜集〉後之感想》的最後部分，郭沫若曾敘及中國傳統詩歌中所表現出來的古人享樂態度，指出「他們的心靈正為一個永遠不能解決的疑問所據」，於是「只有即時行樂，以便溺死一切於酒」，在飲酒的行為中，他們發現了「一種涅槃的樂趣」。〔註49〕「涅槃」是佛教用語，郭沫若詩中愛用「涅槃」一詞，並不代表他思想上傾向於宗教，而是借用宗教術語表達世俗世界中個人自新的追求，新詩《鳳凰涅槃》便是郭沫若這種思想的代表。

　　郭沫若翻譯《魯拜集》中的酒意象時，所在意的並非是詩中可能蘊涵著的世俗與宗教問題，正像《鳳凰涅槃》的創作，《魯拜集》酒意象的翻譯使得郭沫若在酒的沉湎與頹廢中敏銳地感受到了「一種涅槃的樂趣」，而這種「涅槃的樂趣」所指向的便是個人的發現與新生，行文中雖然使用了源自佛教的語彙卻與佛教思想並無直接關係。郭沫若從自身的審美情趣出發接受並著手翻譯《魯拜集》，本無意於酒意象翻譯的宗教化或去宗教化問題，譯文中不可避免地出現的宗教語彙及對原語中宗教語彙的規避，使得《魯拜集》漢語譯文中的酒意象既表現出去宗教化的審美效果，又表現出宗教與世俗審美的糾纏。

〔註46〕郭沫若：《創造十年》，《郭沫若全集》文學編第 12 卷，北京：人民文學出版社，1992 年，第 66 頁。

〔註47〕郭沫若：《〈少年維特之煩惱〉序引》，《郭沫若全集》文學編第 15 卷，北京：人民文學出版社，1990 年，第 311 頁。

〔註48〕董問樵：《浮士德精神》，《〈浮士德〉研究》，上海：復旦大學出版社，2015 年，第 38 頁。

〔註49〕郭沫若：《波斯詩人莪默伽亞謨》，《創造》季刊 1922 年 12 月第 1 卷第 3 期。

（一）wine：酒意象的動態對等翻譯

Fitzgerald 英譯本《魯拜集》第四版 101 首詩，有 9 首詩用了 wine。《魯拜集》酒意象的漢譯，在 wine 的對譯上也表現出種種的差異。郭沫若在《魯拜集》的翻譯中，有時將 wine 直譯為「酒」，有時添譯為「葡萄美酒」，有時意譯為「浮此禁觴」。隨詩句詩意靈活地選擇適當的漢語表達方式，這是《魯拜集》漢譯者們大都遵循的翻譯原則。

6	8	12	24	30	41	42	56	95	詩篇
葡萄酒	酒漿	葡萄美酒	酒滴	觴	酒	酒	酒	酒	郭沫若譯
紅酒	酒	葡萄美酒	酒	酒	酒	酒	酒	酒	黃杲炘譯
玫瑰酒	酒泉	漿	酒	蘭陵酒	酒	綠酒	春酒	酒	黃克孫譯

《魯拜集》諸多漢譯者中，郭沫若、黃杲炘和黃克孫譯本較為流行，正好也代表了三種形式的漢譯實踐：白話自由體（郭沫若）、魯拜體（黃杲炘）和七言絕句（黃克孫）。郭沫若譯詩形式最為自由，採用絕句體的黃克孫受譯詩形式的限制最大。但在字詞的對譯上，反而是黃克孫的譯文表現最為自由。《魯拜集》9 首詩中的 wine，黃克孫用了 7 種不同的漢語詞彙對譯，而郭沫若只用了 5 種。譯文所用詞彙種類的多少與譯文的好壞沒有直接關聯，並不就意味著譯者對原詩豐富審美蘊涵的多角度開拓。如《魯拜集》第 42 首第一詩行：And if the Wine you drink，the Lip you press，黃克孫將其譯為：「綠酒朱唇空過眼」。〔註50〕以色彩而言，「綠」屬於添譯，用來與「朱」相對，「綠酒」又與「朱唇」相對，譯文以中國傳統詩詞創作中的對偶手法擴展了詩句的審美。譯詩中添加的顏色並不能夠從原詩推導出來，或者說色彩並非原詩審美建構的必要因素，因此這種詩意的拓展只能說明譯者自身的創造性，而不能視為譯者對原詩審美蘊涵的開拓。以「綠酒」而言，葡萄酒和中國傳統酒中皆有「綠酒」，不論是波斯原詩還是英文本中的 the Wine you drink，所指的都不可能是「綠酒」這種特別的酒。至於第 30 首中出現的「蘭陵酒」，更是完全歸化的翻譯。

錢鍾書在給黃克孫的信中說：「黃先生譯詩雅貼比美 Fitzgerald 原譯。Fitzgerald 書札中論譯事屢云『寧為活麻雀，不做死鷹』（better a live sparrow

---

〔註50〕〔波斯〕奧瑪珈音：《魯拜集》，〔美國〕黃克孫譯，南京：譯林出版社，2009年，第99頁。

than a dead eagle），況活鷹乎？」〔註51〕聞一多談到郭沫若譯《魯拜集》時說：「第十二首是原詩中最有名的一首，郭君底翻譯可以使他本人大膽地與斐芝吉樂相視而笑。」兩位皆被贊許為可與 Fitzgerald 媲美的譯者，在翻譯即創作的角度來說，各有其成立的理由。若考慮到聞一多的另外一段話：「這一篇名詩很不容易翻譯，其中有兩種難處：第一，詩中文字本有艱深費解之處，然而這還不算什麼，第二種難處卻真難了，那便是要用中文從英文裏譯出波斯文底精神來呢。」〔註52〕就此而言，不能不說黃克孫的漢譯與 Fitzgerald 的英譯還是有相當大的差別的。Fitzgerald 的翻譯雖然也是創造，譯文中保留著多少「波斯文底精神」也很難說。Fitzgerald 不會在譯文中使用英國的地名人名及其他一些重要的文化專有名詞，黃克孫則不然，譯文中 wine 這類重要的意象帶有濃鬱的中國化色彩，「汨羅江」、「銅雀臺」也代替波斯名字出現在譯文中，所呈現出來的是中國的文化精神。郭沫若的譯詩雖然也難說保留有更多的「波斯文底精神」，起碼在原詩酒意象的翻譯上沒有將其置換為中國酒文化。

　　Wine 泛指酒，尤其被用來指稱葡萄酒。中國典籍中首次記載葡萄酒的是司馬遷的《史記》。據《史記·大宛列傳》記載：公元前 138 年，張騫奉漢武帝之命出使西域，看到大宛、安息皆有「蒲陶酒」。「宛左右以蒲陶為酒，富人藏酒至萬餘石，久者數十歲不敗。俗嗜酒，馬嗜苜蓿。漢使取其實來，於是天子始種苜蓿、蒲陶肥饒地。及天馬多，外國使來眾，則離宮別館旁盡種蒲陶，苜蓿極望。」〔註53〕漢代以前，國人所飲，應為黃酒、米酒或其他種類的果子酒。漢代以後，葡萄酒才逐漸為國人所知。唐朝王翰膾炙人口的《涼州詞》「葡萄美酒夜光杯，欲飲琵琶馬上催。醉臥沙場君莫笑，古來征戰幾人回？」優美的詩篇使葡萄美酒倍添無窮的魅力。

　　只有在《魯拜集》第 12 首譯文中，郭沫若以「葡萄美酒」對譯了 wine。

　　　A Book of Verses underneath the Bough,

　　　A Jug of Wine, a Loaf of Bread——and Thou

　　　Beside me singing in the Wilderness——

〔註51〕〔波斯〕奧瑪珈音：《魯拜集》，〔美國〕黃克孫譯，南京：譯林出版社，2009年，第 1 頁。

〔註52〕聞一多：《莪默伽亞謨之絕句》，《創造》季刊 1923 年 5 月第 2 卷第 1 期。

〔註53〕司馬遷：《史記》，天津：天津古籍出版社，1997 年，第 888～889 頁。

Oh, Wilderness were Paradise enow!

樹蔭下放著一卷詩章，

一瓶葡萄美酒，一點乾糧，

有你在這荒原中傍我歡歌──

荒原呀，啊，便是天堂！

譯詩「葡萄美酒」中的「美」字，在原詩中找不到對應的詞。將 wine 譯為葡萄酒是直譯，譯為「葡萄美酒」則是直譯中加入了意譯，使翻譯帶上了創造性叛逆的色彩，充分體現了譯者主體對原文本的理解和翻譯過程中的加工再創造。這種加工再創造並非無中生有，而是對原詩內在審美意蘊的理解與闡釋。更準確地說，這種翻譯屬於 Nida 倡導的「動態對等翻譯」（dynamic equivalent translation）〔註54〕，盡力呈現原文內容而不拘泥於原文形式，與原文不盡對應的譯文語言，讓人讀來卻感覺自然又貼切。

從《魯拜集》全詩表達的對於葡萄酒的喜愛程度而言，「葡萄美酒」是恰到好處的意譯。英文版第 95 首提到「賣酒之家」時說：

I wonder often what the Vintners buy

One half so precious as the stuff they sell.

郭沫若將其譯為：「不解賣酒之家，／何故把酒來換去半價的敝履。」「賣酒之家」用珍貴的酒換來了「半價的敝履」。酒是珍貴的，用酒換來的東西則只不過是「敝履」。既然酒是 so precious，自然也就稱得上「美」。在第 56 首中，詩人吟道：「Of all that one should care to fathom，I／was never deep in anything but—Wine.」郭沫若譯為：「人所欲測的一切之中，／除酒而外呀，我無所更深。」既然「無所更深」，對「我」來說，酒自然便是最「美」。此外，「葡萄美酒」的翻譯溝通了中國古代詩詞中的美酒意象，使譯文與中國傳統詩詞構成互文，與中國傳統酒文化產生了共鳴。雖然《魯拜集》所寫並非王翰的《涼州詞》「醉臥沙場」的景象，卻與王翰詩中自古能有「幾人回」的人生嗟歎頗有相通之處。另一方面，「葡萄美酒」也是郭沫若自己新詩創作中早就使用過的意象，翻譯也溝通了詩人自己曾經的詩意，翻譯與創作產生了共鳴。早在 1917 年 1 月〔註55〕郭沫若創作的新詩《Venus》中，便已出現了「葡

〔註54〕Nida Eugene A. *Toward A Science of Translation*, Leidon: E. J. Brill, 1964, p166.

〔註55〕陳永志：《〈死的誘惑〉等五首詩的寫作日期考辨》，《〈女神〉校釋》，上海：華東師範大學出版社，2008 年，第 262 頁。

萄美酒」的意象：

> 我把你這張愛嘴，
> 比成著一個酒杯。
> 喝不盡的葡萄美酒，
> 會使我時常沉醉！
>
> 我把你這對乳頭，
> 比成著兩座墳墓。
> 我們倆睡在墓中，
> 血液兒化成甘露！〔註56〕

　　1919 年創作的詩劇《黎明》的舞臺介紹中說：「海水一片汪洋，呈現出紅葡萄酒的顏色。」〔註57〕1921 年寫給郁達夫的信中形容日本暮色時說：「落日時，每每紅霞漲天，海水成為葡萄酒的顏色，從青森的松林中望去，山巔海上好像 Dionysos 之群在舞蹈，好像全宇宙都赤化了的一樣，崇高美加悲壯美也。」〔註58〕由葡萄酒而引出酒神狄奧尼索斯，於是葡萄酒的顏色就不僅僅是顏色比喻，還成為了酒神狂歡的隱喻。形容大海的顏色時，郭沫若以紅葡萄酒的顏色作比，並非偶然，聯繫到郭沫若文學創作中屢屢出現的葡萄酒這個喻體，似乎郭沫若對葡萄酒懷有特別的情感，更寬泛地說，便是郭沫若帶有某種酒的情結，使得他在描繪和比擬事物時總是情不自禁地聯想到酒。郭沫若在《星空》中寫道：「北斗星低在地平，／斗柄，好像可以用手斟飲。／……我要飲盡那天河中流蕩著的酒漿。」〔註59〕張愛玲看到月亮想到的是銅錢，郭沫若看到銀河想到的是酒漿，喻體的差異是兩位文學家不同的創作興致的表現。

　　在審美情趣上，郭沫若的《Venus》與《魯拜集》甚相契合，就此而言，

〔註56〕郭沫若：《Venus》，《郭沫若全集》文學編第 1 卷，北京：人民文學出版社，1982 年，第 130 頁。

〔註57〕郭沫若：《黎明》，《郭沫若劇作全集》第 1 卷，北京：中國戲劇出版社，1982 年，第 3 頁。

〔註58〕郭沫若：《致郁達夫》，黃淳浩編《郭沫若書信集（上）》，北京：中國社會科學出版社，1992 年，第 204 頁。

〔註59〕郭沫若：《星空》，《郭沫若全集》文學編第 1 卷，北京：人民文學出版社，1982 年，第 175 頁。

郭沫若對《魯拜集》的翻譯不是一時興起，也不是純粹為了解決生活的窘境，而是譯者與翻譯對象文本都在尋找著對方。當合適的文本遇到合適的譯者，經典的譯作也就出現了。郭沫若以「葡萄美酒」譯 wine，恰切妥帖，亦為後來譯者所用。黃杲炘翻譯《魯拜集》時，便沿用了郭沫若的這一譯法。

> 在枝幹粗壯的樹下，一卷詩章，
>
> 一大杯葡萄美酒，加一個麵包──
>
> 你也在我身旁，在荒野中歌唱──
>
> 啊，在荒野中，這天堂已夠美好！〔註60〕

黃杲炘譯詩中的「葡萄美酒」、「詩章」、「天堂」等主要意象，皆與郭沫若譯詩相同。這些意象也同樣出現在飛白等譯者的譯文中，而這些都可以視為郭沫若譯詩的影響。A Jug of Wine，郭沫若譯為「一瓶葡萄美酒」。Jug 是壺、罐，a large bottle with a narrow mouth。郭沫若譯 Jug 為「瓶」，顯然要比黃杲炘譯為「杯」更準確。從王翰「葡萄美酒夜光杯」的詩意來說，「一大杯」的翻譯與《涼州詞》的互文性關係更強。

直接以「葡萄酒」對譯 wine 的是第 6 首：

> And David's lips are lockt;but in divine
>
> High-piping Pehlevi,with "Wine! Wine! Wine!"
>
> "Red Wine!"──the Nightingale cries to the Rose
>
> That sallow cheek of hers to' incarnadine.

郭沫若詩中的連續四個 wine 譯為:「葡萄酒，葡萄酒，紅的葡萄酒喲！」英文版中的四個 wine，有三個位於第二詩行，一個位於第三詩行。郭沫若在翻譯時刪掉了一個 wine，將餘者合併到一起，組成一個單獨的詩行。儘量減少詩句的跨行，這是郭沫若新詩創作和詩歌翻譯共同的特點，顯示了郭沫若在漢語詩句方面的審美傾向。省略了一個 wine 後，譯出來的這個詩行在整首漢譯詩歌中仍然是最長的一句，共由 12 個漢字組成。在翻譯時省略掉一個 wine，實際上也就是在不用跨行斷句的情況下，努力地縮短詩行的長度，以便使整首詩的詩形相對整齊。上述這種翻譯處理方式，在郭譯《魯拜集》中隨處可見，這也說明郭沫若雖然採用了自由體的詩形翻譯《魯拜集》，卻也並非對原詩整齊的詩行全然無視。英文版中重複四次的 wine，

〔註60〕〔波斯〕奧馬爾·哈亞姆：《柔巴依集》，黃杲炘譯，武漢：湖北教育出版社，2007 年，第 4 頁。

在郭沫若的漢譯版本中被處理成重複三次，對於 wine 的連續吟唱並不因此顯得軟弱無力。郭沫若的這一翻譯處理方式，也為後來的譯者黃杲炘等所接受。

　　比較郭沫若對第 12 首和第 6 首的翻譯，同是對譯 wine，前者用了「葡萄美酒」，後者卻只用「葡萄酒」，表明郭沫若對英文本中 wine 這一意象的翻譯處理較為靈活，根據每個詩篇的意境有針對性地選擇對應的漢語譯詞。仔細閱讀《魯拜集》，可以發現郭沫若只在第 12 首譯詩中以「美」修飾「酒」。將譯詩中的「美」字視為恰切的衍譯，並不意味著不加「美」字的翻譯就不恰切。第 6 首詩中「葡萄酒」一詞反覆出現，都沒有加「美」字進行修飾。就郭沫若譯第 12 首而言，主要意象都被漢譯為雙音節詞：「樹蔭」「詩章」「美酒」「乾糧」，這首詩翻譯時採用「葡萄美酒」而非「葡萄酒」，從格律上來說，是將一個「三字尺」變成了兩個「二字尺」，使得漢譯詩篇中出現的幾個意象皆由「二字尺」組成，讓人讀來感覺更加和諧統一。第 6 首譯詩不存在這種情況，詩中也表達了對於酒的渴望，也將酒視為「美」的存在，但幾個 wine 的連續性使用表現出一種急迫感，強化了對於酒的渴望，在詩行中重複「葡萄酒」遠比重複「葡萄美酒」在急迫感的表現上更為恰切和有力量。

（二）酒意象的泛化：詩歌翻譯的中西文化差異

　　郭沫若對酒這一意象的喜愛，不僅表現在他撰寫的《讀了〈魯拜集〉後之感想》一文中，也表現在他對 wine 的翻譯上，更表現在他對 Fitzgerald 英文版本中沒有 wine 一詞卻暗含酒或飲酒意思的詩篇的翻譯上。王曉利認為，《魯拜集》中的酒意象「直接出現在將近半數的詩歌中」。這種看法顯然建立在對酒意象的泛化理解上，即將「詩中明言酒字、酒名、酒器物、飲酒，或雖無言酒而詩文醉意飽滿者，都包括在內。」〔註61〕在王曉利繪製的表格中，杯、瓶、舉、茅店等都被作為酒意象羅列出來。表格的名稱明明是「《魯拜集》中的『酒』意象及它們在兩個漢譯本中的翻譯」，而表格內欄目的名稱卻變成了「與『酒』相關的意象」，表格的名稱不能涵蓋表格內欄目的名稱，這在邏輯上就有了矛盾。與酒相關的意象包含酒的意象，卻決不能等同於酒意象，

〔註61〕王曉利：《文化翻譯視角下詩歌意象的翻譯──以〈魯拜集〉中「酒」的意象為例》，《武漢大學學報》2016 年第 4 期，第 101 頁。

正如「葡萄美酒夜光杯」,「葡萄美酒」是酒意象,「夜光杯」卻不能視為酒意象。王文對於酒意象的界定和統計極不周延,他所分析的酒意象,準確地說其實是欄目中標明的「與『酒』相關的意象」。此外,在純粹的酒意象那一欄的統計中,明明郭沫若譯文中有「清酒」、「夜露」這類的意象,郭沫若譯文這一欄中卻被研究者漏掉了,只呈現黃克孫譯文中出現的這些意象,這種帶有明顯的傾向性的研究,很難客觀地呈現郭沫若譯文的真實風貌,不同漢語譯文間的比較也就失去了應有的價值和意義。本書贊成從酒意象這一角度探究《魯拜集》的漢譯,卻不贊成隨意擴散酒意象的研究範圍而又自以為研究的是酒意象,畢竟,「與酒相關」的表述已經點明了本身不是酒,就不能歸入酒意象,而只能是與酒相關的意象。故此,本書明確郭沫若《魯拜集》譯文中的酒意象,只包含譯文中出現的明確是酒的意象,與酒相關的意象只有在酒意象明確出現的情況下才將其納入研究的視野。

　　就《魯拜集》中酒意象的翻譯來說,將詩篇中的 wine 譯為酒或葡萄酒,這是對譯;將詩篇中暗含的酒或飲酒之意譯出來,這就是意譯,或說補譯。與對譯相比,郭沫若漢譯詩篇中更常見的是意譯。也就是說,英文版本中沒有出現酒或飲酒的詩篇,在郭沫若的翻譯中卻被明確地譯出了酒或飲酒的,數量相當多。據本書統計,共有 17 首,遠遠高於對譯的 9 首。如果不考慮郭沫若是《魯拜集》全文的首譯者,郭沫若的這種翻譯選擇與黃呆炘等後來譯者並沒有太大的區別。在意譯酒或飲酒的 17 首詩中,黃呆炘的翻譯中唯一偏離酒的是第 22 首第 2 詩行:That from his Vintage rolling Time hath prest,郭沫若將其譯為:「滾滾的時辰把他的葡萄壓成酒漿」,黃呆炘則譯為:「流光從它葡萄中榨出的汁水」。〔註62〕黃呆炘的翻譯,也難說就是與酒無關。畢竟,「葡萄中榨出的汁水」可以理解為一般的葡萄汁,也可以理解為葡萄酒。從 Fitzgerald 英文版本看,《魯拜集》中凡是提及葡萄的地方,基本上皆與酒有關,或者說指的就是酒,漢語譯文無論是否明確點出「酒」,在整體的語境中,也都可以理解為「酒」。

　　「葡萄的女兒」出現在第 55 首譯詩中:

Divorced old barren Reason from my Bed,

And took the Daughter of the Vine to Spouse.

〔註62〕〔波斯〕奧馬爾·哈亞姆:《柔巴依集》,黃呆炘譯,武漢:湖北教育出版社,2007 年,第 8 頁。

我休了無育的「理智」老妻，

娶了「葡萄的女兒」續弦。

郭沫若的這個翻譯，在黃杲炘的翻譯中再次出現。有意思的是，兩位譯者都對「葡萄的女兒」做了注釋，點明「葡萄的女兒」指的就是葡萄酒。兩位譯者都給出的這個注釋，也可以視為對《魯拜集》中出現過的類似譯文的注釋，即詩中的「葡萄」「葡萄的女兒」指的就是葡萄酒。實際上，這個注釋更應該被視為譯者對自身意譯所作的說明，因為郭沫若和黃杲炘在翻譯中都已經明確地將英文版本中的「葡萄」「葡萄的女兒」和「葡萄汁」等都譯成了酒。

第 58 首：　　Bearing a Vessel on his Shoulder;

　　　　　　and He bid me taste of it; and 'twas—the Grape!

郭沫若譯文：肩著的一個土壺，他叫我嘗嘗；

　　　　　　土壺裏原來是——葡萄的酒漿！

第 59 首：　　The Grape that can with Logic absolute

郭沫若譯文：葡萄酒呀，他是以絕對的論理

第 61 首：　　Why, be this Juice the growth of God

郭沫若譯文：啊，酒漿若是帝之所生

第 89 首：　　But fill me with the old familiar Juice

郭沫若譯文：我只求把親熱的酒漿裝滿一身。

第 91 首：　　Ah, with the Grape my fading Life provide

郭沫若譯文：啊，我生將謝請為我準備酒漿。

上述詩句中，郭沫若將 grape、juice 等詞所蘊涵的酒意都譯了出來。有些詩篇，既沒有 wine，也沒有 grape，卻依然洋溢著酒的氣息。如第 21 首：

Ah, my Beloved, fill the Cup that clears

Today of past Regrets and future Fears:

Tomorrow! Why Tomorrow I may be

Myself with Yesterday's Sev'n thousand Years.

單獨看上面這首詩，能夠 fill the cup 的很多，不必是酒；放在整個《魯拜集》構建起來的語境中，杯中之物只能是酒。黃杲炘沒有補出詩行中蘊涵著的「酒」字，郭沫若譯出了，而且使用了一個特別的字眼：「清酒」。「啊，我的愛人喲，請再浮此一觴，／清酒可解昨日的後悔，明日的愁腸。」在這

裡，郭沫若為何補譯出來的是「清酒」，而不是其他地方屢屢出現的「葡萄酒」，或徑直一個簡單的「酒」字？在中國古代，酒分清酒和濁酒。《周禮·酒正》有云：「辨三酒之物，一曰事酒，二曰昔酒，三曰清酒。」鄭玄注：「清酒，祭祀之酒。」用來祭祀的酒，當然是好酒美酒。王賽在《唐代釀酒業初探》中說：「唐代的米酒按照當時的釀造模式又可分為濁酒和清酒。濁酒的特點是釀造時間短，成熟期快，酒度偏低，甜度偏高，酒液比較渾濁，其整體釀造工藝較為簡單；清酒的特點是釀造時間較長，酒度較高，甜度較低，酒液相對清澈，其整體釀造工藝比較複雜。」〔註63〕清酒，指的是穀物釀製酒，一般就是指米酒，而不是用葡萄等果子釀製的酒，這與現在日本的清酒相類似。讀郭沫若的譯詩，東亞人讀到「清酒」二字，一般都會想到米酒，而非葡萄酒，近時更有人徑直將其視為了日本酒的專稱。但郭沫若譯詩中「清酒」意象的使用，顯然取的只是「美酒」之意，並非無意識地寫自己喝日本酒的經驗。郭沫若經常寫自己在日本或中國上海等地飲酒的經歷，提到紹酒、大麴酒、葡萄酒、白蘭地等，卻沒明確提及日本「清酒」之名。單獨在《魯拜集》的翻譯中用日本「清酒」之名，這與郭沫若的行文風格不相符，譯詩中「清酒」特指日本酒的概率微乎其微。

此外，王賽在他的論文中還提到唐朝出現了紅麴釀酒，原料是大米，酒液呈現紅色。唐朝詩人李賀的《將進酒》中有這樣的句子：「琉璃鍾，琥珀濃，小槽酒滴真珠紅。」這裡的「真珠紅」指的就是紅麴酒。所以，單說紅酒，或說酒有琥珀光，並不一定指的就是葡萄酒。這與當下人們將紅酒這一稱謂單獨用來指葡萄酒大不相同。黃杲炘的《魯拜集》譯詩，有時候以「紅酒」譯wine，應該就是受當代流行文化的影響，將紅酒徑直等同於葡萄酒了。郭沫若則不然，譯詩中或是用「葡萄酒」，或用「紅的葡萄酒」，卻絕不省略為「紅酒」。這顯示出郭沫若瞭解中國古代的酒文化（郭沫若家釀酒賣酒，自小對酒就有一定的瞭解），譯詩中寧可用稍顯囉嗦的「紅的葡萄酒」也不使用「紅酒」，一方面是重複「葡萄酒」，以重複訴說的方式強化渴求的語氣，另一方面應該就是為了避免出現不必要的歧義。

《魯拜集》中的 grape 皆指酒，郭沫若也將其直接對譯為酒。此外，cup、drink 等詞也都被郭沫若補譯出其中蘊涵的「酒」。第39首：And not a drop that from our Cups we throw，郭沫若譯為：「從杯中奠灑一滴酒珠」；第18首：

〔註63〕 王賽：《唐代釀酒業初探》，《中國史研究》1995 年第 1 期，第 25 頁。

The Courts where Jamshyd gloried and drank deep，郭沫若譯為：「蔣牟西宴飲之宮殿」。人世間的帝王大都好享樂，drank deep 所飲的自然應是酒。飲酒之杯、飲酒之人、飲酒之場所，這些與酒相關的存在，都沒有酒的生命綿長。夷朗牟的花園、蔣牟西的七環杯皆已消失不見，而瑪瑙般殷紅的葡萄酒依然在流淌。《魯拜集》中，永恆被賦予了酒。葡萄酒是世俗之酒，第 62 首中卻出現了「神酒」。第一詩行：I must abjure the Balm of Life，Balm 的意思香油、香液，郭沫若將其譯為「生命的靈漿」；第三個詩行：Or lured with Hope of some Diviner Drink，郭沫若將其譯為：「或為『神酒的希望』」。第一個詩行寫俗世享樂，第三個詩行寫神靈的宴飲。俗世珍貴的「生命的靈漿」，這「靈漿」在譯詩中也就是酒；與此同時，詩中又說，神靈的誘惑也是酒，不過卻是「神酒」。生活在當下，人所寶貴的「生命的靈漿」是酒，而能夠誘使人放棄「生命靈漿」的神聖之物，也是酒，「神酒」自然應該是比世俗中的酒更好的酒。郭沫若譯文中的「神酒」，不是貪戀神聖或突出宗教因素，只不過是借用「神」突出美酒的魅力。

從「葡萄」到「葡萄的女兒」，從「杯」「觴」等器具到「喝」「飲」等動作，郭沫若在翻譯《魯拜集》時，將英文版字裏行間的酒意都補譯了出來。後來眾多的漢譯者，無論是白話譯還是文言譯，與郭沫若的翻譯方式大同小異，皆傾向於將「酒」這一意象更加顯豁地呈現在讀者們的面前。這種翻譯方式，也並非就是完全的意譯。因為郭沫若翻譯的是 Fitzgerald 的英文版《魯拜集》，文本中酒的意象應按照英語語源學給予理解。葡萄是 grape，葡萄樹是 vine，酒是 wine、vintage，wine 源自拉丁語 vium（葡萄），vine、wine 和 vintage 在語源學上關係非常密切。在《魯拜集》自身建構起來的文本網絡中，讀者不需要特別的語源學知識便能知道這些詞彙具體所指皆為酒。至於 drink，一般指帶酒精的飲料，不帶酒精的飲料我們常用 soft drink。Do you want a drink？問的就是要喝點酒嗎，而不是喝點水之類的。Drink 單獨使用，大多數情況下都指酒，若指喝水一般就要說 drink water。Drink 有點兒像漢語裏的「雨」這類的詞彙，可以作名詞指雨，也可以讀四聲做動詞，如「雨雪」，就是下雪的意思，而不是「雨」和「雪」，和下雨的雨這一自然現象沒有什麼關係。明確了英語詞彙的特徵，可以知道郭沫若對於「酒」的補譯，其實是在將 Fitzgerald 的英文版本譯成漢語的時候，為了彌合英漢兩種語言之間的差異，不得不在語詞的選擇組合方面做出適當調整，這種調整並非是將含蓄蘊藉的英語原文

變得直接明白。郭沫若的補譯，補的是語言上的差異。若是從含蓄蘊藉的角度看《魯拜集》，Fitzgerald 的英文版本其實很直白，不像後來的象徵主義詩歌或意象派詩歌那樣追求意象的朦朧象徵韻味。與 Fitzgerald 的英文版本相比，倒是郭沫若的漢語譯文有時還向著比興的方向努力前進。如第 40 首的前兩個詩行：

> As then the Tulip for her morning sup
>
> Of Heav'nly Vintage from the soil looks up,

英文版本中的這兩個詩行本就是一個完整的長句子，Heav'nly Vintage 的意思就是「天上的美酒」，直白地翻譯出來就是：鬱金香從地上抬頭仰望，準備喝她的早酒。郭沫若將其譯為：「鬱金香從沙中仰望；／承受著夜露以備朝觴」。觴是酒器，朝觴就是喝早酒的意思，在這裡用來對譯 morning sup Of Heav'nly Vintage，很貼切。在郭沫若的翻譯中，進行著的動作是「承受著夜露」，而非「朝觴」。本書以為，「夜露」這個與酒無關的意象，才是郭沫若真正的個人化的補譯，通過這個補譯，郭沫若在鬱金香和喝早酒之間拉開了距離。與「朝觴」相比，「夜露」這個意象在漢語譯文中更加顯豁，更加惹人注意。郭沫若的翻譯處理，淡化了鬱金香作為飲酒者的形象，強化了鬱金香意象的比興功能。鬱金香從地上抬頭仰望、準備承受夜露，人則是飲酒，直至向下醉倒，恰如玉山倒立。

（三）詩酒人生：由酒意象談到郭沫若的思想底色

郭沫若回憶《魯拜集》的翻譯時說：「暑假期中，我在上海譯出了《卷耳集》，暑假過後回到日本又譯出了《魯拜集》，做了一篇《孤竹君之二子》。」〔註 64〕然後談到《孤竹君之二子》想要寫的是自己和郁達夫兩個人在四馬路上醉酒的那一晚上的事情。暑假指的是 1922 年暑假，和郁達夫在四馬路上醉酒則是痛苦於《創造》季刊發行不盡如人意。《魯拜集》和《孤竹君之二子》，一個是創作一個是翻譯，同時出現在郭沫若的筆下，都表現了郭沫若那一時期精神的苦悶，蘊含著頹廢放縱的思想因子。積極與消極雜糅交織，是創造社的特色，也是文學郭沫若的精神特質。即便是在郭沫若文學創作的爆發期，其文學創作也時時表現出積極與頹廢因子的矛盾與交織，但

〔註 64〕郭沫若：《創造十年》，《郭沫若全集》文學編第 12 卷，北京：人民文學出版社，1992 年，第 147～148 頁。

其消極頹廢並非是暮氣沉沉的老年式頹廢，而是狂飆突進過程中青春的憂傷，即便是頹廢，也是帶著蓬勃的青春朝氣的頹廢，其中蘊涵有創造的衝動和革命的積極因子。從另一方面來說，郭沫若文學創作和翻譯表現出來的這種矛盾性，也正是那個時代的象徵和隱喻，既有「五四」新文化運動帶給人的光明和希望，又有身處牢不可破的「鐵屋子」中的壓抑和沮喪。那是一個最好的時代，也是一個最壞的時代，一切都在醞釀、重新塑形，豐富的痛苦表現在郭沫若等愛好文學的靈魂過於敏銳的青年們的身上。

頹廢是《魯拜集》抹不掉的色彩。魯迅在《〈豎琴〉前記》中說：「創造社豎起了『為藝術的藝術』的大旗，喊著『自我表現』的口號，要用波斯詩人的酒杯，『黃書』文士的手杖，將這些庸俗打平。」〔註65〕所謂「波斯詩人的酒杯」，指的是郭沫若《魯拜集》的翻譯。汪馥泉在《中國文學史研究會底提議》中說：「文學研究會提倡自然主義，創造社底重要分子，很明白（是）頹廢派。」〔註66〕沈從文如此評說創造社文學傾向：「『文學研究會』的莊嚴人生文學，被『創造社』的浪漫頹廢作品所壓倒。」〔註67〕諸多人的評價並非空穴來風，頹廢的《魯拜集》與郭沫若的內心世界產生了共鳴，這個共鳴可以一直追溯到他的少年時代。郭沫若自傳中，曾敘及自己多次醉酒的經歷，且將好酒與自身精神的頹廢聯繫在一起。「我在這時候只想離開故鄉，近則想跑成都，遠則想跑北京、上海，更遠則想跑日本或美國，但家裏不肯讓我們跑遠，自己也找不到那樣遠走高飛的機會。因而有一個時期便自暴自棄，吃酒的習慣是在這時養成的。」〔註68〕自暴自棄（頹廢）與酒，在郭沫若的人生經歷中，早就有了密切的關聯。

聞一多談到郭沫若《女神》時說：「物質文明底結果便是絕望與消極。然而人類底靈魂究竟沒有死，在這絕望與消極之中又時時忘不了一種掙扎抖擻底動作。二十世紀是個悲哀與奮興的世紀。……現在的中國青年──『五四』後之中國青年，他們的煩惱悲哀真像火一樣燒著，潮一樣湧著，他們覺得這

〔註65〕魯迅：《〈豎琴〉前記》，《魯迅全集》第4卷，北京：人民文學出版社，2005年，第331頁。

〔註66〕汪馥泉：《中國文學史研究會底提議》，《文學旬刊》1922年11月11日第55期。

〔註67〕沈從文：《記丁玲》，《沈從文文集》，廣州：花城出版社，1992年，第102頁。

〔註68〕郭沫若：《我的學生時代》，《郭沫若全集》文學編第12卷，北京：人民文學出版社，1992年，第10～11頁。

『冷酷如鐵』，『黑暗如漆』，『腥穢如血』的宇宙真一秒鐘也羈留不得了。他們厭這世界，也厭他們自己。於是急躁者歸於自殺，忍耐者力圖革新。革新者又覺得意志總抵不住衝動，則抖擻起來，又跌倒下去了。」〔註69〕物質文明與人類靈魂被視為相互矛盾衝突的兩方，人類靈魂總要經歷悲哀、痛苦等，而後成其為生命的酒漿。在這個過程中，有頹廢，有抖擻，有沉淪，有奮起，不同的人在這個歷程中各有所見。誰都無法否認，郭沫若自身及其詩歌創作，始終存在著積極和消極兩方面的因素。在聞一多眼裏，看待這兩種因素的方式和途徑，也就決定了能否正確地認識郭沫若及其詩歌創作。郭沫若《死的誘惑》固然是軟弱消極一類的詩歌，卻不能因此而將郭沫若的詩歌創作歸入軟弱消極的一類。當時國內有些人只看重郭沫若的《死的誘惑》，反映出來的恰是這些人自身的思想價值取向，而沒有真正認識到郭沫若詩歌創作的價值和意義。

對郭沫若來說，飲酒無度的頹廢生活，更多地存在於少年時候的生活中，等到和安娜成家後，雖也飲酒，常至於醉，但是放蕩與頹廢的色彩漸漸弱了。頹廢與放蕩，也是需要條件的。郭沫若的這個變化，可用他自己講述的參孫的故事相對比。1920 年 3 月 6 日，郭沫若在寫給田漢的信中，談到了有島武郎氏的《Samson 與 Delilah》。Samson 的母親臨別時對他說道：「我想你不會辜負我一生底宏願。我無論甚麼時候死，都好。我只望你真正地得享幸福……我再不忍見你醉倒在這樣強烈的葡萄酒裏。」母親去後，Samson 拿柄鐵槌盲舞了一回，說道：「倦了！口渴了！」他從祭司手中接過一杯葡萄酒來，說道：「陽春已來了。去年秋天底葡萄，在黑暗地窖底當中，已釀成了酒醴了。」〔註70〕在郭沫若的講述中，葡萄酒既與宴飲、頹廢相關聯，同時又被賦予了成長的意義，即葡萄經過醞釀，最終成其為「酒醴」。

從葡萄釀造成酒，這個變化的過程常常出現在郭沫若的一些文章中，被他用來談論人生和藝術的創造與轉變問題。在《未來派的詩約及其批評》一文中，郭沫若說：「抒情主義只是能陶醉或所陶醉於生命的例外的才能；是變化我們周圍的生命之狂水而成為葡萄酒的威力；是用我們變易無常的自我的異彩寫出這個世界的威力。」〔註71〕在《創造十年》中，郭沫若回憶說：

〔註69〕聞一多：《〈女神〉之時代精神》，《創造週報》1923 年 6 月 3 日第 4 號，第 7 頁。
〔註70〕郭沫若致田漢函，《三葉集》，合肥：安徽教育出版社，2000 年，第 72 頁。
〔註71〕郭沫若：《未來派的詩約及其批評》，《創造週報》1923 年 9 月第 17 號。

「我那首《密桑索羅普之夜歌》便是在那惺忪的夜裏做出的。那是在痛苦的人生的負擔之下所榨出來的一種幻想。由葡萄中榨出的葡萄酒，有人會謳歌它是忘憂之劑，有人又會詛咒它是腐性之媒，但只有葡萄自己才曉得那是它自己的慘淡的血液。」〔註72〕葡萄、血液、眼淚、葡萄酒，郭沫若這一系列相關意念的形成並非憑空出現，而是深深植根於翻譯。就在翻譯《魯拜集》之前，郭沫若已經動手翻譯了歌德的《少年維特之煩惱》。在這本歌德的名作裏，1772 年 11 月 30 日的書簡裏有這樣一段話：「你兼而愛之的神明喲，我們信賴靈藥底草根，我們信賴葡萄底眼淚，是在信仰你：因為你在包圍我們的萬匯之中，寄放有我們一刻不可缺少的解救的靈力呀！」郭沫若特地為「葡萄底眼淚」加了注釋：「葡萄底眼淚：葡萄酒也。」郭沫若談論許多問題時都喜歡以葡萄酒為例，這既是郭沫若接受了西方文學影響的結果，同時也表明他自己對於葡萄酒有特別的愛好，使得葡萄酒在他的記憶中是很突出的存在，故而每每能夠想到它。

　　人生與文學創作皆如釀酒，歷經痛苦而終成生命之漿。對此，郭沫若曾在不同的文字中反覆談起，明顯有將其作為自己人生譬喻的意思，自然也蘊涵著郭沫若對自己的激勵，可以將其視為郭沫若思想的底色。釀酒不同於飲酒。郭沫若肯定的是人生如釀酒，而不是人生如飲酒，飲酒與釀酒象徵的是截然不同的人生。《魯拜集》中的酒意象重在表現的是飲酒而非釀酒，從釀酒的角度討論《魯拜集》中的酒意象顯然不太合適，需要從飲酒的角度討論《魯拜集》中的酒意象。

　　在《讀了〈魯拜集〉後之感想》一文中，郭沫若談到人們為何會沉溺於酒的享樂時，認為源自於人積極探求的不能滿足。頹廢，是積極的反面。追求不得，並非因追求者自身努力不夠，乃是所面對的問題「在我們人類智力的範圍以外」〔註73〕，無可奈何，於是走向頹廢。沉醉於酒，正如郭沫若所說：「人被酒力把一切意識完全消滅了之後，他也可以得到暫時的一段忘我的死靜。」〔註74〕郭沫若的這種看法，可以直接在《魯拜集》中找到對應的詩

〔註72〕郭沫若：《創造十年》，《郭沫若全集》文學編第 12 卷，北京：人民文學出版社，1992 年，第 69～70 頁。

〔註73〕郭沫若：《讀了〈魯拜集〉後之感想》，《創造》季刊 1922 年 12 月第 1 卷第 3 期。

〔註74〕郭沫若：《反正前後》，《郭沫若全集》文學編第 11 卷，北京：人民文學出版社，1992 年，第 184 頁。

句。如《魯拜集》第 21 首：

> Ah, my Beloved, fill the Cup that clears
>
> Today of past Regrets and future Fears.

郭沫若譯為：「啊，我的愛人喲，請再浮此一觴，／清酒可解昨日的後悔，明日的愁腸。」

以及《魯拜集》第 30 首：

> Oh, many a Cup of this forbidden Wine
>
> Must down the memory of that insolence!

郭沫若譯為：「浮此禁觴千萬鍾，／可以消沉那無常的記憶。」

上述兩首詩，飲酒的魅力正如郭沫若所言：「酒力把一切意識完全消滅了」，於是飲酒者得到了「暫時的一段忘我的死靜」。郭沫若是這樣理解的，也是這樣翻譯的。郭沫若譯文：「清酒可解昨日的後悔，明日的愁腸。」就是認為「酒力把一切意識完全消滅了」，故此飲酒「可解」。黃杲炘將此句譯為「澆卻那往日之悔和來日之畏」〔註75〕，「澆卻」容易讓讀者聯想到「借酒澆愁愁更愁」，「澆卻」有「消滅」的意思，容易令人聯想到欲滅而不能的意思。同樣，郭沫若譯 down 為「消沉」，黃杲炘譯為「淹掉」，也表現出兩位譯者理解上的細微差異。對於「記憶」來說，被「淹掉」也依然可以存在，只是變得不易被發現，「消沉」不應理解為削弱或淹沒，而是「消滅」之意。郭沫若譯文中，強調的不是酒的自我麻醉功能，而是擁有一種魔力，能夠「把一切意識完全消滅」。在《讀了〈魯拜集〉後之感想》一文中，郭沫若將「飲酒」與「涅槃」相提並論。郭沫若的真實意圖，應該是將飲酒者的飲酒與鳳凰的浴火相聯繫。飲酒，便是飲酒者的涅槃之旅。飲酒者的涅槃，是陶醉而不是麻醉，於忘我中得見真我，於擺脫一切束縛的沉溺中邁向更生。

從釀酒到飲酒，圍繞著酒，郭沫若建構起了自己的人生觀。這個人生觀的底色是積極的，正是這種積極的底色使郭沫若對真正的頹廢並不感冒。「個人主義的文藝老早過去了，然而最醜猥的個人主義者，最醜猥的個人主義者的呻吟，依然還在文藝市場上跋扈。——酒喲……悲哀喲……我的老七老八喲……好不漂亮的 impotant 的頹廢派！」〔註76〕郭沫若在革命文學轉向後

〔註75〕〔波斯〕奧馬爾·哈亞姆：《柔巴依集》，黃杲炘譯，武漢：湖北教育出版社，2007 年，第 7～9 頁。

〔註76〕麥克昂（郭沫若）：《英雄樹》，《創造月刊》1928 年 1 月第 1 卷第 8 期。

對頹廢派的批評，與其說是轉向後郭沫若才擁有的新的思想觀念，毋寧說早就在他的思想中萌生。涅槃，本就是來自於主體內在的要求。正如聞一多所強調的，消極頹廢的因子存在於詩人郭沫若的身上，卻不是其最有代表性的一面。所謂最有代表性，並不是說這方面的表現所佔比重高，而是對於詩人自己來說意義重大。不避諱消極的享樂主義，甚或頹廢，卻總是能夠從中發現人生積極向上的一面，這說明積極向上的樂觀精神才是郭沫若精神世界的底色，至於灰色調的弱者敘事，又或者是頹廢的唯美追求，終究無法掩蓋其積極的精神光輝，無論這光輝是如何的黯淡、微弱，不為人知，因其存在，所以一切便都顯得大不相同。解志熙談到唯美與頹廢接受的中國化問題時說：「在『五四』時期，唯美主義與頹廢主義的連帶關係，或者說唯美主義的頹廢底蘊卻幾乎被當時所有的中國作家有意無意地忽略了。即使有人偶而注意及此，也往往被自覺不自覺地轉化成一種反封建的戰鬥激情和個性解放的苦悶。這種轉化，在被認為是較多地接受了唯美──頹廢主義影響的創造社諸作家那裡表現得最為明顯。」〔註 77〕就此而言，郭沫若翻譯的《魯拜集》，所翻譯出來的不是原語文本中的頹廢的精神傾向，而是於頹廢中所呈現出來的浪漫的反抗精神，而這動的反抗的精神正是郭沫若自我的精神追求。

第四節　《魯拜集》譯詩中的性別意識與審美重構

　　《魯拜集》的日文譯者小泉八雲談到 Omar Khayyám（郭沫若譯為莪默伽亞謨）時說：「奧瑪一直受到宮廷的眷愛，始終住在他的小房子裏寫著關於人生、愛情、酒和玫瑰的詩歌。」〔註 78〕鶴西翻譯的《魯拜集》中有這樣兩個詩句：「讓我的手總不和酒杯分開，／我的心總傾注著對一位美麗女郎的愛！」〔註 79〕酒與美女，一起為讀者勾勒出了《魯拜集》最為亮麗的風景。《魯拜集》中與酒有關的字眼比比皆是，美女也經常出現。法國的愛德蒙・

〔註77〕解志熙：《美的偏至：中國現代唯美──頹廢主義文學思潮研究》，上海：上海文藝出版社，1997 年，第 68 頁。

〔註78〕〔日〕小泉八雲：《費茲吉拉德和海亞姆的〈魯拜集〉》，《魯拜集》，鶴西譯，北京：北京聯合出版公司，2015 年，第 3 頁。

〔註79〕〔波斯〕奧瑪・海亞姆：《魯拜集》，鶴西譯，北京：北京聯合出版公司，2015 年，第 104 頁。

杜拉克（Edmund Dulac）、英國的羅納德・愛德蒙・鮑爾弗（Ronald Edmund Balfour）、美國的愛德華・沙利文（Edward J. Sullivan）等為《魯拜集》繪製的插圖中，美女與酒杯（壇）都是被特別凸顯的對象，就畫面布局及比例而言，美女似乎更為引人注目。Fitzgerald 說：「酒和美女是用以彰顯他們所讚美之神的意象，而不是遮掩這些的面具。（using Wine and Beauty indeed as Images to illustrate, not as a Mask to hide, the Divinity they were celebrating.）」〔註80〕Fitzgerald 指出了波斯語詩篇中酒和美人這兩大意象之於神的關係，他的英譯本卻被人視為是將這些意象世俗化了。神聖化還是世俗化，不同的譯者各有其理解和選擇，這也就使《魯拜集》的翻譯呈現出迥然相異的審美風貌。

就《魯拜集》中酒與美女這兩個重要意象的翻譯處理而言，郭沫若在眾多漢譯者中別具匠心。推崇 Fitzgerald 英文譯本《魯拜集》的郭沫若，非常重視酒之意象的翻譯，不僅忠實地對譯了原詩中直觀的酒之意象，還將原詩隱喻酒而無「酒」字出現的詩句顯豁地譯成酒之意象，酒之意象在郭沫若的譯文中明顯得到了強化。與酒之意象的翻譯相比，《魯拜集》中的美女意象或者說女性色彩在郭沫若的翻譯中則表現出被淡化的傾向。郭譯《魯拜集》中女性色彩的淡化之所以值得注意，首先是因為郭沫若對女郎這一重要意象的翻譯處理體現了譯詩與原詩之間的巨大張力，這方面的探討將有助於深入認識郭沫若的譯者主體性及審美建構問題；其次，譯詩中性別意識的呈現與現代漢語及白話詩歌形式的建設密切相關，郭譯《魯拜集》在眾多漢譯文本中非常典型地表現出了白話譯詩所具有的現代的性別意識。整體而言，通過對《魯拜集》中酒與美女兩類意象的不同的翻譯處理，郭沫若在某種程度上重構了《魯拜集》某些詩篇的審美。

（一）郭沫若譯詩中女性色彩淡化的表現

郭沫若譯詩中女性色彩的淡化主要表現在以下四個方面：第一，將原詩中女性化的意象轉變為男性化的意象；第二，不譯原詩中帶有女性色彩的意象；第三，以男性代詞替換女性代詞；第四，將詩中出現的第三人稱女性代詞替換成第二人稱代詞。

郭譯《魯拜集》第 41 首將原詩中女性化的意象轉變為了男性化意象。

〔註80〕Edward J. Fitzgerald, Introduction, *Rubaiyat of Omar Khayyam,* The Pennsylvania State University, 2000,p13.

And lose your fingers in the tresses of／The Cypress-slender Minister of Wine.
郭沫若譯為：「酒君的毛髮軟如松絲，／請把你的指頭替他梳理。」〔註81〕
頭髮柔軟的「酒君」，在原詩中所表現的是一種女性化的氣質。單詞 Cypress
一般譯為柏樹，與松樹對應的則是 pine。日本譯者小泉八雲談到這首詩時說：
「在波斯人中間，現在都還常常把美麗的女郎比作柏樹，因為柏樹高而苗
條。」〔註82〕在波斯文化中，柏樹代表的卻是女性。英譯者 Fitzgerald 顯然
把握到了原語詩篇中的女性意象，故而在英文譯本中使用了 tresses，這個單
詞在英文中一般都是指女性的長髮。擁有女性長髮的苗條的酒君，是一位女
性，這兩個詩行呈現給讀者的是非常明確的女性化的意象。郭沫若將 Cypress
對譯為「松」。松柏在中國傳統詩文中常常並舉，代表著堅強挺拔的男性陽
剛氣質。Slender 在原詩中修飾的是酒君，這是一個身材高挑的美女。郭沫若
的譯詩將 Cypress-slender 對譯為「松絲」，「酒君的毛髮軟如松絲」，實際上
就是將原詩中對身材的修飾轉變成了對頭髮的修飾。在連續的轉換中，郭沫
若消除了這兩處英文單詞的女性標誌。無論郭沫若譯詩中的「你」是否可以
理解成女性，酒君已經確切無疑地被郭沫若處理成了男性。這首譯詩最後一
個詩行中第三人稱代詞「他」的使用：「請把你的手指替他梳理」，表明郭沫
若明確地將「酒君」看成了男性。即便郭沫若當時並不知道波斯文化有以柏
樹比喻女性的習俗，從 Fitzgerald 的英文版中，也完全能夠看出詩句中女性
化的表述色彩，但郭沫若顯然不想在自己的譯詩中再現這一女性化的意象，
所以他在譯詩中進行了一系列的置換，遂使譯詩與原詩相比明顯呈現出女性
色彩淡化的傾向。

　　郭譯《魯拜集》第 24 首、第 42 首沒有將原詩中帶有女性色彩的意象譯
出。第 24 首最後兩個詩行：

　　　Dust into Dust, and under Dust to lie,

　　　Sans Wine, sans Song, sans Singer, and—sans End!

　　郭沫若譯為：「塵土歸塵，塵下陳人，／歌聲酒滴——永遠不能到九泉！」
最後一個詩行有三個意象 wine、song、singer，郭沫若只翻譯了原語文本中的

〔註81〕〔波斯〕莪默・伽亞謨：《魯拜集》，郭沫若譯，上海：泰東圖書局，1932 年，
　　　　第 42 頁。
〔註82〕〔日〕小泉八雲：《菲茨吉拉德和海亞姆的〈魯拜集〉》，《魯拜集》，鶴西譯，
　　　　北京：北京聯合出版公司，2015 年，第 13 頁。

前兩個意象，卻省略了 singer 這個意象。一般來說，有歌聲自然就隱含著有歌者，沒有歌者，也就沒有歌聲。英文版詩中三個意象並列出現，也就意味著對於詩人來說，歌聲與歌者都是被欣賞的對象，處於相同的位置，而不宜將歌者處理成由歌聲被聯想到的間接意象。故此，郭沫若譯文中的「歌聲」只能被視為 song 的對譯，singer 在郭沫若的譯詩中被省略掉了。Singer 這個單詞，決不屬於郭沫若所說的「難解處」。顯豁的意象，沒有難度的翻譯，此處出現的意譯只能是郭沫若特意為之。

原語文本中的 singer 是誰？要具體追蹤詩中的歌者身份固然不可能，聯繫上下文，singer 的性別還是可以確定的。《魯拜集》第 12 首中有：Beside me singing in the Wilderness，這裡的歌者就是女性。第 24 首詩中的 wine、song、singer，在某種程度上可以視為第 12 首詩中的 verses、wine、you，酒、歌（詩章）、歌者（你）構成了《魯拜集》反覆吟唱的對象。醇酒、美人與詩章，這就構成了詩人眼裏天堂的模樣。但在郭沫若的翻譯中，醇酒的意象被完整地保留下來，美女的意象卻被盡可能地省略掉了。有歌聲自然就有歌者，英文本在 song 之後緊接著出場的 singer，顯然是強調歌者的性別，以便構建醇酒、美人與詩章三位一體的審美世界。郭沫若譯文在略掉了 singer 之後，這首譯詩的審美就和郭沫若在《讀了〈魯拜集〉後之感想》中提到的劉伶與李白的詩作非常相似了。郭沫若談到中國傳統詩人的享樂態度時，被列舉出來作為例證的，都是沉溺於醇酒者，酒是敘述的核心，卻沒有談及享樂者在美女方面的任何追求。醇酒、美人意象的不同的翻譯處理方式，顯示了譯者郭沫若的某種主體性訴求，也是進入這一時期郭沫若精神世界的密碼。

第 42 首譯詩中，And if the Wine you drink, the Lip you press，郭沫若譯為：「倘若你把酒壓唇」，〔註83〕更準確的翻譯應如黃杲炘那般譯為：「你喝的酒和你吻的唇」。〔註84〕也就是說，郭沫若似乎將 the Lip you press 理解成了 press your lip，所以郭沫若將其譯為自己拿酒壓自己的唇，意即自己飲酒。漢語敘及飲酒，一般只說「把酒」，而不迭床架屋地說「把酒壓唇」。當然，郭沫若的譯文也可以讀為「把酒、壓唇」，即通過閱讀上的停頓將其理解為

〔註83〕〔波斯〕莪默·伽亞謨著：《魯拜集》，郭沫若譯，上海：泰東圖書局，1932年，第 42 頁。

〔註84〕〔波斯〕奧馬爾·哈亞姆：《柔巴依集》，黃杲炘譯，武漢：湖北教育出版社，2007 年，第 14 頁。

兩個分開的動作，「把酒」指的是詩人「把」酒給自己，而「壓唇」則是「壓」另外一個人的唇。如此一來，郭沫若與黃杲炘兩位譯者的譯詩也就一致了。將「把酒壓唇」分讀為兩個不同的指向有過度詮釋之嫌。筆者傾向於將郭沫若譯文中的「把酒壓唇」理解為「把酒」壓自己的唇，而不是原語文本所表達的「你吻的唇」。the Lip you press 中的 you 所指代的對象一般都認為是男性，這位男性所「壓」的「唇」便是女性之「唇」。因此，原語文本中這個詩句歌吟的是美酒加美女。喝口美酒，吻一下美女，就像成龍演唱的《愛江山更愛美人》。郭沫若的譯詩卻刪除了原語文本中的美女意象（女性的因素），只保留了飲者飲酒的意象。

郭譯《魯拜集》第 100 首中的第三人稱女性代詞被譯成第二人稱代詞：

> Yon rising Moon that looks for us again——
>
> How oft hereafter will she wax and wane;
>
> How oft hereafter rising look for us
>
> Through this same Garden——and for one in vain!（第 100 首）

郭沫若將詩句 How oft hereafter will she wax and wane 譯為：「你此後仍將時盈時耗」。〔註85〕譯詩中的「你」對應的是原詩中的「she」。於是，英文版呈現的「她——我」的詩歌抒情情景轉化為「你——我」的詩歌抒情情景，間接性的陳述變成了郭沫若詩歌創作中常見的情感直抒。

> And when like her, oh Saki, you shall pass
>
> Among the Guests Star-scatter'd on the Grass,
>
> And in your joyous errand reach the spot
>
> Where I made One——turn down an empty Glass!（第 101 首）

郭沫若將 when like her 譯為：「你像那月兒」。〔註86〕Her 作為代詞，指代的就是第 100 首中的 Moon（月亮），郭沫若直接將其譯為「月」，就語法邏輯來說，郭沫若的翻譯沒有任何問題。英文版詩句以 her 指代「月」，月便與整首詩中美女的意象體系相呼應，her 的使用讓母語即便不是英文的讀者也能理解其女性化的色彩。在漢語文化體系中，月亮雖然屬陰，常與嫦娥相

〔註85〕〔波斯〕莪默·伽亞謨：《魯拜集》，郭沫若譯，上海：泰東圖書局，1932 年，第 100 頁。

〔註86〕〔波斯〕莪默·伽亞謨：《魯拜集》，郭沫若譯，上海：泰東圖書局，1932 年，第 102 頁。

聯，自身卻並不必然象徵女性，就郭沫若的《魯拜集》譯文中的意象體系建構而言，也沒有任何將月這個意象與女性相聯繫的跡象。整體而言，當郭沫若將「月」這一指代的對象替換為 her 這個代詞時，也就去除了原詩中的標誌女性色彩的詞彙。郭沫若在這一首譯詩中選用的字詞並不能夠讓讀者見出女性的色彩，從郭譯《魯拜集》整體的翻譯選擇來看，郭沫若在第 100 首和第 101 首詩篇的翻譯過程中表現出女性色彩淡化的趨向。

（二）女性色彩的淡化是譯者郭沫若有意選擇的結果

在《魯拜集》的眾多漢譯者中，郭沫若是唯一有意淡化原詩中女性色彩的譯者。

按照譯詩形式，百年來《魯拜集》的漢譯可以簡單地劃分為舊體文言譯詩和新體白話譯詩。舊體文言譯詩普遍地不對譯原詩中的女性代詞，如黃克孫的第 100～101 首譯詩：

100	101
明月多情伴客身，	酒僮酒僮勸客來，
人來人去月無聞，	座中無我莫徘徊。
從今幾度黃昏月，	醉翁去後餘何物，
遍照園林少一人。	一隻空空覆酒杯。〔註87〕

舊體譯詩屬於文言詩歌系統，而文言第三人稱代詞不分男性女性，漢譯者使用文言的形式翻譯西方詩歌時，基本都不對譯第三人稱代詞。黃克孫等人的舊體譯詩既沒有對譯女性單數第三人稱代詞，也沒有借助其他手段呈現原詩的女性色彩。就譯詩與原詩的差異而言，這自然也算是淡化女性的一種表現，但這一現象的造成並非譯者個人選擇的結果，更多地是舊體詩和文言兩者藩籬所致。對於這種類型的翻譯，筆者不將其視為有意淡化女性色彩的翻譯實踐。再如前面所述的《魯拜集》第 41 首，舊體詩漢譯者似乎都無意改變松柏在中國傳統文化中的審美情趣，譯詩中也很難見出表示女性的意思，如黃克孫的翻譯：「攜壺浪跡山林上，／翠柏蒼松供酒神。」〔註88〕翠柏成了「供」酒神的事物，而不是酒神本身。與舊體譯詩相比，

〔註87〕 〔波斯〕奧馬爾·哈亞姆：《柔巴依集》，黃克孫譯，南京：譯林出版社，2009年，第225～227頁。

〔註88〕 〔波斯〕奧馬爾·哈亞姆：《柔巴依集》，黃克孫譯，南京：譯林出版社，2009年，第97頁。

選擇自由體翻譯的譯者除了郭沫若之外都明確地譯出了這首詩中的第三人稱代詞「她」。黃杲炘譯為：「讓你的手指在她髮絲中忘情」，〔註89〕鶴西譯為：「且把你的手指插入她的捲髮，／莫辜負那苗條女郎的勸酒持觴。」〔註90〕「她」字的使用，表明兩位譯者都明確地將酒君看成女性。

除了《魯拜集》第41首，其他詩篇中she／her的翻譯情況也大多如此，如劉復（半農）從法文翻譯的《魯拜集》第54首：

> 瞧瞧玫瑰花見到了晨風開放了：
>
> 黃鶯兒被她的青春鬧醉了。
>
> 我們喝些酒罷，為的是不知有多多少少的玫瑰花，
>
> 又被風吹落在地上化做了灰塵了！〔註91〕

第100首（按照郭沫若譯《魯拜集》版本次序）鶴西譯為：

> 啊，女郎，幾時你和她一樣
>
> 在那草地上群星般的賓客中來往，
>
> 請你斟酒時把滿滿一杯美酒
>
> 傾灑在我曾經坐過的地方！

第101首（此處所列譯詩順序依照的是郭沫若譯《魯拜集》版本）鶴西譯為：

> 那邊又升起了照著我們的明月——
>
> 今後啊她還會不斷地圓缺，
>
> 今後啊她還會升起來尋找我們，
>
> 但在這花園裏——有一人將遍尋不得。〔註92〕

黃杲炘將這一首譯為：

> 親愛的，你瞧那月亮又在升起，
>
> 透過顫抖的梧桐尋找我和你：
>
> 今後她還將多少多少回升起——

〔註89〕〔波斯〕奧馬爾・哈亞姆：《柔巴依集》，黃杲炘譯，武漢：湖北教育出版社，2007年，第14頁。

〔註90〕〔波斯〕奧瑪・海亞姆：《魯拜集》，鶴西譯，北京：北京聯合出版公司，2015年，第26頁。

〔註91〕劉復譯：《莪默詩八首》，《語絲》1926年4月26日第76期，第4頁。

〔註92〕〔波斯〕奧瑪・海亞姆：《魯拜集》，鶴西譯，北京：北京聯合出版公司，2015年，第62頁、第60頁。

在樹蔭裏空把你我之一尋覓！〔註93〕

上述列舉的自由體譯詩，都將文言譯詩及郭沫若譯詩中被省略或抹掉的「她」明確地譯了出來。將各種版本的漢譯《魯拜集》放在一起稍稍對照，便能確定這樣一個事實：《魯拜集》漢譯者眾多，真正有意在譯詩中淡化女性的只有郭沫若。在其他白話漢譯者都將 she／her 對譯為「她」的時候，只有郭沫若將其譯為「他」；在其他白話漢譯者將酒君譯為女性的時候，也只有郭沫若將其譯為男性。郭沫若譯詩中出現的人稱代詞「他」，並非是可男可女的傳統漢語的混合用法，從郭沫若自身文學創作的實踐來看，當郭沫若從事《魯拜集》的漢譯工作時，他已經非常明確地用「他」指代男性，而用「她」來指代女性。

（三）郭沫若文學創作中第三人稱代詞「她」的使用

《魯拜集》中的詩篇都很簡短，第三人稱代詞的使用卻較為頻繁。簡短的詩篇使每個字詞的翻譯都不容忽略，十音節五音步的詩句中第三人稱代詞頻繁出現，這也就意味著譯者和讀者都需要反覆地思考同一原語詞彙的翻譯和閱讀問題。在這種情況下，《魯拜集》中的 she／her 在漢語譯文中到底對譯的是「她」還是「他」，也就不是譯者粗心大意所致，尤其是《魯拜集》出版後又經過郭沫若的修訂，修訂後的譯文也沒有改「他」為「她」的現象，故而可以確定《魯拜集》譯文中第三人稱代詞的使用不是源於排印錯誤或翻譯時的手誤，而是郭沫若自覺的翻譯選擇。將《魯拜集》譯文中第三人稱的使用與女性色彩的淡化趨向關聯起來之前，還有一個問題需要解決，即郭沫若文字中「她」與「他」這兩個人稱代詞的使用概況。換言之，便是需要確認郭沫若在著手《魯拜集》的翻譯之前，已經明確地區分「他」與「她」並熟練地使用這兩個第三人稱代詞了。

在中國現代文學發生期，翻譯與文學創作中「他」「她」不分是常態。在「她」字被普遍接受為女性第三人稱代詞之前，現代知識分子曾使用「伊」「他（女）」等指代女性。楊逢彬說：「『五四』時期，若干文化人鑒於英語第三人稱代詞單數分別有 he、she、it，而漢語第三人稱代詞單數只有一個 tā（想一想，『他、她、它』是文字上的區別呢，還是語言上的區別？），就用『伊』來

〔註93〕〔波斯〕奧馬爾·哈亞姆：《柔巴依集》，黃杲炘譯，武漢：湖北教育出版社，2007 年，第 203 頁。

指代女性，但並沒有成功。這說明語言是不能人為干預的。」〔註94〕「伊」
雖然沒有成功，「她」字卻取得了成功。1920年8月9日，《時事新報·學燈》
刊載了劉半農的《「她」字問題》。張寶明認為「『她』在新文化元典中的最
早使用是在《新青年》第八卷第三號上由俞平伯撰寫的詩歌《題在紹興柯嚴
照的相片上》」，此詩發表時間為1920年11月1日。《「她」字問題》與《題
在紹興柯嚴照的相片上》問世的時間皆晚於《三葉集》。不知為何，名動一
時的《三葉集》對「她」的討論與使用卻少有人論及。就第三人稱單數代詞
（女性）的使用而言，「五四」時期若干文化人的干預最終還是成功了的。
換言之，在干預的過程中，約定俗成的語言在各種可能的選擇中有著不為具
體的個人意志為轉譯的發展趨向，而劉半農、郭沫若等倡導的「她」字為國
人所接受，在某種程度上也說明了倡導者自身的睿智。

　　郭沫若最早談論第三人稱代詞區別使用問題的文字見於1920年出版的
《三葉集》。1920年3月30日，郭沫若在寫給宗白華的信中，轉述了田漢
的一段話：「我要造一新字。近來女性的第三人稱用『她』字而男性仍緣用
『他』，覺得太不平等。男的便是人，女的便不是人了麼？所以我想把『他』
字底人旁，改成『力』，從男省。」對於田漢的觀點，郭沫若並不完全認同：
「男女平權也不必在這些枝節上講求。文字只求醒豁敷用，『她』字底誕生
也正符合這個意思。」〔註95〕由《三葉集》可知：第一，郭沫若和田漢交換
過「她」、「他」等字的區別及使用問題；第二，郭沫若在與田漢通信之前似
乎就已經知道「她」字的創造，在使用方面強調「敷用」，而不必過於講求
在「男女平權」等方面的意義；第三，《三葉集》中郭沫若的信用「他」指
代妻子安娜，田漢所寫信件用「他」指代表妹，這表明《三葉集》時期郭沫
若和田漢雖然明確了「他」和「她」區別使用的價值和意義，但在各自的書
寫實踐中卻還沒有得到完全的落實。

　　1921年8月5日，泰東圖書局出版了郭沫若的自編詩集《女神》，其中
的許多詩篇在創作時間上都早於《三葉集》中的通信。與《三葉集》相比，
《女神》中「她」和「他」這兩個第三人稱代詞的區別和使用已經非常明確和
嫻熟，再也沒有用「他」指代男性的情況出現。《女神》詩篇使用「她」字的
詩句如：

〔註94〕楊逢彬：《〈論語〉應該這樣讀》，北京：中華書局，2019年，第105頁。
〔註95〕郭沫若：《三葉集》，上海：亞東圖書館，1920年，第134頁。

1. 《別離》（首刊於 1920 年 1 月 7 日《學燈》）：「我送了她回來」。

2. 《演奏會上》（首刊於 1920 年 1 月 8 日《學燈》）：「她那 Soprano 的高音」。

3. 《湘累》（首刊於 1921 年 4 月 1 日《學藝》第 2 卷第 10 號），劇中老翁與屈原談到洞庭湖中歌唱的兩個女子時所用代詞為「她們」：「她們倒吹得好，唱得好，她們一吹，四鄉的人都要流起眼淚」；提到鯀和他的兒子大禹時則說：「我又舉了他的兒子起來，我祈禱他能觳掩蓋他父親底前怨。」〔註 96〕

4. 《序詩》（首刊於 1921 年 8 月 26 日《學燈》）：「所以我把她公開了。」〔註 97〕

上述所引詩句，首刊本及《女神》各版本中「她」字都沒有什麼變化。其中，前兩個詩句創作和發表時間皆早於《三葉集》通信，說明郭沫若在《三葉集》通信之前已經開始使用第三人稱代詞「她」，只是暫時還沒有定型，《三葉集》中才會出現用「他」指代安娜的情況。

從首刊本到初版本，《女神》所收詩篇在第三人稱單數代詞的修訂方面存在兩個值得注意的現象：第一，添加第三人代詞「他」；第二，改「他」為「她」。添加第三人稱代詞「他」的詩篇有三，這類的修訂在某種程度上凸顯了詩中意象的男子類屬，而不是通過代詞的添加將女性化意象轉為男性化意象。首刊本《新陽關三疊》第一節詩句：「眼光耿耿，不轉睛地，緊覷著我。」〔註 98〕初版本在句首添加了一個「他」字。這個「他」指代的是太陽。首刊本中，這一詩節已經在兩個詩行中反覆使用「他」指代太陽，所以新增添的「他」所起的主要作用並非是凸顯太陽意象的性別。首刊本《輟了課的第一點鐘裏》第六節詩句：「慢慢地開了後門」，〔註 99〕初版本在句首添加了一個「他」字，新添加的唯一的「他」字將這節詩中無性別的工人明確為男性。首刊本《立在地球邊上放號》首刊本中的詩句：「無限的太平洋提起全身的力量來要把地球推倒。」〔註 100〕初版本在「全身的」之前添

〔註 96〕郭沫若：《湘累》，《學藝》1921 年 4 月 1 日第 2 卷第 10 號，第 3 頁。
〔註 97〕郭沫若：《序詩》，《時事新報·學燈》，1921 年 8 月 26 日。
〔註 98〕郭沫若：《新陽關三疊——宗白華兄硯右》，《時事新報·學燈》1920 年 7 月 11 日。
〔註 99〕郭沫若：《輟了課的第一點鐘裏》，《時事新報·學燈》1919 年 11 月 24 日。
〔註 100〕郭沫若：《立在地球邊上放號》，《時事新報·學燈》1920 年 1 月 5 日。

加了一個「他」字，新添加的詩中唯一的「他」字將太平洋的性別限制為男性。

　　從首刊本到初版本再到後來的各個版本，《女神》中的詩篇沒有改「她」為「他」的案例，改「他」為「她」的詩篇有二。首刊本《死的誘惑》第一節詩句：「他向我笑道」，初版本將「他」改為「她」；第二節詩句：「他向我叫道」，〔註101〕初版本也是將將「他」改為「她」。第一節詩中的代詞的指代對象是「小刀」，第二節詩中的代詞的指代對象是「海水」。首刊本《無煙煤》第四節詩句：「我悄聲地對他說道」〔註102〕，初版本將詩句中的「他」改為「她」。這兩處代詞的修改，若是從《女神》自然意象的性別歸屬來說，似乎也不用改。《女神》中的海洋固然多為男性，而太陽多為女性，如《日暮的婚筵》中，夕陽明確地被描述成女性，用的代詞是「她」，愛戀著夕陽的海水則被描述成男性，用的代詞是「他」。夕陽與海水，便是詩人想像中的婚筵上的一對新人，新娘子是夕陽，情郎是海水。自然意象的這種性別區分似乎並不確定，如《新陽關三疊》中的太陽從首刊本始就一直是男性。蔡震從德語文化中的太陽（die Sonne）及日本創世神話尋找郭沫若《女神》自然意象的性別根源：「郭沫若創作《女神》時所身處的日本，其古代神話傳說中的創世諸神許多是女性，日本民族崇拜太陽神，那位太陽神也是女性。」〔註103〕這些固然能夠解釋《女神》中太陽為女性的問題。《女神》中的太陽、海洋意象同時兼有男女兩種性別，有的詩篇用「他」指代，有的詩篇卻用「她」字指代，這種複雜的性別糾纏表明了郭沫若文學創作思想的雜糅性。

　　通過對詩集《女神》中「他」和「她」兩個代詞的考察，可以發現郭沫若將第三人稱單數代詞用之於人時，不存在「他」與「她」混用的情況。與《女神》的編纂同時進行的，還有《茵夢湖》的改譯工作，有學者將《茵夢湖》視為「最早自覺使用『她』字並且影響較大的譯著之一」〔註104〕。大體上可以肯定郭沫若在編纂《女神》時已經明確了「他」與「她」區別使用

〔註101〕郭沫若：《死的誘惑》，《時事新報‧學燈》1919 年 9 月 29 日。

〔註102〕郭沫若：《無煙煤》，《時事新報‧學燈》1920 年 7 月 11 日。

〔註103〕蔡震：《從女性創世神話走出的〈女神〉——〈女神〉與日本文化》，《欽州師範高等專科學校學報》2005 年第 3 期，第 8 頁。

〔註104〕黃興濤：《「她」字的文化史：女性新代詞的發明與認同研究》，北京：北京師範大學出版社，2015 年，第 128 頁。

的思想意識。《女神》中太陽、海洋意象兼有男女兩種性別屬性，說明郭沫若樂於接納外來新思潮，同時也在以自己的意願強化或修正這些自然意象的性別屬性。

　　《女神》詩集出版一年後，郭沫若開始翻譯 Fitzgerald 英文版《魯拜集》，《女神》中意象的使用是否以及在何種程度上影響到了《魯拜集》的翻譯是需要進一步探討的問題，從意象的性別選擇來說，《女神》對《魯拜集》的影響並不明顯。《女神》中太陽意象的性別在男女之間游移不定，《魯拜集》中則是固定的男性；《女神》中海洋意象的性別也在男女之間游移不定，而《魯拜集》中的海洋則是女性，如第 34 首中的詩句：「披著紫衣的海洋，／只是哀哭她見棄了的主上」。〔註 105〕《魯拜集》中太陽與海洋意象性別屬性的固定化，可以解釋為翻譯受限於原語文本，考慮到郭沫若多處都改換了《魯拜集》原語文本呈現出來的性別屬性，原語文本帶給郭沫若的束縛終究只是造成意象性別固定化的一個因素，更重要的還是譯者郭沫若自己的翻譯選擇。

　　在意象性別固定化的《魯拜集》譯詩中，第三人稱代詞「她」和「他」的區別使用體現了譯者郭沫若對所指代的對象男女性別的準確界定。就此而言，若英文本中是男性，郭沫若用了女性的「她」，則表明郭沫若選擇了將翻譯對象陰柔化，或者說強化了譯詩的女性色彩；若英文本中是女性，郭沫若卻使用了男性的「他」，則表明郭沫若選擇了去女性化（女性色彩淡化）的翻譯策略。從《魯拜集》的翻譯實踐來看，郭沫若的翻譯選擇帶有明顯的去女性化（女性色彩淡化）傾向。

（四）譯者主體的自我建構及審美重構

　　《魯拜集》翻譯中表現出來的女性色彩的淡化並不意味著郭沫若不重視女性。郭沫若翻譯《魯拜集》時，正值《女神》問世不久，在別人眼裏，郭沫若赫然已經是一位女性崇拜者。《創造十年》中郭沫若記敘高夢旦請客，他自己夾坐在女士們中間。「大約是看見我是名詩集以《女神》，並做過《卓文君》一類作品的人，以為一定是一位女性崇拜者，所以才那樣安置我的罷？」〔註 106〕高夢旦究竟是如何想的，現已不知。但郭沫若從文學創作出

〔註 105〕〔波斯〕莪默・伽亞謨：《魯拜集》，郭沫若譯，上海：泰東圖書局，1932 年，第 34 頁。
〔註 106〕郭沫若：《創造十年》，《郭沫若全集》文學編第 12 卷，北京：人民文學出版

發進行的揣測，恐怕更切近於自身的思想實際。在中國現代文學的發生期，郭沫若就是一個的「女性崇拜者」。

《女神》是郭沫若的第一部詩集。在《女神》中，歌吟「女神」的詩篇，除了第一輯首篇《女神之再生》，便是第三輯第一組詩「愛神之什」。《女神》問世之前，編發郭沫若新詩的宗白華在和郭沫若的通信中讚譽的，主要便是第二輯第一組詩「鳳凰涅槃之什」。《女神》問世之後，最受讀者研究者們推崇的，也是「鳳凰涅槃之什」。郭沫若不以「鳳凰涅槃之什」裏的所詠之物命名詩集，而以《女神之再生》或《司健康的女神》等篇目裏的「女神」命名，這只能說明郭沫若對「女神」抱有別樣的感情，說是「女性崇拜」也很恰當，因為就在詩劇《女神之再生》中，郭沫若就以歌德《浮士德》結尾處的詩句作為題引：「das Ewigweibliche，／zieht uns hinan」，郭沫若將其譯為：「永恆之女性／領導我們走。」〔註107〕

《女神》詩集的命名，還需要考慮到郭沫若編纂《女神》時同時（1921年4月3日到5月27日）還完成了另外兩項工作，即翻譯《茵夢湖》和標點《西廂》。兩部作品都與女性的悲劇命運有關，郭沫若專門為《西廂》寫了一篇序，即《西廂藝術上之批判與其作者之性格》（收入全集時改題為《〈西廂記〉藝術上的批判與其作者的性格》）。劉納教授非常推崇此文：「這是一篇浸透著熱烈情感的文字，它所表達的迥非尋常的見解，它的咄咄逼人的挑戰色彩，都足以使它成為『五四』時期留下的奇文之一。它其實能使名人們為『亞東版』古典小說所作的序及長篇考證黯然失色。就郭沫若本人來說，如果說他作品的文學價值主要依賴自己的時代而存在，他的不少文字經不起時間的消磨，那麼，這篇《西廂藝術上之批判與其作者之性格》則可能成為他漫長文學生涯中能夠永葆清新氣息的文字之一。」〔註108〕推崇的原因便是郭沫若表達了對女性命運解放的認識，「數千年來以禮教自豪的堂堂中華，實不過是變態性慾者一個龐大的病院！」〔註109〕《三個叛逆的女性》出版時，郭沫若為之寫了一段文字：「我們如果要救濟中國，不得不徹

社，1992年，第175頁。

〔註107〕郭沫若：《女神之再生》，《郭沫若全集》文學編第1卷，北京：人民文學出版社，1982年，第6頁。

〔註108〕劉納：《創造社與泰東圖書局》，桂林：廣西教育出版社1999年，第95頁。

〔註109〕郭沫若：《前言》，《西廂》，上海：泰東圖書局，1921年，第4頁。

底要解放女性。」〔註110〕這種觀念的生成，不僅與《女神》有關，也直接與《茵夢湖》和《西廂》有關。

郭沫若並不單純只是女性崇拜者，他也是男性的崇拜者。1947 年郭沫若在《浮士德簡論》中說：「大體上男性的象徵可以認為是獨立自主，其流弊是專制獨裁；女性的象徵是慈愛寬恕，其極致是民主和平。以男性從屬於女性，即是以慈愛寬恕為存心的獨立自主，反專制獨裁的民主和平。這應該是人類幸福的可靠保障吧。」〔註111〕男性女性的象徵，原本應是各有兩面，但郭沫若只點出了男性象徵的流弊，談到女性時則全是正面的肯定。有學者談到郭沫若抗戰史劇時，指出其中的女性配角「遠遠超越了配角的功能，超越了作者的現實政治意圖而站立起來，成為光彩照人的審美形象。男性主角的蒼白與女性配角的生動形成了鮮明的對照。……郭沫若對於女性的描寫一直迥異於現代文學中許多男性作家，其女性形象豐富而充滿個性。」〔註112〕也就是說，雖然郭沫若對男性和女性都推重，相比之下似乎看重女性，但事實真的如此嗎？

有些研究者認為郭沫若真正尊崇的還是男性，而不是女性。周海波教授說：「綜合來看，《女神》由兩個美學向度支撐：一是男性的力量向度，一是女性美的審美向度，二者相輔相成，架構起《女神》以男性為中心的世界，呈現出對時代的男性雄壯力量的讚歌。」至於女性美，既被視為「對男性中心的反思與批判」，又被看作「是對男性世界的反襯，從特定視角寫出了女性對男性世界的互補。」〔註113〕男性雄壯的美與女性的美，都是郭沫若推崇和歌頌的對象，《女神》卻被歸為「以男性為中心的世界」。Meng Liansu 的博士論文則將《女神》視為「男性詩學」，「The Transnational Production of a Masculine Poetic in Guo Moruo's The Goddness」，〔註114〕郭沫若詩歌中呈現

〔註110〕 郭沫若：《寫在〈三個叛逆女性〉的後面》，《郭沫若全集》文學編第 6 卷，北京：人民文學出版社，1986 年，第 137 頁。

〔註111〕 郭沫若：《浮士德簡論》，《郭沫若全集》文學編第 16 卷，北京：人民文學出版社，1989 年，第 281 頁。

〔註112〕 倪海燕：《文本縫隙與女性配角的藝術光彩──從一個角度談郭沫若抗戰時期的歷史劇》，《中國現代文學研究叢刊》2009 年第 4 期，第 106～111 頁。

〔註113〕 周海波：《〈女神〉：男人的生命歌唱》，《理論學刊》2007 年第 1 期，第 117 頁。

〔註114〕 Meng Liansu. *The Inferno Tango: Gender Politics and Modern Chinese Poetry, 1917-1980*. PHD. Dissertation, University of Michigan, 2010, pp.22.

出來的家庭範式本質上是男性的，沒有女性的位置。宋益喬、石興澤指出，郭沫若的文學創作中既有「崇拜女性的情感意識」，同時這些女性又是「男性精神的附麗」，「她們是用天使、聖女裝飾起來的精神奴役」。〔註115〕張傳敏從「一切的一」與「一的一切」推出郭沫若的個人意蘊中，「也包含了他對於男女從分離到合一的憧憬」，而這個「憧憬」又被歸結為「郭沫若對自己男性身份認同感非常強烈，即使是男女合一，他強調的也是女性的男性化，強調的是男性的主導地位。」〔註116〕李暢乾脆認為郭沫若筆下在的女性形象「從來沒有獨立的人格和真正的自我價值，完全是用男性的價值標準和審美理想打造出來的」。〔註117〕鄧芳認為郭沫若筆下的所有女性都被塑造成男性的附屬，「沒有男性便找不到生存的意義；自我貶抑而崇拜男主人公，自覺服從男性專權的等級關係；為男性利益犧牲生命或因男性已死而自殺殉情，表現出毫無自我意識的對男性的絕對服從。」認為上述這些描寫表現了「郭沫若把女性形象的奴性、依附性、工具性等女性特質作為美好品質大加讚美」。〔註118〕男性與女性的特徵界定是社會化的結果，不將郭沫若筆下的男性女性置於社會化的歷史長河中給予考察，郭沫若的女性崇拜情結很容易被誤讀為「男性精神的附麗」。

　　從本書搜集的材料來看，揭示郭沫若文學創作表面尊崇女性實則將女性視為男性附庸的，主要始自 21 世紀。一度被視為與傳統文化與文學割裂開來的現代文學，重新被深入挖掘出其中蘊藏著的種種傳統因子。從傳承的角度探究現代文學創作中的古典因素，為重新認識現代文學及其與古代文學的關係，打開了一扇新的窗口。與此同時，現代文學也就被有些人批判為不那麼「現代」。劉光華將郭沫若小說中的日本女性形象劃分為妻子系列和情人系列，認為「妻子系列和情人系列這兩個系列的『無意識』設置，不正沿襲了我國千百年來文學作品愛情與情慾對立分割的老路（諸如賈寶玉之於林黛玉、

〔註115〕宋益喬、石興澤：《郭沫若女性形象塑造及其女性意識的發展演變》，《郭沫若學刊》2003 年第 4 期，第 45～46 頁。

〔註116〕張傳敏：《〈女神〉中的女性情結探微》，《重慶師範大學學報》2012 年第 3 期，第 49 頁。

〔註117〕李暢：《女性，一個未被充分啟蒙的性別——由郭沫若筆下的女性形象談起》，《當代文壇》2013 年第 5 期，第 148 頁。

〔註118〕鄧芳：《從女性主義視域解讀郭沫若民國時期的歷史劇》，《當代文壇》2005 年第 1 期，第 148 頁、第 150 頁。

花襲人），暴露了華夏民族同一的思維方式與審美標準的弱點嗎？」〔註 119〕
紅袖添香、女為悅己者容等，郭沫若的文學創作中未必沒有這方面的思想意
識，他們那一代從傳統社會走來的知識分子，又有多少是完全不受傳統思想
羈絆的？即便是魯迅，一方面要求女性的獨立解放，一方面也還是不讓許廣
平到外面去工作。《魯拜集》第 12 首中的女性歌者，在某種程度上可以說吻
合了紅袖添香、女為悅己者的思想。郭沫若雖然並不欣賞那種在女性身上尋
找頹廢的享樂的人生態度，卻很欣賞紅袖添香式的女性。

　　侯桂新將郭沫若心中的女神分為三類：創造女神、道德女神和欲望女
神。在侯桂新看來，「幻美紅顏」和「癡情少女」這一類處於被窺視或從屬
地位的消費性女性形象，「正好顛覆了作者所塑造的創世神女和『三不從』
的『新女性』形象，也就是欲望女神顛覆了創造女神和道德女神。從創作主
體的角度看，則是浪漫主義作家郭沫若顛覆了社會改革家郭沫若。」〔註 120〕
將《三個叛逆的女性》視為郭沫若提倡「女權主義」的最重要文本，而產生
於同一時期的《喀爾美蘿姑娘》和《殘春》等則是與之相對立的消解性文
本，侯桂新力圖剖析郭沫若女神書寫存在的內在張力。然而，本書卻認為
《喀爾美蘿姑娘》和《殘春》中的「幻美紅顏」和「癡情少女」，恰恰構成
了對「新女性」的正面書寫，而不是像侯桂新想像的那樣是消解。「三不從」
的「不從」是因為違背了女性內心的意願，卓文君反抗父親，是「三不從」
的典型表現，私奔司馬相如，表明她屬於「幻美紅顏」和「癡情少女」。就
此而言，「欲望女神」表現出來的正是「新女性」追尋的「新道德」，在這個
意義上，郭沫若筆下的「道德女神」，也應該是新道德的女神，而不是舊道
德的守護神。作為新道德女神，對本能欲望持肯定態度。在「欲望女神」的
書寫上，郭沫若與郁達夫截然不同，郁達夫描寫靈與肉的衝突，比較側重肉
慾的沉淪，而郭沫若小說呈現的則是靈，一種癡情。在癡情意義上出現的
「欲望女神」，是創造與道德的真正的守護神。

　　對於郭沫若的男女兩性觀及其在文學創作中的表現，竊以為時下的一些
論者混淆了現代女性主義思想發展的幾個階段，錯位思想的結果往往便是把

〔註 119〕劉光華：《郭沫若早期自我小說中的日本女性形象》，《郭沫若學刊》1988 年
　　　　　第 3 期，第 31 頁。

〔註 120〕侯桂新：《青年郭沫若的女性想像與女性書寫》，《郭沫若學刊》2018 年第 3
　　　　　期，第 29 頁。

新當成了舊，又把舊當成了新，又或者是自己根本就沒有什麼理想，純粹是為了解構而解構。近代以來，女性解放運動興起，而解放的第一個目標，便是男女平等，平等的第一要義就是男女都一樣。男人能做的事情，女子也一樣可以做到。這樣的平等觀，現在看來自然有些淺薄，但在那個時代，卻是對男女天生不同、命由天定等思想的最強有力的拆解。女子要像男子一樣，也完全可以和男子一樣，卻被人等同於花木蘭，頗有點兒黑白不分了。花木蘭女扮男裝，可以做到男子做到的事業，但是女子的身份一旦拆穿，就只能回到閨閣之中，這怎麼能夠與現代的男女平等觀一樣？按照某些學者的推理，似乎表現自由戀愛的現代小說也不過是梁祝故事的翻版而已。只看到了現代與傳統有相通的地方，卻有意忽略其間的差異，這就帶來了對郭沫若男女兩性觀及其文學書寫的第一種類型的誤解。此外，女性解放運動發展至今，已經超越了男女都一樣的平等觀，而是要求男女不一樣基礎上的平等，也就是和而不同，要求承認男女不同基礎上的平等。有些學者用當下的女性解放運動思想審視郭沫若的男女兩性觀，也就出現了時代錯位，這樣的文學批評和研究也很有害，作為讀者，只能就作者表現出來的內容進行評判，而不能肆意批評作者沒有寫的內容，比如追問《紅樓夢》裏為什麼沒有共產主義的思想，結果除了讓人驚愕，此類探究別無意義。

　　日本學者中島碧認為：「郭沫若的文學就是這種英雄的文學，或許可以說是英雄和烈女（指女性英雄人物，譯者注）的文學。這在其歷史劇中，表現得尤為顯著。」〔註 121〕郭沫若筆下的男性和女性，都具有一種「英雄」的氣質。如果嫌「英雄」這個詞給人的感覺太過於男性化，不妨採用「神性」。泰戈爾在《園丁集》中歌頌女性時寫道：「人類心中的願望，在你的青春上灑上光榮，／你一半是女人，一半是夢。」〔註 122〕郭沫若文學創作中的「女神」，是否也與泰戈爾詩中所寫，是「夢」？當郭沫若推崇的創造女神帶有一種地母精神時，以走向丁克族的現代女性精神審視郭沫若筆下的女性形象還有什麼意義？

　　提出郭沫若文學創作中的男性崇拜與女性崇拜問題，就是想要將《魯拜

〔註 121〕〔日〕中島碧：《國外中國文學研究論叢‧中國現代文學專輯》，北京：中國文聯出版公司，1985 年，第 240 頁。

〔註 122〕〔印〕泰戈爾：《園丁集》，冰心譯，北京：中國書籍出版社，2007 年，第 171 頁。

集》翻譯中表現出來的女性色彩的淡化置於郭沫若整個的文學世界中進行考察。當郭沫若在翻譯《魯拜集》的實踐中表現出淡化女性色彩的趨向時，譯詩中男性的歌唱也就愈加明顯，這似乎確證了郭沫若文學創作中的男性崇拜傾向。女性色彩的淡化與男性歌唱的凸顯並不就意味著與女性崇拜相悖。筆者以為郭沫若《魯拜集》譯詩中表現出來的女性淡化傾向恰恰是女性崇拜情結的表現形式之一。在男權社會裏，女性崇拜很難擺脫男性精神的浸染，指出郭沫若塑造和推崇的女性身上帶有「男性精神的附麗」，無損於郭沫若是現代文學作家中少有的表現出女性崇拜情結的作家這個事實。不同的人的女性崇拜各不相同，在《女神》中，郭沫若崇拜的女性有從神龕上走下來的女神們，有聶嫈、春姑娘那種大義凜然的女性，也有太陽、大海這類女性化的意象，她們所代表的是磅礴的生命力和創造力，她們的生命雖然也都與男性密切相關，卻不是男性世界裏花瓶似的擺設。概而言之，《女神》中的女性與《魯拜集》中的女性大不相同。《女神》中的女性才是郭沫若心目中理想化的女性，《魯拜集》中的女性卻不是郭沫若崇拜的對象。《魯拜集》中的女性才真的是宋益喬、石興澤等學者所說的「男性精神的附麗」，與美酒、詩章一樣，女性在《魯拜集》中是男性的服侍者和享用的對象。郭沫若翻譯《魯拜集》時表現出來的淡化女性色彩的傾向，表明那一時期的郭沫若不滿意那種沉溺或麻醉於女性的生活，更不願意將女性作為頹廢生活賞玩的對象，而這正是郭沫若女性崇拜的確證。

（五）結論

在《讀了〈魯拜集〉後之感想》一文中，郭沫若大談詩人與酒，閉口不談女性。郭沫若的興趣所在，是飲者「於飲酒的行為之中，發現出一種涅槃的樂趣」。「涅槃」而不是「頹廢」才是郭沫若對詩人與酒著迷的根本原因，而指向頹廢的醇酒與美人卻沒有真正進入郭沫若的視野。就此而言，郭沫若理解與接受的《魯拜集》，與莪默‧伽亞謨、Fitzgerald 所追求的詩意並不完全相同。當郭沫若動手翻譯《魯拜集》時，已不再用「他」指代女性，譯文中所用代詞「他」字所指代的自然是男性，因此這一代詞的選擇可視為郭沫若在翻譯過程中存在去女性化的選擇。與去女性化選擇相對應的，則是郭沫若明顯將《魯拜集》視為了「心眼睜開」〔註123〕後出現的破壞（頹廢）精神的表現，

〔註123〕郭沫若：《波斯詩人莪默伽亞謨》，《創造》季刊 1922 年 12 月第 1 卷第 3 期，

與《女神》所呈現出來的男性化的歌唱相吻合。在某種程度上甚至可以這樣說，《女神》開拓的男性化的歌唱，在《魯拜集》的翻譯中愈加分明地被凸顯了出來。只是在《女神》中表現出來的是那種在破壞中進行建設的富有創造力的男性化的歌唱，而在《魯拜集》中表現出來的則是破壞（打破既定藩籬）與頹廢，若是在整個郭沫若文學創作的歷程中審視《魯拜集》的翻譯，《魯拜集》似乎便是溝通《女神》到《星空》的一座橋樑，是郭沫若的歌唱從吶喊到彷徨轉變過程中的一個重要環節。

　　《魯拜集》最著名的第 12 首詩中，荒漠之中只有一些極少的物質：一棵樹、一卷詩章、一塊麵包、一瓶葡萄美酒，與貧瘠空曠的荒漠相比，詩中能滿足人慾望要求的物質實在非常少。使得荒原在詩中被視為天堂的，與簡陋的物質因素有關，照亮這一切使人不覺其陋的便是女性。《魯拜集》中，醇酒與美人常常相伴出現，成為表現詩意人生的重要意象。對《魯拜集》中的酒意象，郭沫若在《讀了〈魯拜集〉後之感想》中將其與中國古詩人對於酒的嗜好相提並論，且有精到的評論：「他們的生存日月為一種眼不能見的存在所剝削，他們不能睜著眼睛做夢，他們也不能無念無想冥合於自然，他們也不能恢宏意志沒我於事業。永遠不能消去的悲哀，只有即時行樂，以溺死一切於酒，所以酒便是他們的上帝，便是他們的解救者，便是他們唯一的愛人了。」〔註 124〕

　　在《魯拜集》原詩中，詩、酒、美女構成了令人沉醉的天堂世界，而在郭沫若的譯詩中，詩與酒的意象得到了凸顯，相對淡化了美女的意象。郭沫若譯文中淡化女性色彩問題，絕非是無意識所造成，而是譯者在對原詩進行翻譯的過程中創造再加工的結果。男性的美與女性的美，都是郭沫若推崇和歌頌的對象。郭沫若本身並不是男性或女性中心主義者，惟其如此，《魯拜集》譯文中表現出來的去女性化或淡化女性色彩的趨向就表現得更加明顯。究其根源，竊以為與郭沫若個人在這一時期的家庭生活及其對文學理想事業的追求等密切相關。翻譯即創作，郭沫若在翻譯實踐中自覺不自覺地以自身當時的審美訴求重塑了原詩文本，圍繞著詩酒人生重新建構了《魯拜集》的審美世界。

　　　　第 1 頁。
〔註 124〕郭沫若：《波斯詩人莪默伽亞謨》，《創造》季刊 1922 年 12 月第 1 卷第 3 期，
　　　　第 7 頁。